# 盗墓笔记 ①

## 重启 极海听雷

南派三叔 著

北京联合出版公司

# 盗墓笔记

## 重启

### 极海听雷

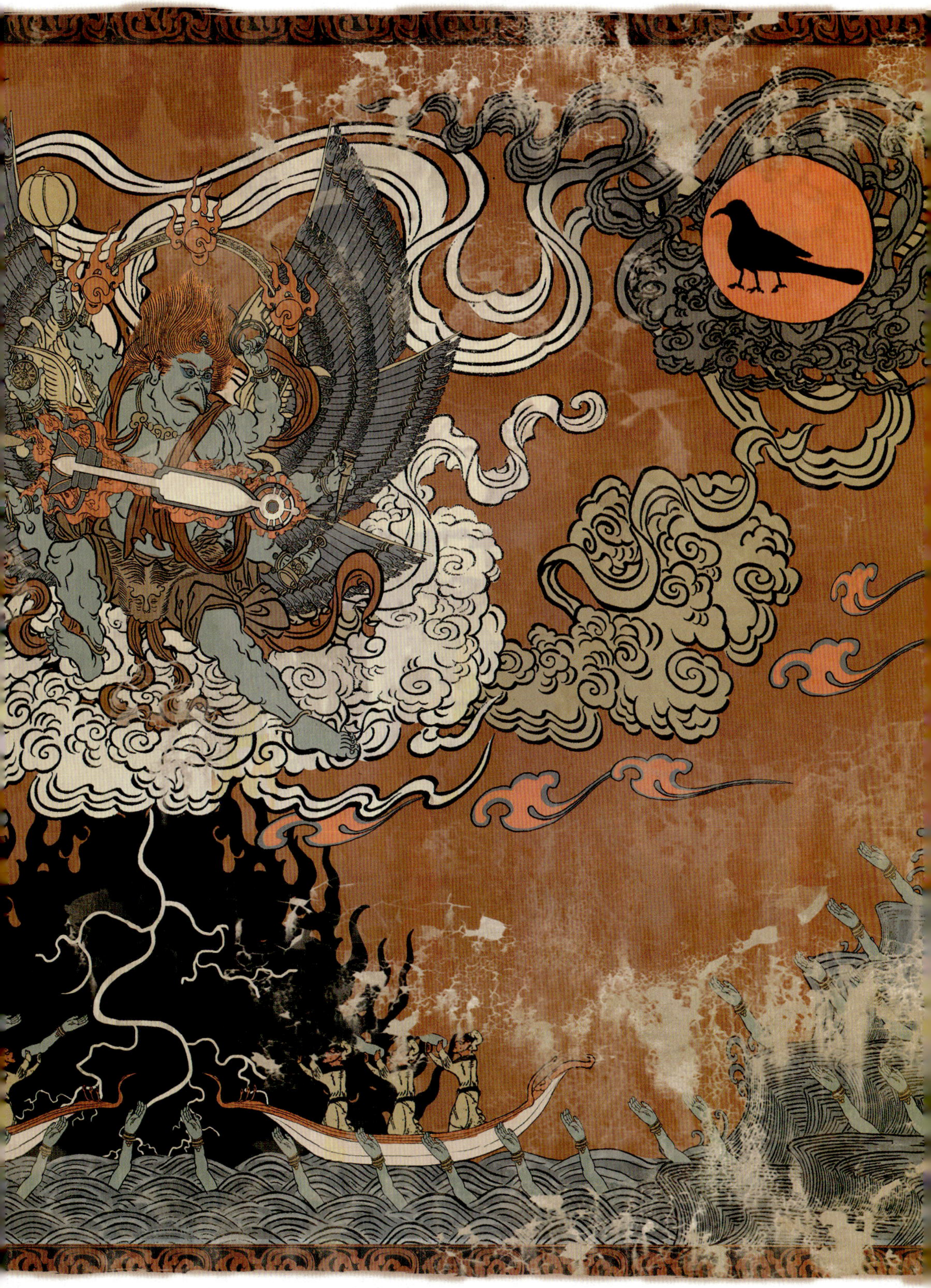

- 第9章 · 出神迹了 —— 037
- 第10章 · 藏地庙 —— 041
- 第11章 · 羽化成仙 —— 045
- 第12章 · 下地 —— 049
- 第13章 · 水鬼 —— 055
- 第14章 · 珠光宝气 —— 061
- 第15章 · 『你不配』 —— 065
- 第16章 · 棒冰成精 —— 071
- 第17章 · 密室 —— 077
- 第18章 · 《河木集》 —— 083
- 第19章 · 彩蚴吸虫 —— 087
- 第20章 · 『钓』鱼 —— 091
- 第21章 · 多手神像 —— 097
- 第22章 · 治病 —— 101
- 第23章 · 峰回路转 —— 105
- 第24章 · 杨家祖坟 —— 111
- 第25章 · 万里听雷图 —— 117
- 第26章 · 七耳怪尸 —— 123

# 盗墓笔记 目录

- 第1章 · 听雷探墓 —— 001
- 第2章 · 南京储物柜 —— 007
- 第3章 · 废弃的气象站 —— 011
- 第4章 · 『三叔』的尸体 —— 017
- 第5章 · 雷声 —— 021
- 第6章 · 杨大广 —— 025
- 第7章 · 听雷者 —— 029
- 第8章 · 塌方 —— 033

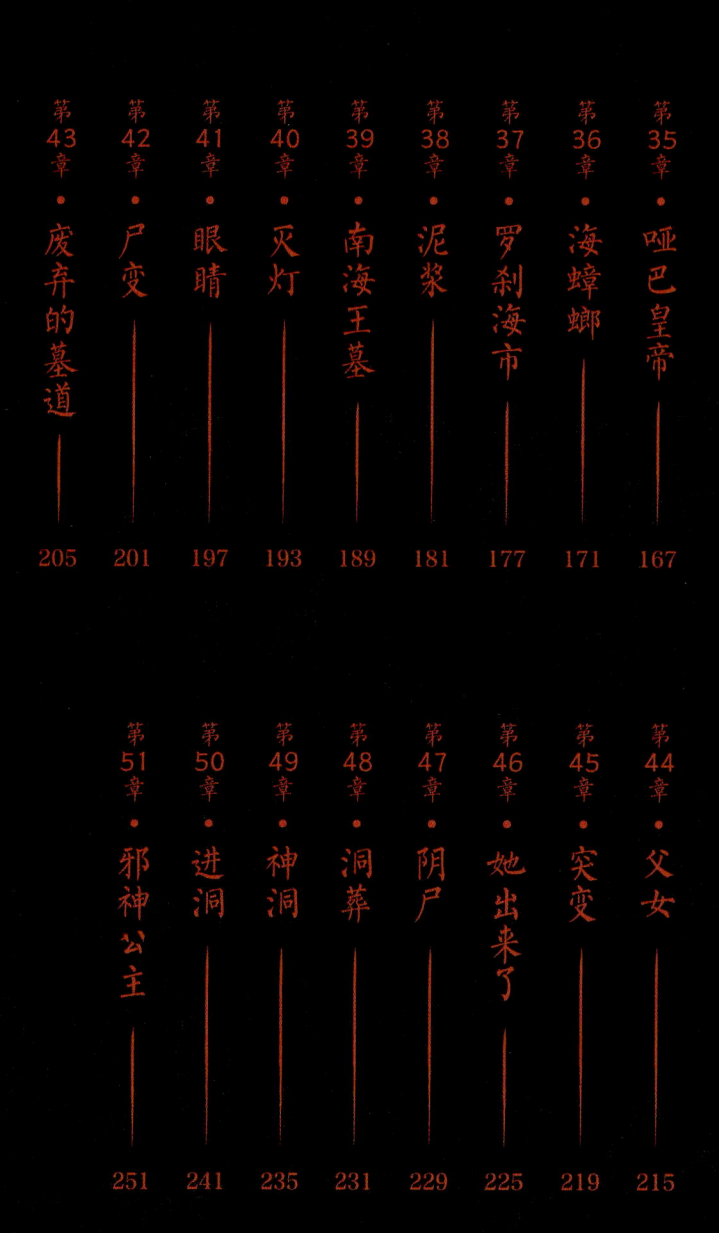

| 章节 | 页码 |
|---|---|
| 第35章·哑巴皇帝 | 167 |
| 第36章·海蟑螂 | 171 |
| 第37章·罗刹海市 | 177 |
| 第38章·泥浆 | 181 |
| 第39章·南海王墓 | 189 |
| 第40章·灭灯 | 193 |
| 第41章·眼睛 | 197 |
| 第42章·尸变 | 201 |
| 第43章·废弃的墓道 | 205 |
| 第44章·父女 | 215 |
| 第45章·突变 | 219 |
| 第46章·她出来了 | 225 |
| 第47章·阴尸 | 229 |
| 第48章·洞葬 | 231 |
| 第49章·神洞 | 235 |
| 第50章·进洞 | 241 |
| 第51章·邪神公主 | 251 |

| 第27章 · 杨家往事 | 127 |
| 第28章 · 天姥追云 | 131 |
| 第29章 · 南海落云国 | 137 |
| 第30章 · 线索分析 | 141 |
| 第31章 · 赌一把 | 145 |
| 第32章 · 听到雷声会死 | 149 |
| 第33章 · 不要暴露在雷雨云下 | 157 |
| 第34章 · 刘丧 | 163 |

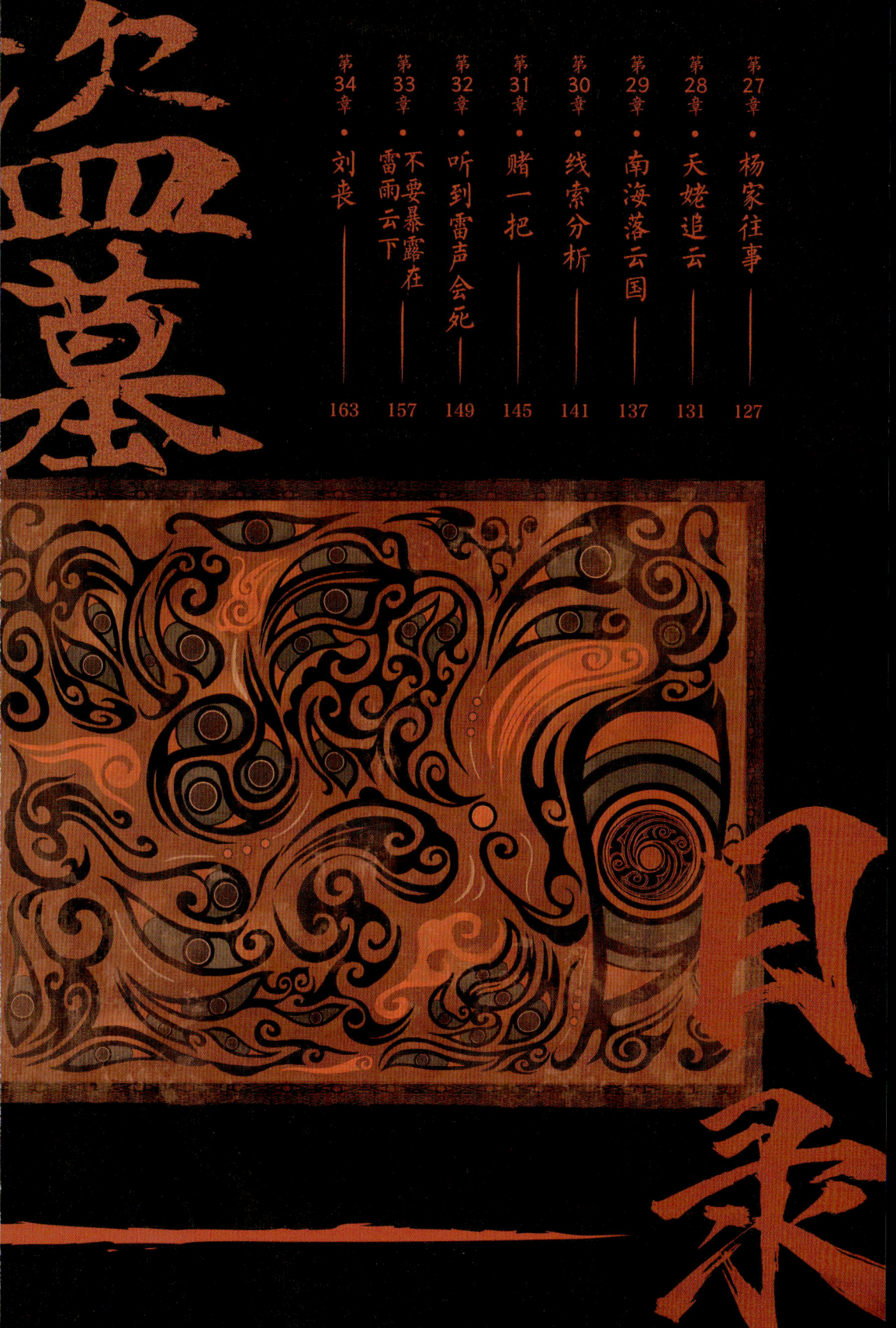

当初开始写这段文字的时候，我觉得未必能在我有生之年写完所有的细节。那倒不是因为这是一部鸿篇巨制，只是因为我在写这个故事的时候，以为自己身患绝症，大概三个月后就会病故。

　　因缘际会，故事后来的发展，扑朔迷离，百转千回，我的身体也发生了各种变化，当时想着能写到哪里是哪里，如今却越写越长。

　　如果耐心足够，我们达成共识，就开始吧。

# 第1章 听雷探墓

先说一件有趣的事情。

田有金是一个做冬虫夏草生意的药商,和我的上一辈来往密切,属于"小时候抱过我"这个类别的叔叔。

二十世纪七十年代末,田有金在内蒙古山区有过一段插队的经历。他最津津乐道的是自己和牧羊大队走散,独自在草原上徘徊了两个月,带着羊群躲过山狼,最终得救的故事。

每次和战友重聚,他喝多了都要拿出来说,这事已然成了他人设的一部分。在他的讲述中,那段时间是内蒙古少有的大雨季,深山内暴雨倾盆,闪电布满整个天空,是他见过的最美也是让人恐惧的景色。

因为常年酗酒,2013年的时候田有金得了肝衰竭,继而发展成全身脏器衰竭。弥留之际,战友们过来看他,在一片惋惜安慰声中,田有金第一次说出了这段经历的第二个版本。

在以往的版本中,他都是孤身一人经历了这所有的一切,而在他去世之前最后一次讲的时候,故事中多了一个人。几十年来,他从来没有提到过这

个人的存在。

田有金是在进入草原深处的第二个月初遇到的这个人，那一天下着暴雨，他在山谷中抬头远眺，看到那个人站在无人区的山脊上，盯着整个天穹的闪电。

暴雨中，田有金无法看清那个人的样子，但远远地，他看到那个人给他指明了正确的方向。之后，那人就消失在森林里，他身后既没有马队，也没有牧民，他是一个人。

按照田有金的说法，那是一个无比神奇的时刻，因为那个地方距离最近的聚居区也有将近一个月的路程，在没有马也没有补给的情况下，独自一人是绝对不可能在老林子里走那么远的。那种地方忽然出现一个人，十分可疑，他几乎觉得对方也是走失了。但是那个人没有向他求助，反而给他指明了方向。

他有时候也想，对方可能是从蒙古入境的特务，在这里勘探地形；也可能是自己遇到山鬼了。长久以来，他一直不敢说出来，怕多生事端。病重之后，那一幕在脑中越来越清晰，他这才下定决心讲了出来。

我是在我爷爷的笔记中，看到这一段描述的。我爷爷找田有金买虫草的碎皮，不知道从谁那里听说了这个故事。我爷爷的想法很简单，他认为，田有金在深山里看到的那个人，是一个盗墓贼。

徐珂在《清稗类钞·盗贼类》里写过广州巨盗焦四的故事：焦四常于白云山旁近，以盗墓为业。其徒数十人，有听雨、听风、听雷、观草色、泥痕等术，百不一失。一日，出北郊，时方卓午，雷电交作，焦嘱众人分投四方以察之，谓虽疾雷电，暴风雨，不得稍却，有所闻见，默记以告。焦乃屹立于岭巅雷雨之中。少顷，雨霁，东方一人归，谓大雷时，隐隐觉脚下浮动，似闻地下有声相应者。焦喜曰："得之矣。"

…………

在天雷炸响的瞬间，大山中的中空洞穴和墓室会产生共鸣，此法非常适合在巨大区域内找到墓葬的位置。

内蒙古出现如此大的雨，几十年罕见，能够在这种时候出现在现场的，必

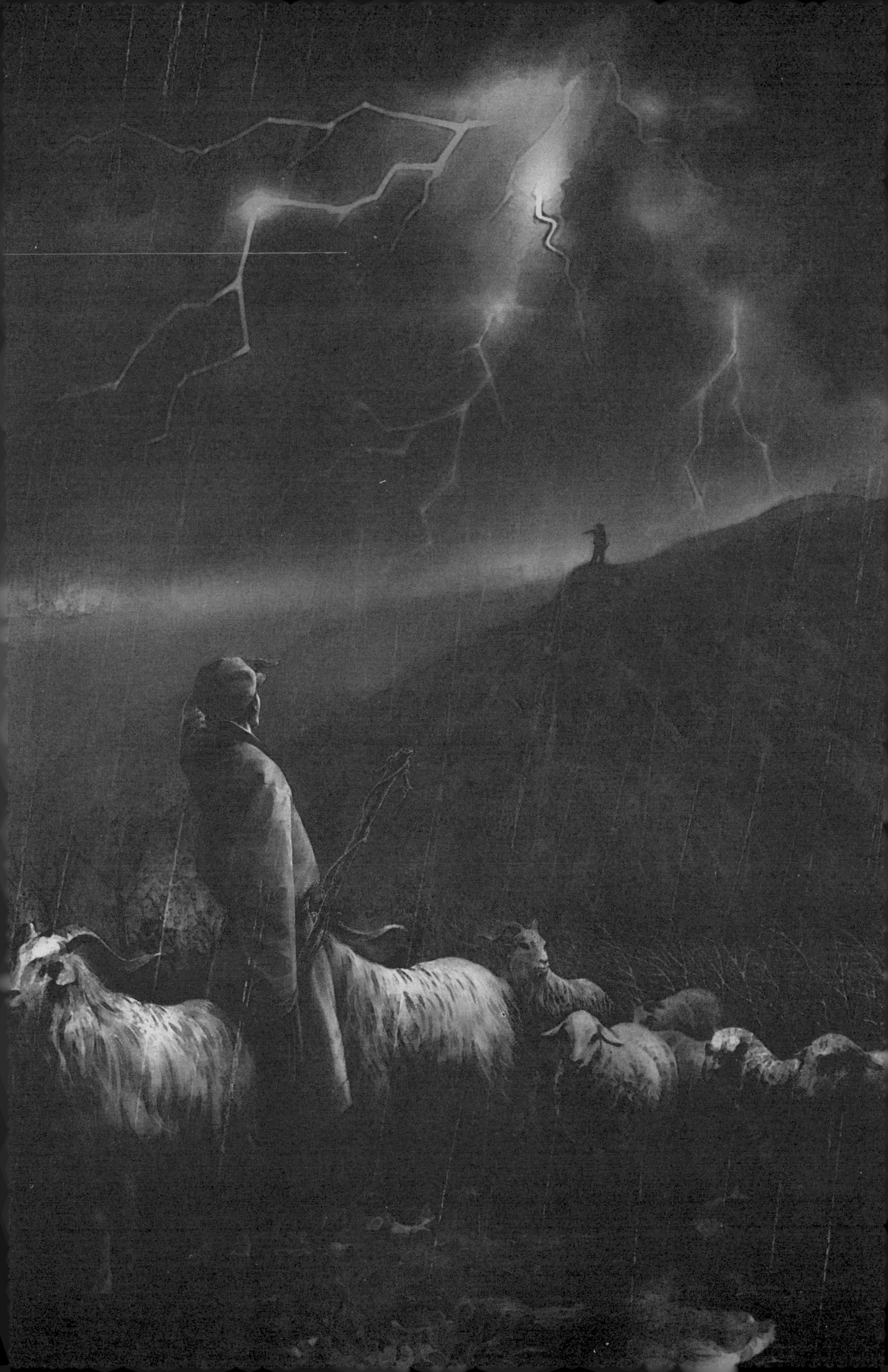

然是几十年内至少有两代人的耐心等待和准备。那深山里忽然出现那样的孤身一人，目的不会简单，应该是为大山地底深处的一个大墓。那是什么古墓，规模大到能让盗墓贼守了两代人？蒙古族的古代皇陵不设墓碑、神殿，尸首埋葬之后，万马踏过，第二年草原的草重新萌芽生长，高度能到人的大腿根处，不会留有一丝埋葬的痕迹。所以蒙古皇陵至今都只是传说，从来没有被发现过。这底下会不会是一个元代皇族的大陵呢？

田有金已死，恐怕再无人可以知晓。

然而事情的发展并没有那么简单。

这个故事的进程和我以往的经验完全不同。

在开始这个故事之前，照例要说一下我的身份。我叫吴邪，出生在一个十分特殊的家族里。"家族"这个概念，在现在的中国，无论对哪个阶层来说都已经算是一个比较疏离的概念了。我的家族虽然名头上和"翰林"或者"黄埔系"不能比，但在圈内也算有不小的名头。然而到了我这一辈，也只是同学们茶余饭后吹牛的谈资而已。不过，每每轮到我说出我爷爷辈的情况，饭桌上都会出现一阵沉默。

新中国成立前，我爷爷是一个盗墓贼，参与过战国帛书案。长沙九个盗墓家族中，爷爷排行第五，靠训狗盗墓，被称呼为狗五爷。传说爷爷的鼻子是闻不见味道的，所以才要借助狗来找斗。但我的记忆很模糊了，也不知道是不是真的。后来，爷爷离开长沙，来到杭州定居，投靠亲戚，把奶奶骗上了床，生了三个儿子。我父亲是长子，取名叫吴一穷，二叔叫吴二白。因为奶奶文化水平比较高，在当时属于新女性的推行者，所以生完第二个就不想生了。但爷爷笃信一个长沙的算命朋友。那位朋友曾经和他说过，第三个孩子是一定要生的，这孩子是来讨债的，不生下来把债还清了，会延祸至子孙。于是爷爷百般设计，也不知道使了什么坏，最后奶奶还是生下了我三叔。三叔叫吴三省。

在我们家里，我父亲和二叔都属于非常听话，一早就懂事了，会打酱油，给家里省钱贴补的孩子。爷爷是不愿意家里有任何人再做土夫子了，但是我三叔非常叛逆，不知道从什么时候起，就对墓产生了浓厚的兴趣。加上爷爷虽然嘴上不再吹嘘自己当年的事情，但从小给孩子们讲的故事里，几乎全是这些东西，耳濡目染。即使爷爷打折了三根烧火棍，仍旧挡不住三叔往地里钻的心。

让三叔回心转意的，是爷爷帮他安排了考古队的工作。中国的考古学历史很短，刚过百年，对人才如饥似渴，田野考古需要领队，爷爷当年的关系，或者说同伙里，有一些已经被特招进了大学做考古工作。很多人经过劳改之后思想教育达标，在岗位上也能做出贡献。在队伍里，三叔遇到了他一生的挚爱，陈文锦。我常开玩笑，陈文锦和他在一起的时候，他才是一个考古队员；陈文锦不在的时候，三叔就是一个狗贼。

就是这么一个亦正亦邪的三叔，我从小就与他关系最好。我父亲隐忍低调，甚至有一些木讷，虽然照顾我非常细心，但几乎不与我有什么走心的交流，三叔在很多时候充当了我玩伴的角色。爷爷一开始就定下规矩，到我这一辈，绝对不能涉及这个行业的任何灰色部分。于是我被取名叫吴邪，寓意历代的邪祟，到我这里都一笔勾销。所以，我对于家族所有的了解，以及自己内心隐藏的野性，大多来自三叔的讲述和潜移默化。

我爷爷大概没有想到，带着"无邪"这个美好的期许，我成了一个废物。后来想想，我这前十几年做的所有事情，似乎就是想摆脱这种单调无聊的、一眼就能看到尽头的人生。但到人生中段的时候，我就意识到，我似乎用力过头了。我也开始明白，爷爷当年笃信的那个高人，说三叔是一个关键的孩子，是什么意思。

如果没有三叔的话，我前半生那瑰丽璀璨的经历，就不可能以那样一种方式展开。三叔在我的人生中，有着比亲情还要重的羁绊。

这些简短说说，关于我爷爷，民间有很多故事，历史上也有过一些记载，我这里就不赘述了。盗墓这个行当和其他行当极其不同，每个人说起来都不一样。我亲身经历过一些事件，只有"匪夷所思"这个词，能精确地形容我在其中的感觉。

我对于这个行业最初的了解，来自爷爷的一本笔记。爷爷是新中国成立后

学的写字，但他的记忆力很好，早前他在崇山峻岭中寻找古墓进行盗掘的少年时代，就已经留下很多图画资料。新中国成立后，他凭借记忆力，把当时的图画记录和文字结合在了一起，写满了30个笔记本，里面各种纸都有。这本笔记就是"盗墓笔记"，里面有他经历过的大部分故事。但是，"盗墓笔记"中有很多页数，爷爷在临死之前撕掉了。到我手里的时候，我反向估计了一下，爷爷把23岁到27岁之间的经历全部撕掉，带进坟墓里去了。

老爷子还留下一份让人难以理解的遗嘱，就是火化的时候，不能有人在旁观看，所有的家属和工作人员都要远远看着。在弥留之际，老爷子还说了一句我印象特别深的话："我终于可以死了。"你可以品一下，为什么我用了"匪夷所思"这个词来形容我的感受。爷爷23岁到27岁这段时间，到底经历了什么呢？为何他对自己的死亡竟然如释重负？我们不得而知。他的身体在火化的时候，又有什么不能让别人看见的景象？

现在唯一的线索，就是在后面的章节中，有关田有金的那一篇内容，我推测当时我爷爷正和田有金相识。而对于田有金的描述，后来也只有这么一段。

如果你对这些都有兴趣，你可以开始看这个故事。

在这里要先提醒的是，这个故事非常长，长得超乎想象。当初开始写这段文字的时候，我觉得未必能在有生之年写完所有的细节。那倒不是因为这是一部鸿篇巨制，只是因为我在写这个故事的时候，以为自己身患绝症，大概三个月后就会病故。

因缘际会，故事后来的发展，扑朔迷离，百转千回，我的身体也发生了各种变化，当时想着能写到哪里是哪里，如今却越写越长。

如果耐心足够，我们达成共识，就开始吧。

# 第2章 南京储物柜

故事要从我三叔的短信说起。

今年过年的时候，我收到了一条陌生号码发来的短信，是一段奇怪的文字：

南京鼓楼东，北极阁气象博物馆221号储物柜，新年快乐。

我单纯是从这种欲言又止、毫无提示的文字风格中，发觉不对劲的。因为在我之前十几年的时光里，这种风格时刻伴随着我，三叔发给我的所有信息，都非常晦涩难懂，每条短信虽然清楚，但完全不知道他想干什么。

要说明的是，收到这条短信的时候，三叔已经失踪了很久。

他是在一次探险中失联的，探险的区域在塔里木盆地，据说那里有一个下雨才出现的奇怪古城，他去探险的目的，我难以说清，我相信他是去寻找早于他很多年就失联的陈文锦，或者有其他更加深远的目的。我三叔的行为处事非常离奇。现在我完全可以确认，他一直在调查一件非常神秘的事件。这件事情到底是什么，到目前为止，我也只有一个自己认为贴近事实的推论。我一直希

望有一天能亲自问他,到底这些年在查什么,他也可以亲口告诉我答案,但目前看来,这样的机会很渺茫了。

表面上我认为他大概率已经死在塔里木的沙漠深处了,但内心深处,我总觉得他没有那么容易死。这条短信的出现,非常像我三叔的风格,我心中又重新燃起了希望。

而且北极阁历史非常悠久,南朝刘宋始建司天台后一直很有名。明初的时候,这里建造了规模巨大的钦天台,不知道汪藏海当时是不是也参与其中。

我没有立即去南京,而是先去了一趟北京,把那里的事情大体压了一压,才和胖子启程。前往南京的高铁上,我一直在看那条短信——我没有像以前一样第一时间尝试拨回去,因为我已经懂得,先把自己藏起来,才是占得先机最好的方式。

胖子问我想怎么弄。我一直在盘算,储物柜这种东西,每天晚上都会有人清理,如果里面放了什么东西,是过不了当晚的,这点很要命。所以我并不觉得能在储物柜里找到线索,就算三叔还活着,在里面放了东西,也肯定被收到失物招领处了。但这样做也有好处,可以保证东西留下之后不被人拿走。还有其他的可能性,比如信息或者东西可能贴在储物柜的隐蔽处。

要非常细心地排查所有的可能性才行。

胖子就问我:"三叔如果没死,他为什么不来见你?问题不解决得差不多了吗?"

其实这才是我最忌讳的地方,之前我们经历了条件严苛的冒险,那个巨大的阴谋应该已经瓦解了,按道理来说,三叔现在是安全的,但如果他还活着,为什么还不能出来直接面对我?三叔不是那种脸皮薄的人,所以唯一的可能性就是,事情可能还没有完全解决,在某个我看不到的角落里,还有事情正在发生。

胖子看我叹气,就拍拍肩膀安慰我,让我别多想,看到线索,也许就自有定论了,可能只是一条垃圾短信而已。

一路没有太多的障碍，我们找到了气象博物馆馆员，报了号码，一路来到储物柜前。221号正好没有人使用，打开后我往里看了看，果然是空的。胖子帮我挡住别人的视线，我在柜子里摸了一下，确定没有任何夹层。问了失物招领处，也没有。

胖子看着我："傻了吧！是不是就是一条垃圾短信？"

我想了想，转头去看221号储物柜对面的墙，那里挂着一墙的留言簿，从开馆一直写到现在。三叔有一个惯用的套路，叫作"暗度陈仓"，他给你留记号的地方，往往什么都没有，但是在记号附近的那些和记号对应的地方，才是他真正藏东西的位置。

我拿手比画着221号储物柜的位置，一边比对着一边走过去，来到了一本留言簿前——它的位置正好对着221号储物柜。簿子用线钉死在墙壁上的木条上，我开始翻阅，都是些奇怪的留言，还有表白的和到此一游的，翻了几页后，我看到其中一页上面写着一段话：

转让声明

兹将小松山常平路甲一段87号地块，无偿转让予吴邪。

转让人：吴三省

受让人：＿＿＿＿＿＿＿

此文件签署即完成权利移交，不需其他约定，其他文件在××律所。

上面还有一个手印。

我愣了一下，胖子问："怎么了？"

我道："我三叔给我留了一块地。"

## 第3章 废弃的气象站

我把整本留言簿卷起来，用力一扯把线扯断，往兜里一揣，就出了博物馆。胖子跟着我出来，他还没听明白。我找了个角落蹲下，仔细看了好几遍这页转让声明，然后前前后后又翻了好几遍，发现其他的留言都很正常，就只有这一页有问题。

"这，这东西能生效吗？"胖子问我。

我虽然懂得不多，但三叔如果真的想把东西留给我，其他文件肯定全都准备好了，于是点头，只是我上网搜了一下这个××律所（律所真实存在，隐私），没查到，可能需要一点儿时间托人去找。

胖子立即往回走，说要去翻那面墙上其他的留言簿，说不定还有贴错的其他地块的转让声明。

我坐在台阶上等他，发了好一会儿呆才缓过来，用手机查资料。这个小松山常平路甲一段87号地块，似乎是在南京冶山一带，面积还不小，之前是一个气象站，气象站拆迁之后，整块地被三叔买了下来。这也是十几年前的事情了，当时的地价非常低。如今那个区块地价虽然不是多么昂贵，但比起当时，也算是一笔巨款了。

这不是三叔第一次买地，之前他自己住的那一片也几乎给他买得差不多了，但是他肯定不是为了搞投资。我的第一反应是，这块地底下有什么？

不过到了这个时代，墓里的东西拿出来往往没有墓占的土地贵，已经是事实。有这块地在，地下有什么似乎不太重要了。胖子出来了，虽然他没有再找到什么，但是腰板已然直了，俨然是一个房地产大亨的派头。

我们上车去冶山镇，胖子在车上开窗拿出烟来点上，摇着头："天真啊，你叔其实挺够义气的，胖爷我咋就没这样的叔呢？我看，咱们下半生的事业已经找到了，老天要你三更富，谁能让你穷五更？总经理应该是胖爷我的吧？"

我没空和他贫，看着手里简陋的地契和上面的手印，心中这才开始翻腾。

三叔可能真的没死。

一方面，我心中的一块悬而未决的石头终于开始偏向让我心安的方向，如果他没死，那他在外面怎么浪，都不关我的事。另一方面，他没死却不出现，又让我心生恐惧。

难道，事情真的还没有结束吗？

吴家暗中斡旋了三代人，我也已经竭尽了全力，现在不仅是我的心态，连我的心魔都老得走不动了，难道还没有结束？我不敢细想。

或者这又是一个引我入局的圈套？

这我倒已经不害怕了，因为我早就不是当年那个单纯的我了。我现在的想法是，既然别人要设局陷害我，当然是应他之约，将其完全打败更加符合我的处世之道，否则你老是不入局，对方一而再，再而三，你终身不得安宁。

专车司机一路问人，问那个气象站在哪里。冶山是一片矿山，那地方一片平原一片丘陵。出了镇，就是各种野山坡和各种地质保护区域。我按例查了县志，知道这个镇的矿山底下全是历代的矿道，最早发现的矿道是西周时期的，深入地下几百米。不知道三叔买下这里，和那些矿道有没有关系。

我们从马路拐进路边的村子，说是气象站就在村子的后山上。下车进到村里，发现村子是个老村，长条形的，非常局促，木头的老房子和新的水泥房子挤在一起，中间的道路都不能并排走三人以上，墙上很多"文革"时期的标语都还在。这里的植被算是保护得好的，树木参天，虽然往外走不到几步就是村道，但是往山里走走还是有一些阴森的感觉。

出村子就进到村后的荒山山道上，上了山后胖子开始愁眉不展，骂道："这地段只能修坟地啊，刚才进来那块地多好，你三叔给你留的东西，咋都在犄角旮旯？"

"阴宅房地产也是房地产，干一行爱一行。"我嘲笑他。

气象站就得在环境干扰相对少的地方，方向是没错的。

到山顶就看到了封住的老铁门和已经腐朽的气象站老挂牌。门两边是黄水泥的围墙，不少地方已经坍塌，没有坍塌的地方，墙头上怒长着杂草，墙面怒爬着青苔和蜈蚣藤，那种长势简直要把墙给整个吞没。往铁门里看去，一栋气象站的老建筑立在那儿，外墙完全霉变斑驳，长满了青苔和藤蔓，地上的落叶烂了好几茬儿，估计走进去能没过脚踝。

空气中弥漫着泥土、青草和腐烂落叶的潮霉味，夹着铁门的锈味，闻起来喉咙发紧。胖子眼睛都直了："没拆干净啊？咱们得自己拆啊？这路也不行啊，土方车开不进来，怎么搞建设？这是亏本买卖。"

我看着这个加大号的格尔木疗养院，第一反应是扭头就走，肯定有事，我都能感觉到一股巨大的压力从那座腐烂的废墟建筑中渗透出来。这又是三叔给我的巨大的潘多拉盒子，不能打开，不能打开。

但我没回头，想着三叔如果现在在野外被野人绑架，能去救他的人只能是我。胖子失望归失望，但已经从边上的破口爬了进去。我跟着，两个人蹚着杂草往里一脚深一脚浅地走。走近那幢水泥楼，我看到门口的外墙上，用涂鸦喷漆端端正正地喷了一行数字：

177×××5034

是一个手机号码。

我拿出手机，调出那条短信，这个号码就是给我发祝福短信的号码。当时的手机软件无法识别是不是垃圾短信。

我和胖子对视了一眼，我从背包里拔出大白狗腿刀横在腰间，胖子在边上找了一块板砖。

我俩刚想往气象站废墟里走去，忽然就听到废墟里面有人说话。胖子一把抓住我躲进一边的灌木丛里，就看到从废墟里走出来两三个人，其中一个人道："我吴三省的名声是说一不二的，老马，你现在要是要了这块地，不出三年，这地价还得再翻。我和村里都商量好了，修路的钱，我和村里一人一半，你只要给个名目就行。"

回答他的人说的是南京话，听不懂，但似乎并不满意。而最开始说自己是吴三省的那人，声音非常熟悉。

虽然熟悉，但绝对不是我三叔。我心中纳闷儿。

我们在灌木丛里抬头一看，就看到一个熟人正往外走，不是别人，竟然是金万堂老同志。他带人走到门口，指了指山下的村子："这是状元村，从明代开始出了十六个了，我吴三省看的风水，没跑，你找人问问爷的风水造诣，地你拿下来，办个学校最好。不信你问问我侄子，他高考前我就让他来这个村待着，他非不信我，就待了半个月，结果本来可以上麻省的，却上了浙大。"

边上金万堂的助理点头："我就是一时糊涂。我叔这方面不会错。"

"这不是金大瓢把子吗？怎么来这儿了？"胖子轻声道，"哥们儿干吗呢？满嘴喷沫的。"

我皱起眉头听了一会儿，忽然明白了怎么回事：原来他俩在冒充我和我三叔，在卖这块地呢。

这时候废墟里传来一阵敲砸的声音，里面似乎还有人在干活儿。我看了胖子一眼，胖子问："很尴尬，你准备怎么弄？"

"干丫的。"我站了起来，大吼，"金万堂！"

金万堂刚把人送走，回头一下看到我，他完全没有料到我会出现，一下愣住了，接着整个人都跳了起来，"哇呀"一声，撒腿就跑。我和胖子两路包抄，金万堂手下过来拦，胖子将其提溜起来直接按地上，两脚下去，他就不敢爬起来了，胖子继续追。

三个人冲进村里，金万堂不太锻炼跑不动，胖子和我也跑岔路了。我一路追着金万堂，在村里的老祠堂门口把他一脚踹进人家院子里，他立即大叫："小三爷，误会，一定是误会！别动手，咱们讲道理。"

"你找死。"我掏出手机指着那短信问，"这短信是不是你发的？是不是你在整我，把我骗过来？"

金万堂看了看我的手机，没反应过来，只是指着我说："小三爷，好歹我是长辈，就算我做错事你也不能动粗。"

我冷笑："倚老卖老是吧？你再说一句你是长辈，我电话呼小哥过来，揍不死你丫的。"

"我真没整你，这短信我没见过。"他也莫名其妙，看着短信，"莫不是三爷给你发的？他人还在？"

"你管不着。"我收起手机说道，"说吧，为什么假扮三叔卖我的地？"

金万堂看我们知道不少，露出了尴尬的表情，但立即就掩饰住了，忽然他说道："这是个误会，这地是你三叔之前托我保管的，到时间就把这块地交给你，如果你不要地要现金，我也得先找好买家，我寻思着先准备好把买家盘一盘，到时候要地还是现金，你自己选就行了。我这是服务到位。"金万堂认真地看着我。

"你在帮我卖地？你是想吞了吧。"我道，"你们刚才不仅冒充了我三叔，还冒充了我，这狼子野心我还看不出来？"

"我吞这荒山野岭的地有意思吗？小三爷，这块地那么古怪，你难道没看出来？"金万堂神秘地说道，"而且，你知道当年你三叔为什么要买下这块地吗？你知道了，就明白我这么干是为你好了。咱们啊，还是把地卖了，拿现金比较干净。"

# 第4章 「三叔」的尸体

这时候胖子追过来找到我们，喘成狗了，我们仨坐在人家院子的花坛上。我脱掉了金万堂的鞋，把鞋带系在一起，挂在我的脖子上，这老小子脚底板薄，光脚就不至于逃跑。他哀怨地抠着脚，对我说："小三爷，这至于吗？咱们多少年交情了，可谓'交情郑重金相似，诗韵清锵玉不如……'"

"滚蛋，我这人眼拙，白眼狼当哈士奇也不是第一次了。你解释解释，"我把在博物馆拿到的转让声明给金万堂扫了一眼，"这到底怎么回事？前因后果。"

金万堂眼珠转了转，刚想说话，胖子在边上道："老金，你这人是个王八蛋我们早就知道了，你王八蛋归王八蛋吧，但是大事小事分得清楚，这点我很欣赏。我告诉你，在这件事情上，骗钱事小，事没说清楚，耽误了咱们天真的正事，那就是大事。怎么说你想好了，这么多年朋友，我也不想把你的屎打出来。"

金万堂假笑点头："胖爷，你提点得是，我有数我有数。"他从兜里掏出烟，递给胖子和我。

一看他表情就知道他脑子里在飞快地过胖子说的话，烟给我们点上的时候，我看他已经下定了决心。他抬头望天，悠悠说道："这是十几年前的事了。"

"给我三句话说完。"我一下就烦了，"以为我还是二十多岁，喜欢听你们讲老皇历？老子自己的老皇历都一车了，心里啥都缺，就不缺这玩意儿。"

"行，我说实话。这块地是你叔托我买的，他当时特别热衷气象这玩意儿，说这气象站里有他要查的东西。"金万堂道。我问是什么，他摇头："手续办完你叔就不见了，丫钱都没给我。虽然当时也不贵，但地压手里那么久了我也不痛快，所以就想给卖了。但手续办完，我又不是地主，卖不了啊！于是我就把心一横，冒充你叔。但是小三爷你也别怪我，这事是吴三省干得不地道。"我转头皱眉心说，鬼扯什么？他立即道："这部分不重要，重点不是这个，你听我说完。要卖地得先把废楼给清了，我带人来清场才发现，那栋楼里确实有一个奇怪的东西，不知道是不是你三叔留下的。如果你三叔发短信让你来这里，我看大概率是让你看那个东西。"

"是什么？"

金万堂看我起了兴趣，松了口气，他道："说起来太麻烦，但是那东西就在上头废墟里，你们干吗不亲自去看一下？"

我心想且不管他说的前因是不是真的，但我三叔托人办事不给钱我是承认的，别说外人的钱不给，连去七星鲁王宫的钱都是我垫的。这事其实看看当时的票据，就可以论明白，不过三叔让我来这里，肯定不只是给地那么简单，金万堂这时敢这么说，说明确实有东西，那必须先看看。

我于是把鞋还了，胖子提溜起他往回走。路上，金万堂把事情的细节大概说了一下。

老建筑是气象站的老档案馆，二十世纪八九十年代没有电脑，那些气象数据图表都是纸质的。这些档案有很大一部分已经电子化，加上这里是地区气象站，数据记录每年会汇总到南京气象站，所以留在这里的图表档案其实是废纸。这大批量的档案中大部分还留在这栋老建筑的档案柜里，积了几十年的灰和潮气，用金万堂的话说，长满了蘑菇。他做清理的第一步就是把这些档案柜全部搬出去。做贼心虚，这件事情他打算速战速决，完全没有想过会发生什么意外。结果清场第一天，工人就上报了一件奇怪的事情。

建筑一共六层楼，在搬一楼靠墙的一排柜子的时候，他们发现，在一个柜子后面，藏着一道奇怪的门。其实是一扇普通的木头门，刷着天蓝色的漆，漆剥落得很厉害，门框因为潮气都膨胀变形了。但奇怪的地方是，二楼到六楼相同的位置都没有门，只有一楼有这道门，而且完全被档案柜挡住，似乎是人为地想要隐藏起来。

工人把门撬开，发现里面竟然是一个简陋的起居室，写字桌已经腐烂发霉，单人床、热水瓶上全是蜘蛛网，天花板上的腻子都发潮脱落了，覆盖在地面上。

我们来到那扇门前的时候，我对这件奇怪事情有了更加清晰的认知，因为我是学建筑的，一眼就看出来，那道门在那个地方并不是特殊的设计，那其实是传达室的门。

在门旁边的墙壁上，能看到后来砖砌的痕迹，我一下就明白了，有人改了这幢大楼大门的位置，我们进来的入口是后来开的，原本的大门口在这里。这个被藏起来的房间，只是普通的传达室，不知道为什么被人用档案柜给挡起来藏着。

大楼内部非常阴冷，走进这个传达室之后，我越发觉得毛骨悚然。我很久没有进到这种环境中，进去之后拿手机手电一照，就明白了金万堂所说的"说起来太麻烦"。

一具干尸坐在这个房间中间的椅子上，整具尸体垮在椅子上，几乎完全干化，身上的夹克粘在尸体上。我看着夹克，脑子"嗡"的一下，瞬间喉咙就麻了，我认得那夹克的款式。

那是我三叔常穿的夹克。

我的脑子还没有联想出任何信息，但是身体已经开始本能地发抖。没有任何征兆，我不敢往前走一步。胖子用手机照过去，我整个人的汗毛都孥了起

来，虽然尸体的面貌已经腐烂，但是我有一种强烈的感觉，这具尸体，就是我的三叔。我回头看了看金万堂，他在边上默默地看着我，表情不似刚才那么圆滑，似乎在等我做出结论。

说实话，不管怎么说，我还没有准备好那么快面对我三叔的尸体，在强行逼迫自己面对所有困难那么多年后，我第一次夺路而逃，直接离开了这个房间。

## 第5章 雷声

胖子追了出来。他问道："怎么了？一具干尸就把你吓成这样？天真，你又活回去了。"

"是不是我三叔？"我问他，"你帮我仔细看看。"

胖子一看我的表情就知道我不是开玩笑，脸也沉了下来，拍了一下我的肩膀又回屋去。

废墟的窗户都已经腐烂了，塌出了一个个窗洞，外面阳光明媚，照入房间的光线形成一个一个明亮的长方形，但是我们所处的地方却非常阴冷，大量的档案柜挡住了光线。我环视这个空间，觉得那一刻的等待很长很长。

隔了没几分钟，胖子就在屋里叫："天真，你三叔是不是还有一个名字，叫杨大广？"

我道："我没听说过。"

"那我觉得应该不是你三叔。"他叫道。

我走回去，就看到他从尸体的裤子口袋里拿出了一张老身份证，正用手机照着。我走过去，看到身份证上的名字确实是杨大广，1948年出生，洛阳人。

这张身份证和其他一沓东西用橡皮筋绑在裤兜里，外面套着塑料袋，里面还有借书证、工作证等一系列的证件。除了发黄发潮，保存得都还不错。

胖子把上面的照片翻出来，完全不是三叔的样子，和尸体的脸对比，却有几分相似。这个人应该就是杨大广无疑。

胖子拍了拍我，和我对了一下额头："老狐狸没那么容易死。别瞎想。"

我松了口气，有点儿腿软站不住了，正努力镇定，金万堂在边上说："小三爷，你也太看不起我了，要真是三爷的仙蜕在这儿，我能认不出来吗？"

深吸几口气，我所有的感官终于都恢复了正常。我开始闻到强烈的霉味和臭味，拍了拍脸，低头去看干尸身上的夹克，这件夹克实在太像是三叔的了，我不相信是巧合。很快我又发现，夹克不是穿在尸体身上的，而是披在尸体上的。胖子这时咳嗽了一声，我一下意识到，他事情没说完。

我看着他，他道："你先别高兴得太早，这个人虽然不是你三叔，但他有可能，是你三叔的男朋友。"说着他递给我一张照片。

这张老照片应该也是刚刚从那堆证件中找出来的，已经发霉发皱，上面有三个人，戴着二十世纪八十年代的工程帽子，在深山里背着大包，一副建设祖国大好河山的劳模样儿。照片是彩色的，里面的人，一个是三叔，一个是杨大广。这两个人并肩站着，手拉着手，后面远远地还有一个人正在走来，是陈文锦。

胖子说道："这照片夹在他工作证里。你说一大男人家的，把跟你三叔的合影夹在工作证里，是不是有问题？"

"他喜欢的是陈文锦。"我道。照片上杨大广虽然面对着镜头，但是身体完全是偏向陈文锦来的方向，他和三叔拉着手，却是三叔紧紧拉着他，杨大广的手指是没有闭合的。这张照片应该是三叔拉着他拍的，他所有的心思都在走来的陈文锦身上。

"这人到底是干吗的？"

胖子把工作证递给我，上面职位那一栏写的是档案室员工。我看看这照片，又看了看这张工作证，三叔不可能和管档案的人带着陈文锦在野外玩，没有逻辑，这个人肯定还有我们不知道的身份。看三叔对他的态度，他们应该是相当好的朋友了。三叔的朋友很少，就算是普通朋友，也不会一起进山。

这件夹克是这个人死后，三叔披上去的。三叔应该来过这里，发现自己的朋友死了，在尸体上披了衣服。

那三叔把我引到这里，是为了让我给他朋友收尸吗？此外，他朋友怎么会死在一间密室里？

胖子一边在传达室里继续翻找，一边对我说："这老头儿肯定是突发什么疾病死的，这间密室是他躲的地方，气象站里的人未必知道他死在这儿了。你看他那大嘴，他躲在这种地方搞事情，肯定是奇怪的事，赶紧找找。"

东西一堆一堆地被翻出来，我耐心且快速地翻看，都是饭票、报纸类的废纸，还有很多气象档案——说实话我完全看不懂那些图表和数据，大部分都已经霉变，被虫蛀得一碰就碎。胖子趴到地上，去看床下面的时候，惊呼了起来。

我也蹲下去，看到床下放着一堆鞋盒，都是二十世纪九十年代的那种皮鞋盒子，用塑料袋包得好好的。胖子趴下去，拿出来几只，拆开盒子，一边拆一边还在祈祷："全是地契，全是地契。"拆开一看，发现一鞋盒子都是以前听音乐用的那种磁带。

我和胖子面面相觑，胖子拿出一盘来看了看，磁带上面贴着条子，写着"游园惊梦"，是俞振飞的录音版。

"昆曲？老头儿是个票友？"胖子愣了一下。

我们把床下的鞋盒子全部拿出来拆开，发现全都是磁带，而且都是各种戏曲。我更加疑惑了。

胖子把其他地方全部翻了一遍，再无所获。我们出了传达室喘口气，金万堂擦了擦头上的汗，给我递烟说他没骗我，这地方邪门，劝我赶紧出手，赚了钱一起分，因为三叔欠他钱太久，算投资不算借贷了。

我看着磁带没理他，金万堂肯定是想把地吞了，但是现在和他计较没有意义，我们互相抓着对方太多把柄，黑吃黑是没处说理的。这块地倒不用急着处置，重点是，三叔为什么要我找到这个杨大广？为什么要我发现这些磁带，里面真的是戏曲吗？

我让胖子和金万堂周旋，自己则上车去堂子街淘货，买以前的卡带播放机。这东西不好找，但总算有专门的铺子懂这个，傍晚的时候从苏州人肉带了一台来。我在酒店插上电，放进去一盘磁带。

先有大概三十秒的空白，之后播放机里传出了一连串奇怪的声音，好像打鼓和某人的低吟。这些声音是间歇的，伴随着大量的白噪声。

我一度认为播放机坏了，或者磁带消磁了，拍了好几下，磁带还是在转动。换了好几盘，都是一样的声音。我心中有些沮丧，但又总觉得不对，仔细听了十几盘，我忽然意识到自己听到了什么。

竟然是雷声。

这些磁带里，录的都是打雷的声音。

## 第6章 杨大广

我们把那个传达室里的所有东西,全部运回了铺子里,包括那具尸体。

胖子把尸体和椅子一起打包,包了一辆搬家公司的车,一路咣当咣当连夜开回杭州。我把里屋的东西整箱整箱地全部堆到前屋,塞在王盟的工位上,然后把运回来的东西,连同那些破旧腐烂的家具堆进去。

王盟都惊了:"老板,你不从良了吗?这是什么墓里出来的?怎么看上去比咱们卖的货还不值钱?"

我把尸体摆到我的躺椅前面,盖上布,然后给了王盟两百块钱,让他去跳广场舞别碍事,就开始一盘一盘地听录音带。录音带的数量远比我想的多,而且有正反两面,上面的标签几乎都是各种戏曲名和儿歌名,能看出他是用别人用过的废带子翻录的,应该是生活比较困难。由此我也大概猜出来,三叔和他之间的关系后面应该是疏远的,因为三叔富得很早,否则一定会接济他。

我用了整整两个月的时间,才把所有的录音带全部听完。这期间,我上车听,下车听,上厕所听,洗澡的时候也听。但是这玩意儿和其他声音不一样,听着非常无聊,而我又特别用力,特别仔细,所有的细节都不想漏下,结果就

是，我总是在不知不觉中睡去。睡醒之后，这盘带子就得重新听一遍，所以效率非常低下。

手机再也没有新的短信。而我听录音带的结论是，这个杨大广，一定是个疯子。

所有的录音带里，录的全是各种各样的雷声，各种频率、声响，很多还伴随着巨大的暴雨声。大部分录音带里，雷声的烈度都是雷暴的级别。

录音带的销售时间是可查的，他获得这些录音带的时间只会比销售时间晚。我初步计算了一下，就算以销售时间的最早日期算起，因为并不是每一天都下雨，所以要录下那么多雷声，唯一的可能性是：他是追着雷雨云跑的。

雷雨云往哪里走，他就往哪里走，这是一个追雷者。

但雷雨云也不是时刻都有的，综合所有的时间算起来，要录下那么多雷声，最起码，他需要坚持追着雷暴录雷声十六年之久。这就是一个疯子，他为什么要这么干？这些雷声有什么意义？

胖子在第一个月过去之后就意兴阑珊了，说："这人是世界上唯一一个'恋雷癖'，你信不信他被雷劈到就会高潮？"我觉得不是，我看其他资料时，也发现了一些新的蛛丝马迹。在他和三叔、文锦的合影中，他身上背着一个很大的机器。这个机器我找专家问过，是一个录音机——第一代磁带录音机，体积很大。这张照片是在山里拍摄的，也就是说，曾经有段时间，他录雷暴的时候，和三叔在一起。

三叔这人无利不起早，他那个年纪，唯一能让他早起的，就是陈文锦和倒斗。

我摸着下巴，胡子很久没剃，长了一大撮。在刮的时候，我开始纠结。看照片里三叔的样子，我不愿意把他想成一个处心积虑的坏人，他看似和这个杨大广是很好的朋友，甚至是哥们儿。但我三叔，从实际上说，他肯定就是一个处心积虑的人——为了自己的私人目的假装和别人交朋友，你说他做不出来吗？我觉得未必。

所以他会不会在利用这个杨大广，用气象知识寻雷声，实则是为自己寻找古墓？这对于当时顽劣凶狠的三叔来说，绝对有可能。而且，追着雷暴走，感觉很像古代洛阳一带听雷探墓的法子。或者说，这两个人是狐朋狗友，杨大广被三叔买通了？三叔当时是跟着他探斗的？但是探斗归探斗，为何要把雷声录下来？难道这人的耳朵厉害到可以通过听录音带，来判断当时区域古墓的位置？不，按常理绝对不可能。我不管怎么听，只能听到非常模糊的雷声，听雷探墓必须实地去听才有用。

这件事情线索就到了这里。我后来也一直在重复听这些录音带，但很快身体开始出现排斥反应，一听就会非常焦虑和不舒服，甚至看到录音带就觉得有点儿恶心。我坚持听了很久，少有的完全没有线索，慢慢地连我也开始懈怠了。

我把录音带归类，尸体检查了再三，托了关系火化下葬，胖子又各种捣乱……我们的注意力开始被六月黄吸引了。

夏天转眼就到了，杭州热，胖子想回福建山里。我说我们这算外出打工，还是要赚点钱回去，否则过年的时候难看。以前攒的那么多钱，又修路又投资乡镇夜总会，都花得七七八八了，于是我们就窝在铺子里当外来务工者。胖子在铺子门口摆了五香豆腐干和荷兰烤香肠，这几乎成了主营业务。我们白天卖豆腐干，晚上喝小黄酒吃六月黄，偶尔聊起这个事情，也越来越无感，似乎三叔的目的仅仅是让我把尸体安葬好。那我也算是完成任务了。

另外我一直在琢磨怎么把三叔的这些事情告诉我奶奶，我怕她受不了这个刺激，最后还是决定延后再说。我爹知道之后就开始哭，数落三叔不孝，没有人情，但总算是高兴的，还让我回个短信，让三叔回家。我说再等等，说不定他自己就回来了。当然三叔并没有回来。一天我偷偷去楼外楼丢垃圾——他们的垃圾有人专门处理，我们的垃圾都偷偷丢到他们的垃圾堆里，忽然天黑下来，毫无征兆，雨倾盆而下。我跑回铺子，还没进门，天上闪电一闪，接着震耳欲聋的雷声扑耳而来。我对王盟大喊："把豆腐干都收进去！"

刚叫完，我心中忽然涌起一股异样，我抬头看着天上的乌云，闪电再闪，雷声再次滚了下来，非常清晰。

我浑身冷汗，忽然意识到，刚才的雷声，我听到过。

我站在雨里足足听了15分钟，一直到胖子把我拖进去，问我："干吗？忽然想《情深深雨濛濛》吗？"我冲进房间里，拿出录音机，掏出一盒磁带，用雨衣包着就冲进雨里，对着天空，开始录天上的雷声。

雷暴很快过去了，我浑身湿透地回到铺子里，胖子就递给我一个锤子："欢迎你加入'复仇者联盟'。"

我推开他，开始翻找杨大广的磁带，我有一个惊人得让人毛骨悚然的预感。

# 第 7 章 听雷者

在听录音带的过程中,为了防止录音带消磁,我把很多声音录进了电脑。我翻找录音带,找出了编完号的那一盒,然后在电脑里找出这个编号的文件,一边放着我刚刚录下的雷声,一边放着电脑里的声音文件,一点一点地去对比。

很快,两段雷声开始同步,最终,我刚刚录下的雷声,和电脑里的那一段雷声,完美地重叠在了一起——频率、状态,几乎完全一样。

我退后两步,让两段雷声不停地重复播放,胖子莫名其妙。我指了指电脑,告诉他,这一段雷声,是十几年前录制的。然后指了指录音机播放的雷声,这一段雷声,是刚才雷暴时录的。

两段雷声完全一模一样。这是绝对不可能发生的情况,相隔十几年的雷暴声完全一样,假设这是巧合的话,概率无限趋向于零。

细想之后真的让人毛骨悚然,平复了很久的好奇心毫无抵抗力地被再次吊了起来,我意识到这和我之前遇到的所有情况都不一样。但我想不通这是怎么回事——这怎么可能?难道雷公是互相抄袭的吗?

两段雷声不停地重复播放，我脑子逐渐进入了死循环。有个声音一直告诉我：这一定有合理的解释。我之前遇到的所有不合常理的事情，最终都有合理的解释。但是另一个声音一直在说：我现在遇到的事情和之前的那些事情完全不同。我甚至想到了很久以前的那盘录像带——据说录像带来自青铜门后——黑暗中的雨声和雷声。这个念头让我浑身的鸡皮疙瘩掉了一地，无数的联想让我的思绪犹如乱麻。

胖子在边上想表达什么想法，张了半天嘴，一句话也说不出来，最终小声道："这没有道理啊！是不是所有的雷声听起来都差不多？"

我心说：这其实谁也不知道，因为从古到今，应该没有一个人尝试录制过雷声。如果杨大广是一个搞气象的，被三叔利用去找古墓，他会第一次尝试收集雷声，那么他就有机会，在大量的雷声中发现什么。他发现这个规律之后，那么多年追着雷暴录制雷声的行为，就有解释了。

他是想弄明白雷声是怎么回事，但三叔为什么要让我发现这个？

我关掉录音机和电脑，和胖子坐下来，对胖子说道："来，你枚举一下各种可能性。"

"枚举个头！这还用枚举吗？"胖子道，"要么，这哥们儿十几年前录到的雷声，不是当时的雷声，他录制雷声的地方，能录到未来的雷声。"

我摇头："你别胡扯了。我不知道十几年前他是在哪里录制到那段雷声的，但是十几年后，在我拿到录音带的几个月之后，我就听到了一模一样的，这说不过去。"

胖子点头："好，那只有另外一种更扯的可能。"他看着我，"如果不是巧合的话，只有一种可能性，就是这种频率的雷声经常出现，十几年前杨大广听到过一次，十几年后你听到了一次，中间还发生过无数次，都是这个频率的。但是，任何固定频率不停重复的声音，别管是叫床还是打雷，都说明……"

我看着胖子，胖子也认真地看着我道："说明里面含有隐藏的信息。"

说完，铺子外又是一道闪电，接着雷声再起，又开始下雨。我看着外面重新开始避雨的行人，问："谁发出的信息？"

胖子道："只有老天爷知道。"

当天晚上我睡得非常不踏实，不知道为什么，我一直梦到青铜门，梦到之前看到的录像带，梦到我自己在地上爬行，梦到天上无数的闪电。早上5点我就醒了，雨一直断断续续在下。我在窗口看着天上的乌云，头皮一直是麻的。

我把杨大广的所有东西重新看了一遍，上网去查相似的信息，仍旧没有收获。我盯着他的老身份证，看着他的脸和身份证上的地址，意识到我需要到他老家去一趟。

三叔教我的很多事情里，有一个很有用的技巧——如果你要查什么事情，但完全没有线索，你一定要到唯一可能有线索的地方去走动，去感受。你不能待在自己房间里干琢磨，你得动起来。

杨大广的老家，那是唯一一个还有可能有线索的地方。他老家在河南，那块区域我还没去过，权当是旅游了。

# 第 8 章 塌方

第二天我和胖子就出发了。王盟落寞地看着我，说："老板，你怎么刚回来就走？"我又给了他两百块钱。胖子倒是一点儿异议都没有，我看他顶着两个巨大的黑眼圈，竟然也没有睡好。他和我说他想不通，几十年来的大小经历下来，多离奇的事也见怪不怪了，但这打雷还能打出花来，他实在想不明白。

长话短说，我们闷头儿赶路，到了杨大广的老家，在村里拿着他的身份证和照片到处找人问。出乎意料，杨大广在家乡非常有名，几乎所有的老人都知道他，说他当时是村里唯一的大学生，后来进了机关单位，很是风光，只是上班之后就再也没有回来。

我就问杨大广有没有什么亲人还活着。有一个老人告诉我，杨大广很是可怜，没有兄弟，唯一的亲人是他的父亲，好多年前被枪毙了，听说是因为盗墓。

我看了一眼胖子，胖子看了一眼我，我心说有戏。我问那老人杨大广的老宅在哪里，老人摇头说老宅早没有了，老坟倒是还在，就在伏牛山边上，但那坟头有点儿奇怪，长不出草来。

他还说那地方去不得，我和胖子都没放在心上。

比起西北和云南那些原始丛林密布的山，河南的山要温柔得多。而且老坟场一般都离村子不会太远，即使进山也应该进不去太深。路可能难走一点儿，但不至于去不得。

哪知道细问之后，才发现完全不是那么一回事，说是整个山都被封掉了，所有路口都有武警站岗，不知道山里出了什么事情，之后就一车一车地往山外拉碎石头。他们也去打听过，说是三个月前山里发出了六声巨响，林场的看守查了半天不知道什么情况就报了警，林业警察进山巡查，抓出七八个盗墓贼来。之后武警就进山了。

胖子和我对视了一眼，眼神中的意味很明确：这山里有内容啊。抓住盗墓贼之后，立即封山，说明这几个盗墓贼盗的不是小墓，肯定是巨大的考古发现，而且武警站岗，说明这个发现还不能立即公开。

只有有颠覆性考古发现的时候，才会封闭式发掘，延迟公开。

老人显然看懂了我们的眼神，就摆手："你们觉得是古墓就想错了，我听说里面挖出来的，不是古墓，是其他东西，比古墓更了不得。"

胖子就问老人："你到底听谁说的？"

老人"嘿嘿"一声就不回答了，我赶紧追问道："大爷，您别卖关子，您一起说完，到底是什么？"

"不知道，真不知道。不过，村里有娃儿放无人机进去航拍过，后来有人来把无人机没收了，把娃儿教育了一顿。就那个娃儿说，里面有一座石头山，被那几个贼炸烂了一半，用的炸药量巨大，山的芯儿都露了出来，竟然是青铜色的，上面还有花纹，说是整座山的内胆，是一座巨大的钟。不过后来娃儿回来说，应该是看错了——这儿的雨季马上就开始了，河南其他地方雨少，都集中在这儿了。水土不好，一到雨季，到处都是塌方。武警在，你们走不了正路，野路太危险了，不能去啊。"

老头儿言之凿凿，我们给了包香烟谢过，两个人就在边儿上的羊肉烩面馆子点了两碗烩面。胖子完全是蒙的："钟是什么？山塌了塌出来一口钟？咱们是不是钱没给够，老头儿忽悠咱们呢？"

"山是几亿年的地质运动形成的，按道理来说，里面最多有天然的岩洞，不会有任何人造的东西。如果山的内部有一座巨大的钟，唯一的可能是，有人把山先挖空了，然后把钟的零件运进去，再装起来。"我不断搜刮脑子里的记忆，之前看过那么多乱七八糟的野书县志，就没有任何民间传说里写过类似的事情。

话说回来，山里发现的东西，与三叔和杨大广听雷有没有关系呢？如果有关系的话，现在已经被封锁了，我们是不是再也没有办法知道了？

我有一种直觉，这件事情和我们在查的事情，肯定有关系，否则不会这么巧合。甚至那条短信，都可能是因为这里发生的这件事，三叔才发给我的，因为这两件事情，都发生在三个月前。我就知道不只是让我收尸那么简单，他是想让我通过杨大广查到这里，来关注这个山里的青铜钟吗？我越想越觉得一定有关系，哪有那么巧？

"老头儿说得夸张，咱们没看到照片不知道有多大，说不定只是一个土山包。"胖子吃了口羊肉汤，"中原地带，哪那么多史前奇观？"

我正想说要不要想办法去看看，忽地就看到店门口有一个人跑过来。那个人满身的泥巴，就开始大喊："老乡们，塌方了，有没有能帮忙的？"那人身上的泥巴里还混着血，显然受伤了，他叫了几声，连站都站不稳，很快后面的武警也赶到了。武警同样浑身泥巴，也开始叫起来。刚才那老头儿就站起来，开始帮忙喊。村里的年轻人都出去打工了，剩下的都是老人和妇女，但这里的妇女也很健硕，都围了上来。

我们凑上去一听，才知道山里出现了塌方，第一次塌方的时候武警上去救人，结果二次塌方规模更大，工地上能上的人现在都上了，指挥部让人临时从村子里调人去帮忙。本来我还在想混进去的方法，如今脑子一热，也不用琢磨这个了，反正救人是义不容辞的。我和胖子对视了一眼，胖子来劲了："走！"两个人混在人群里就跑到村口，村民们对于泥石流都有经验了，都带着锄头、铲子，我和胖子各借了一把。村口有运土方的军用卡车，我们爬进车斗里，车子就往山里狂奔。

长话短说，我们没有想到是以这样的方式进的山，进山之后，忽然天上乌

云压下来，打了一声闷雷，开始下雨了。我们刚下车就惊呆了，面前的整座山坡都坍塌了，巨大的泥山夹着石头变成了液体，冲入山谷。所有的树都在移动，好像地面是活物一样。

开车的武警小伙子救人心切，就想开车直接冲过去，胖子爬进驾驶室，按住方向盘："你别看这东西流得慢，里面的石头有几吨重，进去之后一旦被裹住，就像进入石磨一样，直接被磨成碎片。"

小伙子说不能等了，很多人被埋着，如果我们进不去，里面的人根本不可能挖开那些石头，那整个现场的人都会死。

大雨越下越大，我爬到车顶，看到天上全是闪电，这里果然是河南的雷暴中心。天已经非常黑了，刚才老头儿说的山和钟，在大雨中都看不清楚。

混乱间，泥石流终于停了，胖子大喊："走路，不要开车！"我没法细听，赶紧跳了下来。我们开始快速攀爬过泥石坡，往前又走了几十米转弯，就看到了他们操作区所在的山谷，已经全都被泥浆覆盖了。

我和胖子冲进去，就听到有人喊："挖车！人都埋在车里，快要没有氧气了。"

但是哪里看得到车，全都是泥巴，胖子趴到泥巴上，就喊道："他们在下面按喇叭。"我也趴下去，果然听到泥巴下的喇叭声，立刻开始挖。

我挖出第一辆车之前，压根儿没有觉得我们能救出人来，但好在车埋得不深，我们把车窗打开，把里面的人拖了出来。此时所有人都是泥脸泥身，不分彼此了。

再去挖第二辆、第三辆……雨停的时候，我浑身都被泡烂了，精疲力尽，和胖子两个人坐在水坑里。此时雨声退去，所有人的大喊和哭号才变得清晰起来。

再到后来，外面的消防队一拨一拨地到了，我们被换了下来，我们互相搀扶着，到了一处高地的树下，坐在石头上。我手上全是水疱，胖子抬头，本来快累死的脸色忽然变了，他用尽全身力气，让我抬头。

我刚抬头就看到了对面的山，立即意识到，这就是老头儿说的无人机拍到的那座山，大雨之后我们终于能看到山的全貌，我目瞪口呆。

# 第9章 出神迹了

我从未见过坍塌成这样的山，整座山的一半全部坍塌了，露出了山的核心岩层，里面全都是盘根错节的缝隙，各种沟壑都暴露了出来，犹如一块被白蚁蛀空木头内部的侧剖面。

那所谓的钟，其实不是钟，而是缝隙中的青铜片，一片连着一片，镶嵌在里面。这些缝隙里几乎都有青铜片，排列出来的形状很像一座巨大的编钟，所以航拍的时候，看起来像是一座钟的样子。每一片青铜大概有汽车挡风玻璃那么大，上面有花纹，可能是古物，但是在我这个距离看不清楚。这些蚁穴一样的缝隙是人工修建还是自然形成的，尚不可定论，但我看走向，应该是天然形成的可能性更大，只是里面那些青铜片不知道是怎么回事。

"好大一个白蚁窝子。"边上的胖子和我的想法几乎一样。

"很惊人吧。"我们身后有一个人说道。我们立即回头，只见一个满身是泥的人坐在我们后面，也看着这个蚁穴，"还有更惊人的。"

我看着后面那人，虽然满脸是泥，我还是觉得眼熟，但一时间没认出来。

"你们猜里面的这些金属片，是什么年代的？"

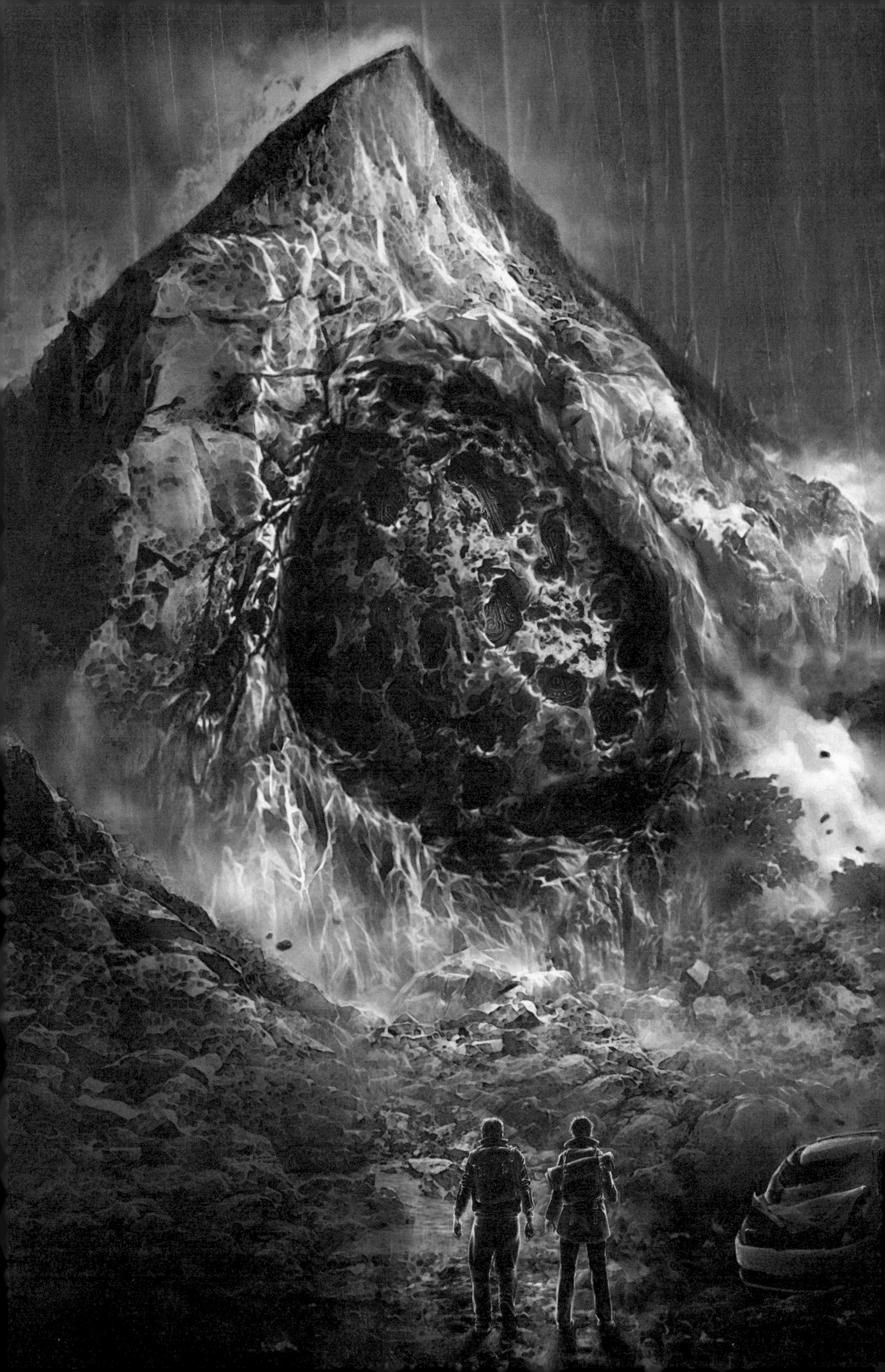

"搞这种工程，肯定和迷信有关，越大的迷信工程，年代越早，或者国家越富，应该是战国时期或者盛唐时期。"我故作高深地说道。

"错了，这是一种对于考古的客观偏见。这东西是民国时期这里的几个道士干的。"后面的泥巴人说道，"青铜片年代不久，工艺非常粗糙，上面全是道士的符咒花纹，缝隙里还有很多生活用具，从这些用具上看，这里应该生活了三到四个道士，住在里面炼丹。"

"为什么要这么干？"胖子就问，"三四个人搞那么大，得十几年吧？不辛苦吗？"

"那我就不能说了。你们不是当地人？怎么在这里？"

我一个激灵，太累了，忘记遮掩自己了，赶紧冒出一句河南话："俺们是当地人，正巧回来探亲。"

胖子立即接话："俺们是好人。"

"等事情过去了，会跟你们签保密协议，然后有奖金。你们就先在这里，看到的事情，不能对外说，否则要坐牢的。"对方说完就站起来，往坡下走去。

我们求之不得，和胖子踅摸了一下，继续下去救人，但消防队员进来很快，他们比我们专业得多，我们下去就只能帮忙抬一些土方，救援工作很快就结束了。

这一次不幸中的大幸是，因为天气预报有雷暴，所以大部分的考古工作人员都没有出工，在工作帐篷里做第一期出土文物的汇总。虽然坍塌非常严重，所有的帐篷都被埋了，但人几乎都跑了出来，有14个人失踪，其中有大学生、实习生和几个专家。之后还有一些救援人员受伤，在这种规模的塌方下，失踪基本等于死亡。

气氛很沉重，搜救工作还在继续，消防队搭了临时帐篷，我们得以避雨休息。后续物资到了之后，有暖炉、毛巾、热水和热汤饭，还有换洗的衣服。我和胖子清理一番后，累到一翻白眼就能睡着。

雨后的黄昏特别美，但我知道明天一早就会发合同，有可能会遣散我们，

第9章·出神迹了

039

我告诉胖子不能睡，但随即我们两个都睡死了，醒过来的时候，又在下雨。雨点打在帐篷上，把我们吵醒了。胖子拿了吃的，帐篷里其他人都在睡，我们就默默地吃东西。此时应该是半夜，痛彻心扉的腰酸背痛袭来，我躺着回想之前发生的事情，忽然想起来，在坡上和我们说话的人是谁了。

"那人我认识，是一个民俗学的教授，姓齐，级别很高，普通的事不会出来的。"我对胖子说。

这种级别的专家，都是有过国际性大发现的，如今直接到一线工作，看一个民国的东西，这不正常啊！这意味着什么？我想起他之前说的，这他就不能说了，说明除了民国道士建造的这个蚁穴，他们还发现了其他事情，民国道士的蚁穴是可以和我们这些外人说的，其他事情，是不能说的。

那其他事情才是关键，这里到底发现了什么？

我拿出手机，从通讯录里找到了他的电话，太久没联系了，还是和老痒去秦岭的时候和他联系的，不知道电话号码还是不是同一个，但我发现这里没信号。

胖子说道："那赶紧去套近乎啊，我们这几年从良的名声还算可以，我们可以做出贡献的。"

我道这种国家工程，他难道不知道重要性吗？我们两个什么身份对方也不是不知道。当年我三叔在的时候，因为都是考古系统的，所以给了我几分面子。如今我们的动机非常微妙，你让他怎么相信，我们来这里，是因为对一个叫杨大广的人的身世感兴趣？况且我们还不知道，杨大广听雷和这里发生的事情的关系，一问要问出大事来，我们俩吃不了兜着走。

此时一声惊雷，我听到帐篷外有动静，就披上雨衣和胖子出去，外面已经聚集了一大批人，正朝那座山跑去。

"怎么了？"胖子大声问。

"出神迹了！"对方大喊。

# 第10章 藏地庙

我们跟着人群爬了20分钟，才到了山下，所有人打起手电，从山脚下去照上面的"蚁穴"，只见所有的青铜片都在震动。雷声再次响起来，我忽然发现这里的雷声不一样，因为这里打雷之后，我清楚地看见，山中的青铜片会发生震动，像是对雷声进行回应一般。而几乎是同时，我们都感觉到自己的脚下也传来了声音。

我和胖子找了块石头，俯身去听，就听到石头里传来无数的钟声，似乎是从地底传出的。

"这地下面有一座庙？"这是我第一个反应。胖子点头："藏地庙，藏在地下的庙。"

藏地庙是"灭佛法难时期"，佛教徒在躲藏时，不得已把庙宇迁往深山的洞穴之中。现在我们知道的法难时期有三个，一个是北魏的太武帝时期，一个是北周武帝时期，还有一个是唐武宗时期，这三个时期被合称为"三武灭佛"。这三个时期的藏地庙已经有多座被发现，但规模都很小。

如今这情况看来，有道士在山中的缝隙中装置了青铜片，这些青铜片和雷

声混响之后，似乎能把震动传递到地下，地下似乎还有一座大庙。钟声徐徐，道士们为什么要这么做？下面的庙和他们是什么关系？他们不是道士吗？藏地庙都是佛寺，完全不相干，简直是扑朔迷离。

此时我看到之前坡上那个专家，忽然灵光一闪，对那个专家喊道："教授，那几个在这里修炼的道士，是不是姓杨？"

那个专家看向我，所有人都看向我们，我看那专家的表情，就知道我猜对了。

那不是三四个道士，而是伪装成道士的盗墓贼，也就是杨大广的祖先，他们是民国时期到的这里，就是为了下面的那座庙。但为何他们要在山里挂这些青铜片呢？雷声、青铜片、地下的钟声、听雷的磁带，这一切的联系，才是这里考古工作背后最大的秘密。

我表情兴奋，脑子也在飞速转动，那专家看我没有后话了，忽然凑近，看了看我，然后说道："吴邪？"

我一看对方认出我来了，也装不下去了，赶紧点头："齐伯伯，这么巧啊。"结果胖子会错意了，他比我机灵，我一被认出来，他撒腿就跑，武警也是条件反射，他一下被按倒在大概三十米外。胖子立即大喊："轻点儿，轻点儿，胖爷我刚救过你们战友。"

我立即解释这是我同事，他应该是忽然尿急，大家不要误会。齐教授挥了挥手，武警才把胖子放开，但他目光炯炯地看着我，显然在思索我为什么会在这里。我十分尴尬，这里的发现肯定是国际级别的，我们的身份，要是在酒店里遇到了，估计还有顿饭请，但是在这里，完全无法解释，世界上的巧合不会巧合到：我正巧想到河南一农村体验生活，然后农村里正巧有一个国际性的考古发现，我还正巧出生在长沙的土夫子世家。

讲不通的。所以我来一定有目的，而我的身份可能又会让我的目的显得很不堪。

齐教授还是给了我几分面子，招了招手让我们先回他帐篷。

两个人被提溜到帐篷里，齐教授跟着进来的时候，我已经想好要说实话了。实话我有证据，我查我三叔的事情不犯法，而且到这里来救人，是考古队叫我来的，不是混进来的。

齐教授进来的时候，挥了一下手，武警就没跟进来，他直接沉下脸来，骂道："你们不要命了？做生意做到这地方来了！不是让你们别干这一行了吗？"说完看了看帐篷外，"你怎么解释？明天所有人的身份都要查，你们不是当地人，怎么逃得掉？你这个身份一查出来，跳进黄河也洗不清。"

我立即一五一十把所有的经过都说了，表明自己的立场清白，现在这个社会，不能随便抓人，我们是无辜的。说完之后，他没有立即相信，但我有证据，把杨大广的身份证这些东西都上交了。他看了之后才放下心来，给我们泡了咖啡。我看他还能讲得通道理，心中安慰，这些老专家讲人情，而且愿意相信人，我有些感动，就把我的分析也跟他说了。

齐教授听了点点头："你想到的我们都想到了，只是杨大广是这里杨姓道士的子嗣，我们了解得不多，只知道他失踪了。"

我对齐教授说道："我不知道这里到底发生了什么，但是这件事情应该和我三叔有关。而且，我觉得应该和雷声有关。"

齐教授看着我们，沉默了很长时间，似乎是在做抉择，最终他叹了口气："跟我来，给你们看样东西，反正你们要签保密协议。"

胖子看了看我，我立即明白了，按照美国电影的拍法，教授是要给我们去看背后的秘密了。之前的人生中，对于这样的事情，我都是自己苦思冥想，如今有一丝感慨，其实有时候用点儿人情上的小手腕，对方也许就直接告诉你了。

走出这个帐篷，我们就开始往最大的那个帐篷走，我的心扑通扑通直跳，胖子跟在我后面，我以为他会大放厥词，这往往是他大放厥词的时候，但是他太困了，一直在拍自己的脸。我们进到帐篷，里面全都是盒子，上面全是泥巴。

"都被泥石流埋了，我们又重新把它挖出来了。"教授和我们道。他按亮电灯，直接带我们来到了一个大盒子边上。大盒子打开，里面放着一个用塑料布捆着的人形的东西。

## 第11章 羽化成仙

"在泥石流爆发之前，我们已经挖通了山的下半部分，里面有一条石道一路往下，但是石道的尽头被水淹了，都是经年的雨水，我们下不去。这条石道非常长，两边都是石龛，石龛里面就坐着这种东西。"齐教授把塑料布打开，那是一具道教的神像。

但仔细一看，我发现这并不是泥塑的神像，而是一具古尸，穿着已经腐烂的道袍，道袍全都粘在尸体上。头发和胡子很长，都是白色的。

"这东西可不是什么国际性的大发现。"胖子轻声道，"伯伯，这东西我能批发给你。"

齐教授示意胖子过来："你掂一下。"

胖子看了看我，过去用双手掂量了一下这具古尸，一掂他眼睛都瞪大了，又回头看着我。

"怎么了？"

"怎么这么轻？这是纸糊的？"胖子直接换成了一只手，轻松地抓着这东西。

"你们知道羽化成仙吗？神仙羽化出来之后的尸体，轻如羽毛。当然我们要讲科学，这些可能是用特殊的尸体处理手法做的。"齐教授扶了扶眼镜，拍掉胖子想拧掉尸体的头看看里面是什么的手，"那条通道下面，应该是一个庙。你们都听到钟声了，这座山下有空腔，里面应该有一座大庙。"

我还是没有搞懂，虽然山的底部有庙很玄妙，但我觉得不至于让这里被保护成这样。齐教授看着我："所以你们认为这具尸体，应该是年代久远的古尸，对吧？如果是古尸，这最多算是一个全国级别的考古重大发现，但这具尸体不是古尸。"齐教授从一边的盒子里掏出了一块简陋的木牌子，是一块灵牌。我看了一眼，上面写着"太公杨守业之位"。

"这具尸体就是你说的姓杨的盗墓贼的尸体，他们在这里经营了很久，你一定以为，他们是用道士身份做伪装，来偷下面的庙里的文物。但是正好相反，他们不仅没有偷文物，还把他们在各地偷的文物集中起来，在这里修建了下面这座庙。"

盗墓贼在修庙？为什么？我心说。

"你看到的这具羽化的身体，应该是在民国时期死亡的。他们在这里已经经营了快一个世纪了，而且是在认认真真地修道，并不是在敛财。我们在清理山里缝隙中他们的遗物的时候，发现了来自十几个不同墓葬的文物，他们到处盗墓，把战利品搬到这里，修建了下面的那座庙。在这些文物中，我们发现其中有三种类型的文物，来自三个时期非比寻常的大墓。"齐教授顿了顿，"哪三个墓我就不说了，这三个墓我们业界曾经以为绝对不可能被盗。但杨家人应该进去过了，而且从里面拿了东西出来。我们认为，从这三个墓里盗窃出来的更多文物应该在下面这座庙里。这些文物一旦现世，就是这一百年以来，世界最大的考古发现，而且一次出现三个。"

我并不能肯定是哪三个墓，文博系认为的大墓和我们认为的不太一样，但是他不说，我只能往大里猜，这一猜整个人都不好了，手指就有点儿发抖。我脑海里的选项，都是绝对不可能被盗窃的，我的认知也是这样，一是根本找不到，二是根本下不去。我也不敢问，如果事情真的大到这个份上，不知道肯定比知道安全。

"还有呢？"我问道。

齐教授说道："你们老九门在老杨家面前就是低能儿，沽名钓誉，擅长炒作。"

我们三个陷入了短暂的沉默，胖子咳嗽了一声："胖爷我，在这件事情上，同意齐教授的说法。"

"所以，这里守卫那么森严，是不能让别人知道有三座大墓可能已经被盗了。下到最下面，看到庙里的情况之后，我们才会对外公布。你说的杨家人，来自山西，是山西的南爬子，他们不会一次盗空一座古墓，市面上也没有出现那三座古墓里的文物流通。这说明什么？说明他们的盗窃行为可能不是为了售卖，而仅仅是为了修建下面的这座庙。在下面，也许不仅可以找到更多来自那三座墓里的文物，还有可能找到他们打开那三座墓入口位置的线索，以及，他们到底为什么要干这件事情。"

齐教授目光炯炯地看着我，我叹了口气："如果按照我查到的消息，下面的庙，一定和听雷有关。也许这些杨家人，都是听雷探墓的高手，所以三叔才会和杨大广搭伙。他们是不是对雷声有什么崇拜？比如说他们拜的祖师爷是雷公。"我没有告诉齐教授雷声重复的事情，是因为说了他肯定也不信，但现在在我脑海里，很多事情都开始串起来了。

杨家人肯定知道雷声重复的现象，这个可以说是世界级的巨大发现了。

他们在洛阳的雷暴中心的地下，修了一座庙，把从全国各地盗窃出来的文物，用作修庙的材料，而且还在里面修仙，还挖空了一座山呼应雷声。他们是否认为雷声重复这件事情，和道教的雷法有一定关系？

道法自然，他们是想通过修仙，参透雷声的秘密。

那为什么要用从各地盗窃出来的文物，来修建这座地下大庙？这恐怕只有下去看到才知道。

不知道为何，我极想下去看看那座庙，我原以为看了那么多东西，世界上应该没有什么会激起我的好奇心了，但我错了。

"咱们什么时候再下去？"我一激动，就秃噜出嘴了。齐教授看着我，就像看着一个小朋友："想下去？入口被泥石流埋了，就算我们进去了，也要解决那个通道被水淹的问题。如果你们能解决水淹的问题，把我们的人带下去，并且安全地带上来，那么我可以聘你们做顾问，当然，如果你们在里面拿一样东西，就要牢底坐穿。"

## 第12章 下地

当天晚上我睡得非常香，我本来以为会失眠，结果我低估了自己现在的惰性。胖子打呼噜吵醒了一半的人，我却压根儿没有听到。早上起来的时候，雷雨已经过去了，阳光特别明媚。我出了帐篷，还看到那座白蚁穴山和边上山脉形成的山谷中间出现了一道彩虹。

那天晚上，搜救工作继续，我不知道有什么新的进展。之后村民们被遣散，我和胖子则被带到了大帐篷边上的一个中等帐篷里，原谅我只能这么形容，因为这些帐篷长得都差不多，我就把它称为2号帐篷。这是一个办公帐篷，里面有打印机等东西，我们在里面签了保密协议。

之后我们等了一段时间，才去了1号帐篷。在这段等待的时间里，我大概理了一下思路。

首先能确定的是，杨大广的祖先，并不一般，他们在这里，进行了一个巨大的工程，这个工程和道教的雷法，是有关系的。而杨大广本人的尸体，则被我们发现在一个废弃的气象站里，他身边的磁带能证明，十六年来，他在不间断地用录音机到处录制雷声。那杨大广很可能也是一个对雷法痴迷的人，至于

为什么痴迷，我们是不知道的。他活着的那个年代，不能过于表露对修道的兴趣，所以他可能用气象考察这件事情掩藏了真实目的。而我三叔和他一起参与了听雷这件事情。三叔不是一个迷信的笨蛋，那至少可以说明，杨大广对于雷法痴迷的原因，三叔是认同一部分的。

如果没有那一段重复的雷声相隔十几年重新出现，我会立即判断，三叔接近杨大广，是为了杨大广家在这里的藏地庙里的宝贝，他肯定是探听到了什么。但因为有那一段神奇的雷声，我不得不认同，三叔应该更可能是对杨大广家听雷、修雷法这件事情有一定程度的探知欲和好奇心。

既然杨大广的祖先在这里听雷，并且还修了一个规格超绝的藏地听雷庙，那么我觉得雷声重复的秘密，很可能就隐藏在我们脚下了，我能下去真的是挺幸运的。

在1号帐篷，开会之前先默哀，然后齐教授才介绍了我们。没有人在意我们，可能因为突逢大变而且眼见如此巨大的灾难，所以士气比较低落，胖子自我介绍的时候说了几个笑话，也毫无用处。所有人尴尬地笑了几声，几乎没有其他反馈。我表示理解，活到这个年纪的人，都有过失去身边人的经历，那绝对不会好受。于是干正事，我看了之前他们勘探的侧剖图，画得很精细。

隧道是通过一条山体缝隙延伸的，如果山没有坍塌成这样，那么在山体上应该有一个洞口，进入洞口，往上可以到达山体里"蚁穴"部分的所有缝隙，往下可以进入这条斜着向下的甬道，甬道大概往下700米，就被水淹了。

这个入口现在在泥石流下面，正在被重新清理出来。按照一般推理，甬道再往下，乃至于甬道通向的地下空间，应该都已经被淹没了。但昨晚我们都听到了地下的钟声，说明地下是有空气的，那么这一段被水淹的部分，很可能和抽水马桶的结构一样，甬道在某个位置有一个弯曲，形成了一个水密封，外面的空气和里面的空气就被这一段水道所隔离。

这一段水道不会太长，而且会有往上的趋势。我把我所有的分析快速说完，有人就质疑：“那如果外面的水太大，里面还是有可能会被淹。”

我知道并不会，心说这几天那么大的雨，如果没有放水的设置，多大的空间都已经溢出来了，但这种情况并没有发生，说明甬道的尽头，钟声传来的空间里，是有泄水的通道的，但是我实在不想解释这种结构的放水原理，就给他跷了个大拇指。齐教授告诉我，潜水设备下午就到，这种潜水属于洞穴潜水，得我和胖子探明下面的情况之后，他们再跟我们下去，如果水量不多，他们还是倾向于把水抽干后再进去。

我告诉齐教授，这里的天随时可能下雨，最好的办法可能是潜水进去之后，用绳子把设备和装备等运进去，在里面做一个临时基地，等有条件了，再把电缆拉进去。

长话短说，下午我们喝了点儿烧酒，那边的入口也重新被挖了出来，潜水服到了之后，我和胖子两个人穿上，准备钻进去。胖子想要把枪，被拒绝了。胖子就抗议，万一里面有妖怪怎么办？齐教授怒目瞪了我们两个一眼，我们只好作罢，但是有个战士给了我们战术匕首。

灰色的石头隧道非常低矮，杨家人应该都是小个子，我们弯着腰前进。两边有很多挖出来的神龛，如今都空了。齐教授说之前给我们看的那些羽化的尸体，就是在这些神龛里发现的，里面的尸体应该都已经被保护起来了，除此之外没有任何文物，这只是非常粗糙的人工隧道。齐教授陪着我们下来，他身体很硬朗，随行的还有一个武警。

"怎么这里的神龛这么多？不是说只有三四个道士吗？"胖子很注重细节，就觉得奇怪。

齐教授就说："杨家盗墓贼确实只有三四个人，但我们清理这里的时候，还发现了很多古尸，都是汉代的。我估计，原本这里就有很多修道的道士的遗体，杨家人在修庙的时候，从这里各个地洞里发现了，就都供奉了起来，说明几千年来，这里一直有道士聚集修道，这是一座'仙山'。"

我和胖子面面相觑，我们之前也遇到过这种地方。那真的是满山的洞，洞里有各种各个年代的死尸，不知道仙山这个资格，道士们是怎么确定的，此外为什么有那么多人想成仙。

很快到了700米的地方，我们无法继续前进，甬道斜着插入水里，胖子用

第12章·下地

手电照了照面前的水，是泥巴水，非常浑浊。

"我们下去什么都看不见。"胖子说道，"只能在水里往前摸，你知道这有多恐怖吗？"

"我们扣上绳子。"我对胖子说，"有事让武警兄弟拉我们回来。"

胖子看了看身后的武警，是个年轻的小伙子："你要是走神，胖爷我做鬼也不会放过你。"

我看着泥浆一样的水，也不知道前方水道有多深，确实，这种探索只有我们这样的人敢去，专业探险队都未必愿意下去。我拍了拍石壁，让胖子沿着石壁，千万不要离开石壁，否则如果下面有岔道，就会非常非常危险。

两个人带上设备，爬进了泥水里。水非常冷，最开始几分钟，冰冷的水让我所有的感觉都消失了，防水手电的强光打到最大，能见度几乎为零，只能感觉到光线，但我能听到胖子在我身后的呜呜声和气泡声，稍许欣慰。

我一只手摸着石壁，慢慢地往前游动，每游一会儿，就摸一摸腰上的绳子，胖子的声音也一直跟在我后面。我本来以为10到15分钟，应该就能到另一头出水了，但是这条水道远比我想的要长。

游着游着，我的手忽然一轻，发现摸的石壁一下子不见了，我似乎游进了一个很大的空间。本来水道很局促，能摸到边多少有一些安全感，但是忽然摸不到了，我就心慌了一下，立即去摸上面和下面，发现上下都摸不到了，这应该是出了水道，进入了一个很大的水下石室里了。我立即后退，想退回刚才的地方，却一下撞到胖子身上，被他一推，我直接打了个转，失去了方向感，一下不知道刚才的出口在哪里。

我在水里划动双脚，让自己稳定下来。就在这时，我听到身后的胖子笑了起来。水里传声非常清楚，那是水下的笑声。我心中恼怒，心说有什么好笑的，同时我就觉得，拉着我的绳子被什么东西带了一下，拉扯了我一下。

我抓住绳子，以为是胖子，就往胖子发出声音的地方伸手。这个时候，胖子的声音消失了，四周瞬间跌入安静之中。我往胖子的方向游了一下，就摸到了胖子的绳子，胖子的绳子竟然不知何时一路往下，通向这个空间的下方，就像鱼饵被咬钩的鱼拖下水底一样。

我拉了一下，对面的力道很大。

正在疑惑，我又听到身边有人笑了一声。同时，有什么东西搭住了我的肩膀。

第12章·下地

## 第13章 水鬼

胖子在下面,那怎么还会有人搭我的肩膀?我猛地转身。因为什么都看不见,只有触觉,我的心跳一下就变得非常快。

几乎是瞬间,我的手臂、脚踝,都感觉到有人的手搭了上来。

这些手冰凉,起码有六七只,我脑子一下就炸了。

胖子哪有那么多手?难道这水里还有其他人?

我开始挣扎,四下转圈,但很快我就发现不对,到处都是人,我什么都看不见,却怎么样都能撞到人。转瞬间我又想到胖子往下,肯定也是因为发现四周全是人。这是水鬼吗?胖子是被拖下去了,还是因为四下找不到空当,往下溜了?

不管了,我一个猛子往下,也笔直地往下游,下面果然没有人,我划动四周的水,冰冷的泥水被搅动开来,视线变得更差。大概四十秒后,我就沉底了。我往边上摸,摸了三圈,发现了胖子的绳子,我一把拽住,发现那绳子正在被拉动。我抓住绳子,立即就被绳子拽住了,我心里想,完了,大概胖子是被水鬼抓了,这是要拖着他去吃呢!这杨家人够老到的,不仅修了隔离空气的

隔水段，还在里面放了水鬼。

我当即心一横，这一次来没带管制刀具，只借了把匕首下来，我得去把胖子救回来。我顺着绳子拉动的方向一路快速游过去，一会儿绳子好像就进了一个岔口里，我也直接游进去。岔口后是往上斜着延伸的甬道，我攀着绳子快速爬动，忽然觉得浑身一重，脑袋竟然出水了。

潜水镜上全是泥浆，但我还是看到胖子抢着手电，一猛子打在我太阳穴上。这一下敲得真重，好在我躲得快，只是把我的潜水镜给打飞了，掉水里一下就找不着了。我太阳穴被狠狠地刮了一下，疼得我大叫，胖子这才认出来："天真！"

"你打地鼠呢？探头就打！"我大骂。

"不好意思，不好意思。胖爷我以为水里的妖怪出来了。我说怎么那么沉呢，原来在绳子那头的人是你。"胖子道。

我被他拉上去，发现这儿和我们刚才进来的甬道很像，但是已经有空气了，四周并没有水鬼，不由得松了口气。

"你怎么找到这儿的？"

"你没发现啊？水里都是东西，多手多脚，我也不知道是什么。"胖子骂道，"我又看不到你，拽你也没反应，我当然先脱身，结果一脱身，脱大了，就找不到方向了，东摸摸西摸摸，就摸到这儿来了。"

我抹了把脸上的泥水，心说：这下面不知道有几条岔路，我们有没有走对啊？这是什么地方？我用手电照了照，还是之前的风格，甬道到了这里出水，后面非常深邃，手电照不到底。这下面应该只有一座藏地庙吧，总不会有迷宫一样的结构，我想着他们就三四个人，修一辈子能修出一条地道、一座藏地庙就不错了。

"如果我们运气好，这里大概率是对的，我们鬼使神差地通过了这段积水。"我说道，"如果运气不好，那么我们往下走，不知道会走到什么地方去。"

"不管走到什么地方，不管发现什么，都是成果不是？"胖子说道。

不过这泥水隔断真不好弄，潜水高手还行，齐教授他们够呛能过来，在水下，一紧张就容易呼吸紊乱，万一呛水了，有氧气瓶也会死。更何况里面到底是什么东西？

我和胖子脱掉脚蹼，胖子拽了一下从水里伸出来的绳子，想让自己的活动范围宽裕点儿，一拉就愣住了："怎么还那么重？"

我和他对视了一眼，立即就把匕首举了起来，同时把手电照向出水的水面，绳子一下绷得很紧，胖子差点儿就被拖回水里去，他立即稳住，往后退几步开始拉绳子。他直接把匕首卡在绳子扣上，如果坚持不住，就切断绳子。我立即上去帮他，两个人用力把绳子往外拉，胖子大叫："你说会不会是那个武警小伙子以为我们遇难了，要把我们拉回去？这可太尴尬了。"

"你拉出个信号频率来，让他知道我们没事啊！"

"这小伙子是个实心眼啊，他就想把我们拽回去啊，我哪有机会拉出个信号！"胖子大骂的同时，我们两个人都快被拉进水里了，"这什么力气啊？绝对是水鬼啊！"

胖子说着就要动刀切绳子，就在这个瞬间，他的绳子一松，我和他一起飞了出去，摔了个四仰八叉。

胖子再一拉，发现绳子松了，那头似乎断了，不过却不是毫无重量，绳子那头还是有东西的。他拉了几下，水面忽然翻腾了几下，六七具被绳子缠着的苍白的尸体，一下就被拖出了水面。他们全都穿着和齐教授他们一样的工作服，我立即就明白了，这些都是在泥石流中失踪的工作人员。他们躲进这里，结果被雨水冲进泥水里，溺水牺牲了。

刚才我们在水里游泳时拉着的绳子，把他们全都缠绕了起来，随着我们的前进，他们也一直在被我们的绳子带着走。胖子又拉了几下，尸体被拉出水面，没有了浮力支撑，尸体变得很重，搁浅在旱水交接的地方。胖子瘫倒在地，大口地喘气。

"刚才他们是不是卡在什么地方了？"胖子问我，"被我硬拽过来了？不对啊，刚才有东西在往水里拉。"

确实，我也知道，刚才是有一股极强的力量在往回拉的，是这些尸体在拉

我们吗,还是水下有什么东西?

我条件反射地拍了拍身上,想找一支烟,结果只找到了我的戒烟棒。我叼上,假装抽了一口,用手电去看尸体的脸。

这些脸是不对劲的。

我看过很多尸体,凡是在古墓中的,脸色表情大多不是很恬静。但凡脸部紧缩,出现一种类似笑容的表情,基本上是死前遭遇了极端恐惧形成的。这种恐惧必须达到让人窒息的程度,才会出现这样的表情。这些尸体都是这样的表情,如果是当年的我,已经被吓得尿裤子了,还好我今非昔比。

我看了一眼胖子,胖子也和我有同样的疑问:"如果是尸体在拉我们,是要拉我们做替死鬼吗?"

"我们在水里遇到尸体的时候,没有被攻击,出水之后,却遇到了强烈的反向拉力,想把我们拉回水里,加上他们这让人毛骨悚然的表情……"我照了照我们要继续深入的方向,一片漆黑,"我想如果真的有鬼,有可能他们不想让我们继续往前走,他们想警告我们。"甬道的尽头一定有什么,他们在被泥石流困在这里的时候,是不是看到了什么?

我们把尸体一具一具搬上来,帮他们合上眼睛。胖子和我做了默哀。考古工作非常危险,又要忍受常人难以忍受的寂寞,这种牺牲对于这项工作来说,损失是非常大的。

胖子的绳子已经断了,只剩下我身上的一根绳子,我有些心慌,但我们不能停下来,我们得继续往前走。三叔的秘密和这些牺牲者的价值,都看我们接下来会看到什么了。

我和胖子没有马上前进,我通过有节奏地拉动绳子,大概传递了一些信息到另一端,表明我们安全过来了,现在要进行第一轮查看。

对方是不是懂,我一点儿也不在乎。两个人坐下来,先做了一个总结。

这水里我们不能再下去了,这是我的直观感受,不管是这些尸体的问题,还是水里有其他问题,现在再下水,出事的概率很高。如果是新手,现在会非常担心怎么回去,我和胖子还算是比较坦然,按我们的经验,车到山前必有路，我们几乎没有一次是原路出去的，总有其他路。

胖子试了一下对讲机，一点儿信号都没有，也就作罢。两个人收拾了一下，我解开绳子，提溜着往前走。没走几步路，就看到一个神龛，里面有一具羽化的尸骨。我拉着绳子走不方便，想找个地方系一下，但完全找不到任何可以挂住绳子的地方。

而且这个甬道里，连块石头都没有，清理得特别干净。胖子掏出匕首，用绳子卡住匕首打了个特殊的死结，然后找了个缝隙，把匕首卡进去，角度弄好之后，绳子一拉紧，匕首就会卡在缝隙里，难以拉动。我们两个开始往甬道深处走。

水太冷了，导致现在我们赤脚踩在石面上都感觉是暖的，我和胖子对视了一眼，一把匕首和两个手电筒就是我们全部的装备了。这往往是一段探险最精彩的时候，手电照着前面，幽深无比，我知道一定会出现什么东西，让我们大吃一惊。

这里非常安静，能听到一些滴水落下的声音，都是从甬道顶上滴落下来的，两边时不时地出现一个神龛，大多是之前那种羽化的尸体，我和胖子默契地一个没碰。我们装备太少了，万一有一具起尸，只能肉搏。

走了大概两支烟的工夫，往上的趋势放缓，两边的神龛开始密集起来。胖子用手电扫过去，前面的甬道变得非常非常窄，不仅窄，而且更加低矮。两边爆发性地出现了大量神龛，每个神龛里都有一具羽尸，一下子显得有点儿拥挤。怎么说呢？我们只能匍匐着，侧身从那些尸体的中间通过。

"这何必呢？"胖子说，"前面那么宽敞不住，非都挤到这儿来，这儿是CBD啊？"

我用手电照了照，心里发毛，心说这要是出点事，就被淹没在尸潮里了，一点儿生还的概率都没有。

胖子叹气："要是小哥在这儿，手划破，血一洒，哗，让他们抬我们过去。"

"这不是不在吗？想点他不在时能用的办法。要么把你一划，哗啦，全是油，我们刺溜一下就过去了。"我调戏他。

第13章·水鬼

059

胖子也不生气，笑道："你不配用胖爷我的神膘，一滴油十滴血你知道不？"他也看了看前面，所有的尸体几乎都面贴面，我们要进去，面前后背都是尸脸，"这也太吓人了！唉，要不咱们妥协吧，算了。"

"你可听说了，里面有那几个墓里的宝贝，那几个墓里的宝贝，你要是现在不进去，等教授进来了，未必给我们看。你受得了吗？"我问胖子。

"我是受不了，那也得有个两全其美的办法。"胖子又照了照。我也低头跟着他的手电光看，这一照，我看到在这一段甬道的尽头，很远的地方，有一个东西闪了一下。

"什么东西？"

"好像是个手电筒光。"

我"嗯"了一声，那边也有人在往这里看？仔细再照了照，就发现那个闪光没了。如果一会儿有一会儿没有，那就不是镜子……

我和胖子对视一眼，胖子就说道："我说啊，绝对是手电筒光，该不是有倒斗的进去了。天真，咱们既然收手了，别人也别想喝汤啊，去干死丫的。"

我摸着下巴，越发觉得不妙，一种非常非常不祥的预感，让我浑身起鸡皮疙瘩。这地方是有问题的，我太熟悉这种诡异感了。就在我犹豫要不要前进的时候，忽然听到了一声雷声。

我们身处岩层之中，雷声听起来很不一样，竟然是有如波浪一样的。我听了一下，瞬间就明白了，这是上面那些青铜片传导下来的雷声。雷声几乎从四面八方向我们涌来，我一时间觉得自己真的在某种神异的环境中，不是恐惧的感觉，但是十分妖异，觉得这个甬道，前面的那么多尸体，还有四周的声音都妖气冲天。

恍惚间，我往回退了一步，有点儿想退却了。对不起，我真的是一个会在这种关头放弃的人。就在回头的瞬间，我看到在我们身后跪着一个人。这个人是凭空出现的，刚才根本没有。

## 第14章 珠光宝气

我用手电光扫过去,那里一下就出现了一个人,手电照出了他的身体,就那么跪在甬道里离我们六七步远的地方,低着头,看不到脸。但是浑身都是湿漉漉的。

这一下把我给吓得大叫一声,整个人跳起来,脑袋撞在了岩石顶上,撞得我眼冒金星。胖子也被我吓了一跳,直接做出了防御的动作。接着那人就抬起了头,我一看,咦,齐教授?他怎么进来了?

齐教授脸色苍白,面无表情地看着我们。在手电光下,犹如一具尸体。

我们赶紧上去,把他扶起来。齐教授浑身冰冷,一张嘴就吐出一口黄泥水,翻了白眼。胖子忙给他按人中,按了半天,齐教授才吐出一口气,人也醒了过来。我和胖子长出一口气,我就问他怎么回事。

齐教授虚弱地比画了好久,才把事说清楚,他说看我们的绳子动得厉害,以为我们在让他过去;另一方面,他知道我们成功地过来了,心里越想越觉得不放心,觉得我们两个有前科的人,第一个看那么重要的考古发现,不知道会不会起歹心。那边还剩下一副潜水设备,他就自己顺着绳子先过来了,但是

他没想到下面什么都看不见还那么冷，而且他没有经验，潜水服里还穿着工作服，一泡水整个人又重又蒙，加上年纪又大了，差点儿就过去了。

胖子听完说道："嘿，敢情您是防贼来了？我们是专业的，绝对不会破坏、偷窃，最多偷拍。您这多余，搞得老骨头都快散架了。"

齐教授表示如果只有我一个人他是相信的，但胖子他绝对不信。虽然我也有点儿哭笑不得，但是我能理解这种心态。我给齐教授揉胸口，齐教授慢慢缓过来，就去看面前这一道又窄又密集的古尸走廊，胖子用手电给他照明。

所有的古尸身上穿的都是发黑的道袍，齐教授立即道："这些尸体，你看他们的衣服，都是古法缝制的，而且多是用麻布制成，说明年代比我们之前看到的还要久远很多，可能是这里最早的一批修道者的遗体，咱们过去的时候不要碰到他们，以免损坏。"

就在这个时候，我们都看到了，在这道走廊最远端的黑暗里，又有一道闪光亮了一下。只见齐教授一个激灵，我一看他表情，他似乎知道那是什么，眼睛瞪得浑圆，浑身都兴奋起来，有如小男生第一次进女澡堂一样。

我立即说道："齐教授，我就知道你有什么东西瞒着我们，怎么，那亮闪闪的是什么东西？你肯定知道。"

齐教授道："那是水银琉璃做底子的碧玺盆景，那闪过的东西，是水银，每隔一炷香的时间，就有水银瀑布从盆景里滑落下来，形成银瀑为水、碧玺为桃李、琉璃为山的精妙造型，而且体积很大，应该有一面墙那么大。这是藏地庙照壁上的装饰。"

"你怎么知道得那么清楚？"

"我猜的。这东西不是这里的，是从一个大墓里盗过来的。我看过一些野史，我之前在上面勘察的时候，看到有一块青铜板上，画着这么一个东西，和野史中说的非常像，我就猜这东西是不是真的有，没想到确实如我推测，那宝物被盗窃到这儿来了。"说着，齐教授就开始往古尸走廊里爬，"我必须得亲眼看看。"

本来我觉得那闪光非常不妙，被齐教授这么一说，它变得珠光宝气起来。

而且老教授讲话非常笃定，我不敢在他面前造次，就和胖子对视一眼，想着怎么劝老头儿别进去。再看齐教授，竟然已经爬进去很深了，他爬得飞快，我心中觉得有些异样。

一个老头儿，怎么可能爬得那么快？胖子赶紧也进去追他，但是胖子太胖了，挤了两下没进去，就换我。我爬进去，手电照着前面，就看到前面齐教授的脚。往前爬的时候，齐教授的脚根本不动，但是速度很快，就像一条蛇一样，迅速就把我落在了后面。

我当时就觉得哪里不是很对，无奈齐教授虽然爬得那么快，但什么事情都没有发生，我便稍微放下心来，跟着他往前爬。胖子也跟着爬了进来。

尸体都贴在我脸上了，和后脑勺也几乎只隔着一掌，一刻都不能停留，一刻都不能多想。我浑身的鸡皮疙瘩，一会儿起来，一会儿消失，只能盯着前面齐教授。爬着爬着，我发现地上特别湿，似乎都是从齐教授身上流出来的水。

尿了？

我心里想，但是没有任何尿味。正想着，齐教授已经消失在了我的视野里，前面只剩下一排尸体。雷声还在继续，我只能咬着牙前进。也不知道过了多久，也许只有几分钟的时间，我终于看到了出口，前面开始变宽了。

我咬牙快速爬动，终于爬了出去，外面似乎是个天然的山洞，地面还算平坦。我站起来，看到齐教授站在那儿，在他面前，就是他所说的那个照壁。上面是一个和他说的一模一样的琉璃盆景，非常大。在手电光的照射下，流光溢彩，精美绝伦。

齐教授还在浑身滴水，我走到他面前，看到他目光呆滞地看着那盆景。

"真的有。"他发着抖，自言自语道，"我看到了。"

忽然水银从盆景最上面的一个孔洞里流出来，有如一条银色的瀑布，顺着琉璃上的沟壑往下，盆景上面有很多碧玺雕刻的荷叶，被水银流水打到之后，激起无数的水银珠子，有如一颗一颗反光的流星，到处滚动，最后又汇合进瀑布，落入盆景最底下的洞里。

第14章·珠光宝气

厉害！我心里暗叹，回头想和胖子说话，却发现胖子没有出来。这时候齐教授已经绕过了照壁，照壁后面对于我来说是完全的黑暗，我急忙跟了过去，给他打手电。

照壁后面是一个巨大的水潭，水面平静得有如镜子一样，雷声一响，就从水潭的中心荡出来无数道涟漪。雷声从山洞上方传来，我把手电往上照去，就看到在山洞的顶上悬挂着无数的青铜片，应该和山中空中的那些是连在一起的。

我又把手电往水潭的中心照去，水潭很大，照不清楚，但一个隐约的轮廓告诉我们，在前方水潭中心，应该有一个很大的建筑。而在我们和这个建筑之间，还有一块巨大的石碑，因为我已经照出了一个方形的巨大轮廓。

# 第15章 『你不配』

胖子终于爬了出来，到了我身后，看到我们两个都傻站在那里，也过来凑热闹。看了一眼，胖子说道："不太妙，天真，这地方我们是不是来过？"

我和胖子对水潭始终保持着一种警惕。

几乎是第一眼，我就意识到这水潭的形状、状态，和我们在福建找到的死水龙王庙那儿的水潭形制很像。

我想起了水潭里的大鱼，那东西能从深泉眼把人拉进地下河里。但是齐教授毫不犹豫就冲入了水潭，水并不深，没到他的大腿根儿就不再往上了，他快速到那块巨大的石碑前，用手电把石碑照亮。

石碑上刻着"极海"两个字，字极大，字体非常特殊，且遒劲有力，笔画犹如游龙，似乎要从石碑上飞出来。

我做拓本生意的，所以能认出这种字体，但是具体名字我也想不起来了。这应该是西汉时期才出现的字体，属于汉字衍生出来的部分，越南喃字就是这种文字的变种。

我和胖子还是没有下水，胖子心痒痒想去看，到处找有没有船，还真给他在一边找到了一堆叠在一起的木船，都沉在浅滩的水底了。手电光照过去的时候，能看到浅滩里有像苍蝇一样的小鱼，密密麻麻的，这水潭里是有生命的。

"这是他们当时修建时候使用的船，用来运东西的。"他过去把一艘船拖出水面拉到岸上，船板倒是还没有腐朽，毕竟上面全是桐油，只是年代久远，很多地方都烂穿了。

胖子把烂木船翻过来，推回水里，船底就像龟壳一样，浮在水面上，他爬上去坐下来，就让我也上去。我跟上去，两个人各有一只脚在水里划水，缓缓划到齐教授边上，就听到他念了一句古文："狱有大河，入地两千里，无有尽头，名曰极海。"

"什么意思啊？"胖子问道。

"极海，是《方士传》中记录的中国地下一条巨大的地下河的名字，水量不亚于黄河。"齐教授道。

"这是一个大水潭子啊，怎么就是地下河了？"

"是不是水位下降了？"我看了看石碑，上面有好几道明显的吃水线，这是历朝历代水位更替的象征。

齐教授没有回答，他绕过巨大的石碑，继续往前，我们立即跟上去，让齐教授上船来。他压根儿不理，我们只好跟在他后面。水面平静，像镜子一样，很快我们离开了极海碑，继续往前，湖中心位置的那座巨大建筑离我们越来越近，手电慢慢可以照出细节了。

首先是一个汉白玉的墓门。哦，不是一个墓门，而是一列墓门，材料都不一样，但是犹如多米诺骨牌一样，一座一座地排成一列。门都没有了，只剩下门框，能看得出墓门已经被切割成了台阶，变成了门框下的石头路。这一个一个门框看上去犹如牌坊一样。

"这都是他们从各个古墓盗窃来的墓门，竟然这么使用。"齐教授第一个爬上岸，站在第一道墓门下。

墓门很大，上面有"仙来"两个小篆，四周雕刻着六七个道教的接引神仙，因为我不是非常懂行，所以分辨不出来是什么。但是在墓门"仙来"的牌

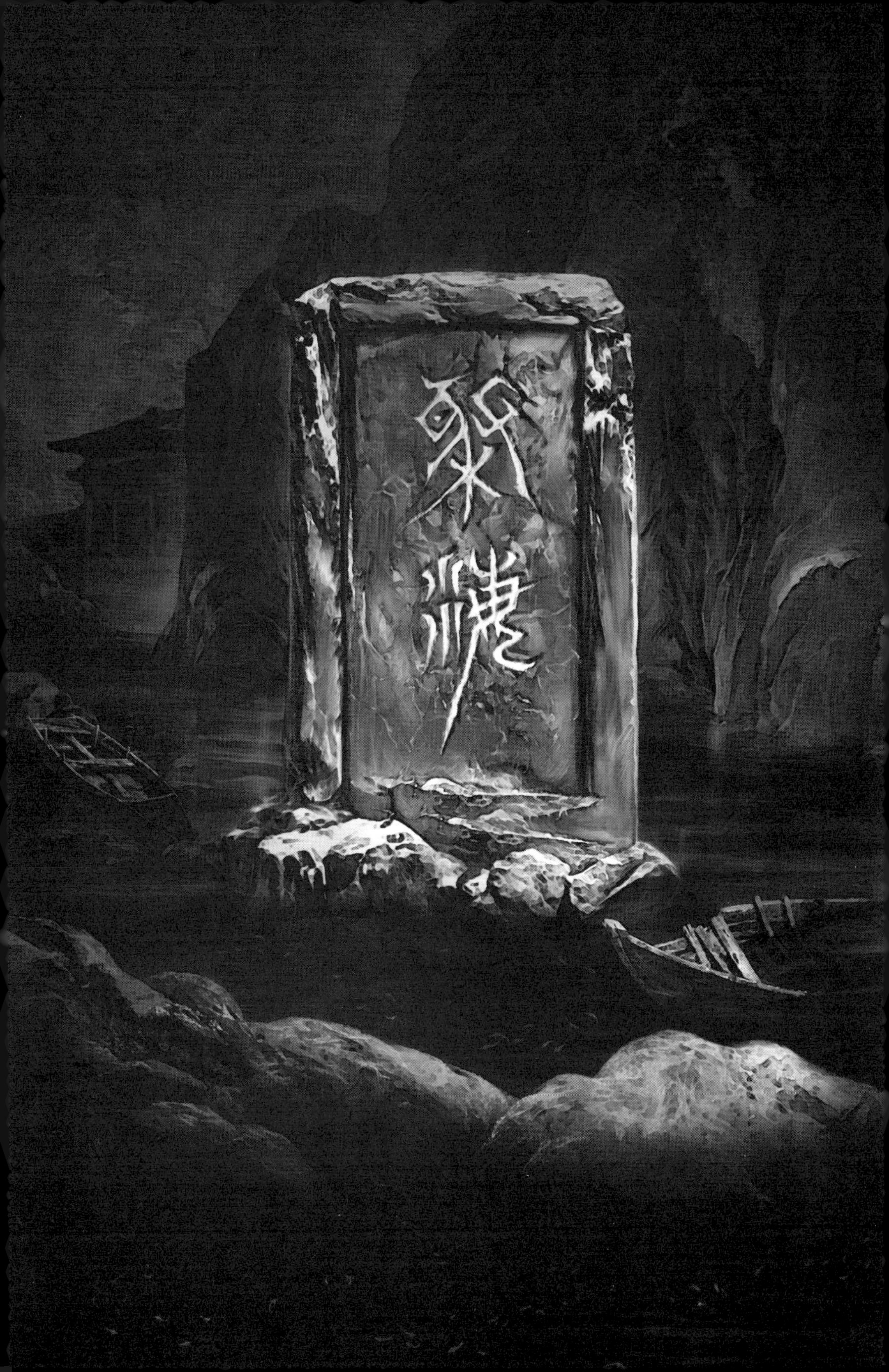

匾之下，挂着一把青铜短剑，已经完全生锈了。

我们三个人小心翼翼地通过这些墓门，我完全被这种拼贴的怪异神奇感蛊惑了，忘记了齐教授的诡异之处。

一路往上，这个湖中心的小岛是岩石质地的，应该是本来就在这里的一块大石头被当成藏地庙的基座了。

这列墓门之后，我们终于看到了藏地庙。并没有我之前想象的那么大，庙是非常传统的风格。这里要多说一句，这座庙非常简陋，但是其中的牌匾、墓门、飞檐和装饰的藻井，全都是外来的材料，都来自各种大墓或者遗迹，所有这些东西之精美，让你根本无暇注意，这座庙的整体结构其实是黄土和老木柱夯出来的。

首先映入眼帘的，是一个小巧的庙门。其实古时候，庙宇的门不是开在墙壁上，而是会有一个独立的楼，叫作"门楼"。门楼有两层，上面可以供人瞭望，下面是一个门洞。在这里这个门口就非常简陋了，小巧玲珑，上面全都是精美的木雕。庙门不大，只能两人同时并排进入，门槛也不高，上面有一块牌匾，写着：藏地听雷天尊。

在庙门之前，摆着一只白玉鹿，是一只梅花鹿，上面的梅花都是用玛瑙镶嵌的。能看到鹿的肚子是空的，手电照进去，里面竟然还有一只小鹿的影子。这是一种特殊工艺，从大鹿玉雕的肚脐眼部位一点点镂空雕出来的，一个就得雕二十到三十年。齐教授的眼睛都看直了——这个东西，竟然就直接放在庙门外当装饰。

我这个时候听到胖子身上滴滴答答的，用手电一照，看到他脚下也有水，心中一惊，心说：你怎么也喇了汤了？给胖子打了一下光，就看到他口水顺着嘴角下来了。

齐教授直接绕过玉鹿，往藏地庙里面走去。我和胖子对视一眼，两个人都把手电的光圈开到最大，跟了上去。庙门紧锁，但齐教授对这种万向锁非常熟悉，只稍微一弄，庙门就开了。他推开庙门，我们在后面给他打光。

手电光照进去，先是一个大院子，往前就是庙的前殿，前殿很大，不小于一般的道观。这个院子里，堆满了各种各样的石头盆景。我所谓的石头，是一个统称。玉石的、汉白玉的、水晶的，也有镶满了碧玺的太湖石。什么颜色都有，手电一照，五彩斑斓，晶莹剔透，胖子都走不动路了。其中有一个最大的盆景，是最扎眼的，因为那几乎就是用蜜蜡做的一棵橘子树，惟妙惟肖，碧玉碧玺的叶子，玛瑙的枝丫，蜜蜡的橘子，如果不是宝石的光泽不一样，根本分不出来真假。走近看，还能看到无数的闪光，原来在橘子树上，还有水晶雕刻成的露水，其间还有六只金丝镂空镶嵌绿松石的蝴蝶。

"天真，把我在这儿击毙。"

"你干什么？"

"我想给这些东西陪葬。"胖子说道。

"你不配。"我道。

齐教授蹲在橘子树下面，看下面三彩瓷底座上的文字。上面的文字我不方便透露，但是我看了之后，浑身都打摆子。

这是一个非常有名的皇帝的落款，这东西是从一个皇陵中被盗出来，放在这里的。

齐教授的手都抖了："真的和我料想的差不多，那几个大墓，真的被盗了。而且，这个工艺水平，这个审美，这是那个时代的瑰宝，幸好杨家人不求财，这东西，必须是国家的。"

我已经没有任何财富上的欲望，看到这些东西后，我得到了一种巨大的审美满足感。我知道这里任何一个东西，拿出去几辈子都吃不完。这反而让我觉得，我不需要拥有这里的任何一件东西。

因为手电的光圈非常大，所以所有的石头都在闪光，加上天上时不时有雷声驱动青铜片，整个环境太魔幻了。

同时，我发现齐教授身上滴落的水越来越多，我用脚踩了一下水渍，发现水渍是黏的。我忽然灵光一闪，到了齐教授身后，用手指戳了一下他颈部的皮肤。

一指头下去，他颈部的皮肤就凹陷下去，就像肉已经溶化成糊状一样。

# 第16章 棒冰成精

我和胖子面面相觑，齐教授有一些纳闷儿，转过头来。

我和胖子同时倒吸了一口冷气，往后退了一步，只见齐教授脸上五官的位置发生了细微的位移。虽然幅度很小，但因为和正常人不一样，我们还是瞬间看了出来。

齐教授看着我们，问道："怎么了？你们两个人不要给我搞鬼，这里所有的东西，都是有巨大的审美价值的。"

胖子说道："齐教授，你有没有觉得哪里不舒服？"

"没有，我好得很，你们别贫。"他把手电照向前殿的大门，就走了过去，招呼我们跟上。

我和胖子又对视了一眼，看到他一路过去，地上留下一串湿漉漉的脚印，刚才看到珍宝的兴奋感，瞬间就被寒意取代了。

"齐教授该不是棒冰成精，要化了？"胖子问。

"你舔舔是什么味道的？我看着像'大脚板'。"我说道，之前只听说过，水鬼走路的时候，会有湿脚印，难道齐教授是水鬼？

但看他的谈吐，一点儿也不像一个脏东西，还是那么正气凛然、中气十足，就算是水鬼，他也应该是水鬼里正道的光。

难道是看到宝贝太兴奋而面瘫了？像他刚才那样的五官挪位，如果是面瘫，那应该是面部好几个地方的神经都出问题了。

最大的可能性是，这水确实有问题，导致齐教授的身体出问题了。我和胖子又互相按了一下对方，发现我们两个没事，就更加纳闷儿了。

两个人哆哆嗦嗦地来到前殿。前殿也是黄土夯的，但到处都是嫁接过来的装饰，雕梁画栋配着黄土墙壁。杂木门框上，所有的门和窗户都是金丝楠木制成的，上面雕的是"蟠桃会"，如今全是灰尘。前殿两边还有八根柱子，八根柱子上面是"八仙过海"，柱子上的牛腿特别漂亮。

门用一根大腿粗的门闩卡着，门闩上锁了七八个大锁。齐教授看了我一眼，我对他道："教授，咱们还是先停一停，您可能面瘫了。"

他摸了摸自己的脸，我发现他的手有些发抖，他道："之前就犯过，没事。开锁吧，你们不是有这个手艺吗？"

胖子看着齐教授的脸，因为脸往下垮，导致眼眶都被拉出了一点点红肉来，显得十分憔悴。胖子就问："你确定你之前就犯过？"

齐教授说道："我的身体我自己知道。"

我和胖子又面面相觑，我心说：你知道个鬼！但我们看他精神很好，也不好多说什么，现在暂时也回不去，好像不往前走，也没有其他事情可干。

我和胖子眼神交流了一下，觉得暂时以不变应万变，我们注意观察，如果这是个水鬼，只要不害我们，就相安无事。如果确实是那水有什么问题，导致齐教授的身体出了问题，再严重下去，我们就立即叫停他。

胖子就让他坐下歇着，我用匕首后面万能工具里的铁针把这些老锁都撬开，然后和胖子两个人用肩膀把门闩抬起来。

这门闩肯定是棺材板做的，不仅重而且保存得非常好，我的椎间盘都发出嘎巴一声。

门瞬间就开了，露出了幽深的前殿大堂。和打开一个墓门一样，我和胖子的肾上腺素快速分泌，同时还闻到里面透出一股陈旧木料的香气。

手电光照进去，首先就看到了一尊镏金的天尊像，似乎是铜制的，手里高举铁鞭，身上盘有一条蛇形的缎带，上方有一块巨大的牌匾，写着：九天应元雷声普化天尊。

整个天尊像本来应该是上了彩色漆的，如今全都脱落了，露出了铜胎。天尊面前有三十六个玉石雕刻的雷鼓，看材料应该是昆仑玉，左右两边有两个童子，三十六个雷鼓后面，还站着三十六个司雷的雷部小神。

那三十六个雷神，全都是穿着道士服装的仙蜕，但是体形都很瘦小，显得天尊非常大。而天尊边上的两个童子，是两具童尸。尸体惨白，不知道是什么技术做的，皮肤都已经皲裂了，但还基本保持着活着时候的饱满状态，只是眼睛被挖了出来，嵌入了两枚铜钱。如果不是皮肤上的裂痕，你甚至会觉得这两具童尸有一种肉嘟嘟的感觉。

"童尸也是从其他墓里搬过来的。有偏远山区的大户人家买小孩子做金童玉女陪葬，这男童身体里全是金元宝，女童身体里全是玉器。"齐教授说道。接着，就看到前殿四周的墙壁上终于出现了壁画。

唯有浮雕和壁画，能够还原当时的人建设这里时各种行为动机的蛛丝马迹。我们都兴奋起来。

手电照过去，壁画之简陋，令人惊讶。虽然简陋，但是画得极其认真仔细，一看就知道虽然手艺不行，但是非常虔诚。加之表皮脱落的斑驳感，让人觉得还是有一些值钱。

齐教授擦了擦眼镜。我们看着他，我知道齐教授在这方面是专家中的专家，一定会有精彩的解释，他看了一面墙就说道："这里记录了一个仪式。"

"啥仪式？"

"你看这里，这里有一个道士，他已经修炼到了一定程度，这些跪着的人，是他的弟子。"齐教授指着壁画，上面画着一个老道站在祭坛后面，很多稍微年轻一点儿的道士——因为都画了胡子，所以除了老道的胡子是白色的之外，其他人都是黑色的胡子——在对他行礼。

之后这些道士簇拥着老道，到了一个水潭边上，老道被剖开，内脏被抛入水潭，一条大鱼——我一眼就认出来了，这是我们在死水龙王庙看到的那条怪鱼的同类——一口把内脏吞了下去。大鱼游入地下河，一直游一直游，一直游到了一处奇怪的宫殿处，宫殿里全是神仙，大鱼把内脏吐出来，内脏已经孕育成了一个年轻的仙人，不过从白胡子和白头发上能看出他就是刚才的老道，但是老道已经变得非常年轻。

老道和众神仙见面，随即被众神仙簇拥起来。最后的构图，是那些黑胡子的道士仰望着天上众神仙。

这一圈的壁画中，大鱼在地下河中游过的过程，画得尤为详细，有满是鬼的类似于地狱的地方，有金银珠宝堆砌的河段，有龙居住的河段。能够看出，这应当是一种阻碍和诱惑，大鱼和人的灵魂似乎在当时合二为一，如果在往仙境游去的过程中，有一丝动摇——在壁画的下面，还画着很多鱼的骨头，似乎就会在途中万劫不复、魂飞魄散了。

"他说的水潭，是刚才我们过来的水潭吗？那我们真是命大。"胖子道。

"那个水潭是有名字的，叫作'雷泽'。"我指了指壁画上的字样，不知道外面的极海是不是就是雷泽。否则，这里应该还有一个水潭才对。

"看样子，他们真的是在这里修仙。这是座修仙的庙，但是他们成仙的方式，是被鱼吃掉内脏，带到仙界去。"胖子道。他刚想继续问齐教授，后者已经急匆匆地离开我们，从前殿的后门出去了。

去过庙宇道观的朋友都知道，前殿前后通透，穿过之后就是中殿以及广场，在前殿的天尊像后面，还有三尊翡翠观音。那东西我都不知道该怎么形容，这艺术造诣、雕功，以及其他宝石的穿插利用，还有衣服褶皱的繁复程度，注定这必然是一件来历惊人的陪葬品。三尊观音体现了三种状态，虽然道教庙宇里出现观音不太严谨，但这在中国算是约定俗成的了。

齐教授看都不看，直接推开了前殿的后门。

中殿和前殿之间的院子更大，院里全是一堆一堆的东西，手电照过去都在反光，也不知道到底是什么了，只是在院子的中轴线上，有一棵玉树。这是一棵很大的桃花树，树干是树化玉，桃花是粉碧玺和尖晶石，树很大，有三人多高。而在树的下面，放着一座石雕的琵琶俑。琵琶俑也雕刻得非常好，只不过是用普通岩石雕刻的，颜色发灰而且上面有裂痕。

我立刻就意识到，这是高手。这东西往这里一摆，是有意境的，之前所有的东西，几乎都是珠光宝气的堆砌。但石头琵琶俑和这棵桃花树往这里一摆，就不一样了。

我正在纳闷儿，为什么这藏地庙的审美忽然提高了？就看到齐教授跑了起来，我们打着手电追过去，一直追到了中殿的建筑轮廓前，结果发现中殿并不存在，在我们面前的，是一座废墟，中殿完全被摧毁了，到处都是焦炭。但为什么我说被摧毁，不说焚毁？是因为中殿外围的石板地也完全焦黑了，呈现出一种爆发式的图形。石头上还有很多奇怪的裂痕。

"这是被雷劈的。"胖子喃喃地说道。

胖子说得对，一次巨大的闪电曾劈中这里，把整个中殿完全摧毁了。

但这里是地下，哪里来的闪电？只有一种可能，那就是这些青铜片将山顶部的闪电引到地下形成了事故。

我们靠近中殿，发现齐教授没有在中殿停留，不知道跑哪儿去了。但中殿本来应该有一座更大的神像，现在只剩一个底座，到处是瓦砾和烧焦的炭。我们抬头用手电照头顶，但这里的洞穴顶部太高，只能隐约看到无数的青铜片悬挂在头顶上。

"雷是通过这些青铜片导下来的吗？"

谁也不知道，不过我觉得还有另外一种可能，就是这里发生过剧烈的爆炸，这个中殿是被炸开的。

"杨家人在这里已经经营了很久，你敢相信，三四个人，搞成这个样子？"

我想起了杨大广，心说也许只剩最后一个人的时候，他仍旧没有放弃。想到这里的时候，我忽然灵光一闪，回头去看身后的那个琵琶俑。

"怎么了？"

"杨家祖先的文化水平不是很高，你看刚才的壁画还没画好，但是琵琶俑

和那棵碧玺桃花树，是有意境的。这一俗一雅，中间是有巨大的鸿沟的。这是不可能的事。"

"会不会是巧合？"

"我们一路过来看到的所有东西，都是宝石堆着玉石，从来没有碧玺配普通石雕的。"我和胖子回到了琵琶俑的边上。我蹲在琵琶俑的身后，用手电去照，看到一枚生锈的硬币一样的东西放在琵琶俑的下面，露出了一个角。胖子帮我把琵琶俑弄得翘起来，我把"硬币"拿出来的同时，就发现琵琶俑的下面还压着一个铁环。

我立即让胖子把琵琶俑挪开，就看到下面的石板上有一个铁环，一提就拉上来一条铁链。我和他对视一眼，用力一拉，没拉动。胖子过来帮我，两个人用力把铁链从石板上的洞里拉上来一米多，只听"哐啷哐啷"一连串金属撞击的声音从脚下传来，我们面前的石板一下塌了下去，露出来一个方形的井口。

石板因为塌陷，形成了一个斜坡。我们过去看了一眼，下面似乎是一个密室，可以走下去。

"你怎么知道的？"胖子问我。

我说道："这个琵琶俑的逻辑，和这里所有的逻辑都不同，所以一定有问题。我现在十分怀疑，这琵琶俑是我三叔搬到这里来的。他来过这里。"

"天下有审美能力的人，不止你三叔吧。"

我给胖子看那枚硬币，其实那不是硬币，而是一个名牌，正面刻着吴三省，背后刻了一个项目名——044工程——不知道是什么项目。这东西是别在胸口的别针，别针已经被掰掉了，像一枚硬币一样。

我三叔来过这里无疑了，并且给出的指示也出乎意料地清楚。

## 第17章 密室

我和胖子两个人小心翼翼地走下密室。

密室大概有八十平方米，全都是石板搭的。在密室的中间，有一个大概四十平方米大的水池。水池深不见底，有点儿像澡堂子泡澡的地方。四周的石板墙上也画满了壁画，虽然有水汽，全是霉斑，但毕竟年代还算近，所以还能看个轮廓。

地上全是石头，石头下面之前应该压满了符咒，现在只有极少数能看清，其他全部受潮腐烂了。在腐烂的黑色腐殖质上，长满了各种菌类，一片一片，一直延伸到墙壁上。墙根也有蘑菇，但中间就不多了，所以墙壁上的壁画还能看清一些。

这个壁画很有意思，画的应该是一条地下河，每隔一段距离，都画有一个巨大的水池，里面都有一块石碑，上面写着"极海"两个字。然后每个巨大的水池边上，还有一个小水池，里面也有一块小的石碑，上面写着"雷泽"。

"这是极海的《万里江山图》。"胖子喃喃道。

"这是抽象的。"我说道。如果用这张图当地图，去极海这条巨大的地下

河中旅行，估计没出去几公里就会完全迷路，因为上面所有的图形都是随意画上去的。但这图非常清晰地表达出一个意思：这个小水潭，就是雷泽，旁边的大水潭，是极海，这两个东西，是成对出现的。胖子这时候示意我转头，我看了看一边墙角的石头，上面有一块石板，类似于泰山石敢当的小石块，上面果然有"雷泽"两个字。

如果小水潭就是雷泽，那他们就是在这里剖开修仙的老道，把内脏抛入其中，并且它和大水潭是相连的。

这地图还表明，这样的情况不止这里，这有点儿像日月潭的样子，不知道这种情况是自然形成的，还是人工故意这么修建的，或者说，完全相反，只有这样成对的水潭，才会被命名为极海和雷泽，才有修仙的用处。

不过，这个壁画最有意思的地方是，把极海画成了一个圈。也就是说，他们认为中国最长的地下河，其实是一个封闭的环。在河系中从来不存在这样的结构，河流一定有源头和入海口，或者消失于戈壁。这个环状的地下河，几乎可以说是杨家祖先虚构的。

胖子凑过去，在水池边上往下看了看，水还是浑水，不知道深浅，按照壁画上画的，下面应该通向地下河，而且非常深，里面有大鱼。

胖子转过身来，对我道："你有什么不需要的内脏吗？咱们试试。"

我看着他，忽然觉得水池里多了什么东西，就用手电照了一下，几乎是同时，一条黑影一下从水池里站了起来。

那真的是站了起来，就在胖子的背后，还没等我看清楚，那东西又瞬间沉入水中，绝对是一条大鱼，而且那一瞬间我还看到，那条鱼的鳞片上镶嵌着铜钱，和我们在死水龙王庙看到的那条怪鱼一模一样，而且看样子还大一些。

胖子被水声惊了一下，立即离开了水池边。池面有涟漪扩散。

"什么玩意儿？"我拉他过来，看着水池，就看到水池的池面上冒出来一堆泡泡，接着，有一根东西浮了上来，随即又往下沉。

那是我的安全绳子，之前在潜水进来的路上解开了，如今竟然出现在这里。这说明什么？

"我们进来时，石头甬道的隔水段下面和地下河是相通的，所以说隔水段、外面的极海、这里的雷泽，三个地方是相通的。那些溺死的人，死前那么害怕，可能是溺死之前，发现水里有怪鱼。"

"刚才那玩意儿？"

"嗯，刚才盯着你的屁股，就是当时雷老头儿钓的那种。"我说道。胖子活动了一下脖子："那我们怎么回去？这种鱼在水里，外面的人别想进来，我们也别想出去。"

我想的是，这种鱼有几条？要是超过五条，那条隔水段，恐怕得专业的潜水猎人才能清理干净。

这鱼身上都是铜钱，是人为镶嵌的，这是盔甲啊！不过刚才看铜钱都烂得只剩下个轮廓了，应该也没有多少防御能力了。可惜没有枪，要是有把54式手枪，我们在这里先用胖子的大腿勾引一条，枪杀之后取出内脏，继续勾引，一直把水里的鱼勾引到不上钩为止。

这样也许还能原路出去，否则要在这里另找出路，我估计起码得三天时间。我已经从看到那么多宝贝的心态里冷静下来，这里的东西实在太惊人了，如果我们不以最快的速度出去报告，万一这里有什么缺损，我担心我和胖子脱不了干系。

水面慢慢地恢复了平静，我和胖子说了我的担心，胖子也说道："还有一件事就是，齐教授现在这个情况，我担心他如果身体有点儿什么问题，最后我们跳进黄河也洗不清。你说胖爷这面相，一看就是谋财害命的八字。胖爷我不想吃这个亏。"

于是我就把我的遗憾说了，胖子说："干吗非得我的腿？你的腿也挺香的，这事真要干，我们公平竞争，两条腿一起下去，看它喜欢哪条。我和你说，我认识一个泰国人，和我说过，鱼不吃肥的。"

我就笑，感觉还挺放松的，比起之前下斗，这一次算是轻松了，这些困难其实都不算什么。不过让我奇怪的是，这雷泽里，并没有我三叔留下的进一步线索，按道理，他在上面留了线索，就是希望后来人能注意这个地方，怎么下

第17章·密室

来之后反而没有后续了?

"是不是你三叔也是在这儿剖的腹?他已经成仙了?哦,对了,他已经成雷公了。那雷就是他打的。"胖子对我道,"你三叔的意思,该不会是让你在这儿剖腹,变成内脏去找他?"

"我三叔如果成雷公了,一定先劈死你。"我说道。我心中纳闷儿,现在毫无疑问,三叔到过这里是没错的。但是这里没有线索,也就是说,三叔给了个空响。

三叔在打哑谜这件事上,从来没有出现过这种错误,会不会是我遗漏了什么线索?这样想着,我的目光就慢慢地被对面墙壁上那一片巨大的霉菌吸引了。在我们正对面,也就是面对入口的墙壁上,有很大一块壁画全都腐烂了,上面长满了五颜六色的霉菌,不知道这一块原先画的是什么。

"你看过一部科幻电影吗?"我问胖子,"那电影里有个场景,墙壁上有一大摊霉菌,但是仔细看就会发现,其实那是一个人被拍扁在墙壁上,尸体腐烂长出了霉菌。"

我们绕着水池的边儿,到了霉菌墙前,为此我们不得不踩着蘑菇走,我不停地咳嗽,不知道为什么,这些霉菌让我的肺很不舒服。

到了这个位置,我们离水池的边缘就非常近了,我觉得有一丝不安全感,因为水位很高,而且水非常浑浊,我们离水池只有三四只脚的距离,如果水池中有水鬼,一伸手就能把我直接拽下去。我侧着身子,不让自己背对水池,然后侧眼去看那块巨大的霉斑,那肯定不是一个被拍扁的人,但闻到的臭味让我确定霉斑层的里面一定有东西。

我和胖子从边上找了块石头,胖子胆子大,在水里把石头洗干净了,我自己则忍着上面的腐殖质。两个人一起把霉斑刮掉后,我们就看到后面的墙壁上,壁画已经被损毁了,上面被人用什么腐臭的东西涂抹了三个大字。

"你——将——死?"胖子一个字一个字地辨认,"什么意思?"

他刚说完,我的余光看到水池里一下冲出来一道影子,水面瞬间炸开,一张血盆大口,直接就咬向我的脚脖子。

是一条大鱼。

我的反应已经非常快了，瞬间像猴子一样跳了起来，那鱼一下咬空，撞在墙上。我整个人摔在了石头堆里，半截身子掉进水里，立即条件反射，一个翻身就翻上岸。

胖子大骂，拿石头对着鱼头就是一砸，那鱼直接翻回到水里，溅起巨大的水花。我拿手电一照，看到水里犹如花港观鱼一样，到处都是鱼影。这小小一方水池里，竟然挤满了那种大鱼。

我和胖子一动都不敢动，一直到水面恢复平静，胖子说道："天真，这是你三叔的陷阱。"

话音刚落，又一条大鱼猛地钻出水，去咬胖子。这条鱼比刚才的鱼速度更快，胖子用手一挡，手电砸在鱼的脑袋上，但鱼身上锋利的鳞片直接削去胖子手上的一大块皮，血瞬间就洒到水里。

"别说话，走！"我大叫，狂奔着摔回到入口的位置。胖子也紧随其后，和我摔在一起，我们回过头，就看到水池里有很多黑影，比之前看到的都要大，似乎被胖子的血所吸引，正在躁动。

## 第18章 《河木集》

真的是陷阱,三叔把人引下来喂鱼,为什么?

我想了想,觉得不妙,这外面的记号非常明确,说明三叔希望有人下来,然后希望来的人死在这里。当有人因为查这件事情,来到藏地庙,看到记号进入这里之后,就会进一步寻找下面的线索,此时墙壁上的霉菌一定会吸引他们,他们靠近看的时候,非常容易被这些鱼偷袭。

整件事情,难道不是三叔希望我去查,而是我被人设计了,他们利用三叔让我来查这个事情,让我去蹚三叔设下的陷阱?有这个可能,但也有可能,三叔知道闷油瓶在我身边,所以这些陷阱对我没用,他顾不上他设计过陷阱这个事情,只是希望我介入此事。他大概没有想到我们会过上如此散漫的生活,并且我会和闷油瓶分开行动。

不过这个陷阱看上去有些年头了。我和胖子大口喘气,胖子看了看伤口,骂道:"有百草枯的话,我倒一吨下去。这些都是什么鱼?"

"这么大的鱼,古时候都被叫作'龙'的。"我喘着气道。这里的地下河本来就有很多深潭吃人的传说,看样子都是这种怪鱼所致。很多有丰富地下河

系的地方，都有传说，说地下河的深处，牛掉下去后，再拉出来都只剩骨头了，不知被什么东西咬成这样，连骨头上都有咬痕。估计都和这些鱼有关系。

地下河里的鱼一般都很小，而且没有视力。这里的鱼似乎也是靠听力的，但这么大的体形，说明下面有巨大的深潭连通，超过几百米深度的庞大水域可能就在附近。但我不相信中原水域的地下河里会有天然的凶猛淡水鱼。这鱼应该是古人从其他地方带过来的，修建死水龙王庙的那批不知道是哪个朝代的人，这应该是他们的杰作。

我和胖子对视了一眼，他甩了甩手上的血，我重新掏出那枚"硬币"，心说：三叔到底要干什么？他当年在这里设置陷阱，是不是有人在和他斗？

"他要对付的不是普通的盗墓贼，普通盗墓贼看到上面那些财宝，绝对不会注意到这块石头。他要对付的，是到这里来查044工程的人。只有这些人才会不管财宝，到处摸来摸去。"我想了想，把胖子扶起来。

胖子说道："那我们怎么就中招了？我们不是普通的盗墓贼吗？"

我说道："三叔不知道我们两个的觉悟现在这么高，这些珠宝已经无法吸引我们的注意力了，反而是这块普通石头吸引了我们的注意力。"

"先别管了，等考古队下来，进行全面考古，很多蛛丝马迹都会出来。他们人多，有科学方法，我们就把齐教授伺候好了，如果这里有陷阱，未必只有一个，到时候齐教授别死了。"胖子说道。

我们两个人从雷泽出去，回到院子里，就往后殿走，去找齐教授，一找果然在后殿。

后殿修在一块更高的石头上，因为地势不同，所以院子很小，里面堆了很多石头，似乎是没有加工完成的建筑材料。两边有楼梯，人字形上楼，后殿几乎可以俯瞰前殿和中殿，如果照明足够，甚至能看到极海碑。

这是杨家人自己的祠堂，里面的灵牌很多，都是姓杨的列祖列宗，倒真的很简朴，没有什么陪葬品，有修道之人的立场。齐教授就趴在祠堂的供桌上，我当时一愣，心说：齐教授难道是杨家人？这是趴在那儿哭，认祖归宗了？

我们走近，用手电照着环视了四周，祠堂四周放着的东西，让我浑身的汗毛都竖了起来。这个祠堂里放满了石碑和砖碑，碑有大有小，很容易认成是名人的书法碑，但那些石碑边上的花纹我太熟悉了，这些都来自不同的古墓，是一个个墓志，记录了墓主的生平。在每块石碑的顶上，都悬着一条幡，上面写满了字，既不是经文，也不是真言。

我用手电照了一条看，上面记录了石碑的来历，从石碑所在的墓里，借出了什么东西，放在庙的哪里，不是为了钱财，而是为了修仙。连墓的位置、进入方法和过程等都写得清清楚楚，最后都有一句话，希望这些东西，在他们成仙之后，可以物归原主，放回原墓。

"别看，胖子。"我看着胖子往最大的一块玉碑走去。

我一看就知道，这块碑是这里最厉害的。上面不知道是哪个人的生平，但必然来自一个传奇的大墓，未来等考古队下来，肯定是要封锁的，短时间内未必会公开。这要是看见了，万一喝醉酒说漏嘴，被人一对，还真和碑文对上了，我们肯定得惹一身麻烦。

"这就是一实体的盗墓笔记，3D版的《河木集》，比你爷爷给你的那本可声情并茂多了。"胖子说道，"胖爷我不看能安心吗？如果看了我瞎眼，我就用一只眼睛看，我得看看。"

我叹了口气，只能不去管他。

我转身去看齐教授，觉得他更不对劲了，身子下面全是水，趴着一动不动，是不是看到这些石碑，心肌梗死了？我赶紧去扶他，人一翻过来，我吓得整个人直接跌了出去，只见齐教授嘴巴大张着，整张脸完全干瘪，都青了，双眼翻出眼白。

而他的脸上和脖子上，全都是内出血的瘀青，皮肤也松了，就像快速减肥的人的皮肤一样，来不及收缩，耷拉成褶皱。整个身体的肉似乎在快速溶化，他要变成一副皮囊了。

我摸了摸齐教授的脉搏，已经没有心跳，他真的死了。我捏了捏他的身体，发现很多地方几乎都被"蛀空"了，像在摸一个瘪气球。

"胖子，出事了！"我对胖子叫道。

胖子走过来，看到这场景，和我对视了一眼。我又看了看齐教授一路走进来的湿脚印，甚至觉得他早就濒临死亡，是他对这个事业的热忱，让他一直撑到了这里。他如愿看到了想看到的东西，也算是圆满吧。

我们对热忱执着的人，是尊敬的。

胖子拍了我一下："这些发现，是老齐的功劳。咱们想办法联系上面的人下来，把老齐弄出去。"

我叹气，这事没有想象的那么容易，接着我就看到胖子趴到灵台上，鞠了个躬，然后四处探查了几排灵牌后面，什么都没有，就对我道："得回前殿，雷祖像那儿，我去把那铁鞭拿下来。"

"什么时候了，你还想着摸东西！"

"老齐都死在这儿了，我下手我还是人吗？"胖子说道，他看了一眼那些墓志，"他死在这儿，就是为了看着我们，他知道真正的宝贝在这儿呢。小老头儿心思诡着呢。我要那铁鞭，就是要按你的办法，用大腿钓鱼。但我们得有武器。"说着胖子看看齐教授的嘴巴，也按了一下他的身体，和我又对视了一眼，"这是被蛀空了吧？嘴巴张那么大，是不是有东西从他身体里出来了？"

我看着齐教授的脖子，心中也怀疑，这脖子几乎被撕裂了，是不是有东西从喉管里硬挤出来了？之前不是说这里的尸体都特别轻吗？是不是就是这种奇怪的被蛀空的现象，导致尸体变轻的？

忽然，齐教授的左眼往一个方向转动了一下。

## 第19章 彩蚴吸虫

胖子和我都深吸了一口气，他的眼白中，有东西在动，似乎有东西寄生在里面一样。我们凑近，胖子用手电的强光去照齐教授的眼白，发现整个眼球其实已经很薄了，还能看到里面有鳞光闪烁。

竟然是一条小鱼！整颗眼球好像马上就要孵化的卵一样，鱼已经成形了，但还没有破卵而出，在眼球里等待破壳的那一刻。

我看了一眼胖子，这情景叙述出来虽然不是那么恐怖，但实际看到，真让人毛骨悚然。我看了看齐教授的另外一只眼睛，更加夸张，那只眼睛里竟然有两条鱼，里面的玻璃体似乎溶化了，鱼甚至可以小幅度游动。

这地下河边其实很凉爽，也没有过于潮湿，我们身上的潜水服和头发都干得差不多了。除了地面粗糙，有些硌脚之外，我们觉得比待在上面还要舒服。如今看到齐教授的眼睛，我才觉得这里其实不是凉爽，而是阴冷。不知道是气温在我们进来的时候降低了，还是我的心理问题。

"这是被寄生了吗？"胖子想用匕首划开齐教授的眼球，被我拦住了。这要是有刀伤，等一下就更说不清了。我让胖子打手电给我照明，然后按了按齐

教授的身体，解开他的衣服，就看到在他的躯干上，有更多类似于他脖子处的这种瘀青，都是呈条状的。这些瘀青从他的下半身往上一路通过身体，经过脖子，最后到达脑子里。我比画了一下："这可能是这种鱼的寄生路线，从肛门进入身体，然后一路往上游。"

我摸了摸那条路线，瘀青的地方都垮得特别厉害，脂肪和肉溶化得最多。

"这种鱼好像进入人体之后，会溶化人体组织，一直往上游，最后到人的眼睛里，所以齐教授才溶化了。"

"我好像听说过这种寄生方法，叫什么来着？"

"彩蚴吸虫。"我说道。有段时间有个猎奇新闻很火，一种新品种的蜗牛，喜欢爬到树冠顶上去，然后两只眼睛开始膨胀蠕动，产生舞蹈的效果。这种蜗牛的眼睛是彩色斑纹的，一旦动起来，让人浑身发麻，起生理反感。这种舞蹈十分吸引鸟类的注意，然后这种蜗牛就很容易被鸟类捕食。蜗牛的这种高危行为一度让人十分疑惑。后来人们才发现，这种蜗牛是被彩蚴吸虫寄生了，这种虫子会直接爬到蜗牛的眼睛里，控制蜗牛的大脑，让它直接爬上树冠，不停地舞动，吸引鸟类过来把蜗牛吃掉，以便它们可以进入鸟类的肠胃产卵。

我不知道这种鱼有没有控制齐教授的行动，按生物学原理推理，这种寄生鱼应该可以控制人的大脑，让人产生想投湖的幻觉。极海就在外面，如果真是这样，齐教授应该往极海跑，但他还是带着我们一路进来了，看来有执念的人类，是不好控制的。

这种鱼是不是大部分只寄生在溺水的尸体里，像齐教授这样没有溺死，最终爬上来的，情况不多？

"如果咱们任由这些蛀虫鱼把齐教授吃光，我估计会吃成那些仙蜕，再等一会儿，就只剩一张皮了。"胖子对我道，"可别还有传染性，我们还是弄出来踩死。"

我摇头，这不是开玩笑的，上面是正规考古队，我真没法解释，为什么齐教授进来之后，浑身都是刀伤，然后我们说是被鱼寄生了。道上吃我们这一套，其他人不会吃。

想着，我还是又按了按胖子，我们都进水了，还是要谨慎一点儿，一按我就按到了一手汗。我捏了捏胖子的汗，很黏，又看了看胖子的脸，他脸色变了："没事，我就是汗黏。"

这个时候，我看到胖子的眼白里有东西闪了一下。胖子看我脸色变了，立即就沉默了。我看着胖子的眼白，虽然那亮光一闪而过，但我知道，那里面绝对有东西："你中招了，胖子。"

胖子却对我说道："齐教授动了。"

我立即回头看，在黑暗中微弱的光线下，齐教授竟然真的在地上爬了起来，像树懒一样，开始缓慢地爬动。

"齐教授？"我以为刚才他是假死，还没死透，就把手电照过去，照在他脸上，只见他两只眼睛朝反方向疯狂地转动，鼻子贴着地，似乎正在用鼻子顺着他之前来的脚印寻找路径，然后往前爬去。

"你猜他要去哪儿？"胖子问。

湿脚印肯定是从水里来的，是不是这种鱼能控制尸体的大脑，让尸体顺着脚印，一路爬回水里去？

我们现在只有两只手电，虽然光线很强，但后殿空间非常大，四周还是一片漆黑。刚才在院子里的时候，因为到处都是珠光宝气，互相反光，所以只要照向一个地方，其他地方差不多都会亮起来。但在后殿，我们照着齐教授尸体的时候，其他地方是完全漆黑的。这尸体这么爬动，我汗毛都倒立起来。

"你眼球里有东西。"我一边看着齐教授，一边对胖子说道，"你可能也感染了这种鱼。你看看我的。"

我把一只眼睛的眼皮翻开给胖子看，另一只眼睛仍然盯着齐教授，心说：我们得赶紧出去，否则这么死真的太不值得了。胖子看着我的眼睛，说道："看不清楚啊，但好像里面有阴影，你视力没什么问题吧？你有没有看到有影子在你眼前游啊？"

我脑子"嗡"的一声，之前没感觉，此刻我就觉得眼睛很涨，还有异物

第19章·彩蜥吸虫

感，下意识地就去揉眼睛，被胖子一把按住手。但我的视力没问题，也不知道这鱼是怎么寄生的。

此时齐教授已经爬出去十几米了，手电再照过去的时候，我发现齐教授竟然站了起来，回头看着我们，表情非常僵硬阴冷。

## 第20章 "钓"鱼

他眼睛里的所有鱼都孵化出来，鱼眼贴着眼白往外看，两只眼睛就如同两只复眼，看着我们。

我和胖子就这么和齐教授的尸体对峙着。我们的手电照着他，强光下，普通人早就闭眼了，但他复眼里的小眼睛还能不停地动，两只眼睛就如万花筒一样，不停地变化排列，诡异异常。

忽然，齐教授开口说话了。他的喉咙似乎也溶化了，讲话含混不清，但能看得出来，他是在对我们说话。

齐教授阴恻恻地看着我们，含糊地发出声音："累上装签。"

胖子眯起眼睛，有些奇怪，轻声道："没死？那赶紧把他弄出去，还能抢救。"说着就要去扶齐教授。

我拦住胖子，齐教授说话的时候，全身都快溶化了，口水一直往下流，整个人佝偻着，眼睛是复眼，这个状态已经不是人了。齐教授的颈部似乎已经无法支撑了，脑袋一直在颤抖，他歪着头继续说道："累上装签。"

"什么意思？"胖子对齐教授道，"累了？累了您就别爬了。"

齐教授还在发出那种奇怪的声音，听着像是说话，但是他讲不清楚。忽然，齐教授的尸体一下子裂了开来，他的肚子上的皮肤和肌肉再也撑不住内脏的重量，一下破了，内脏全都露了出来。

在手电强光下，他的肠子全都变成透明的了，里面全是"小眼睛"。那些"小眼睛"都是小鱼，他的内脏几乎都变成了"卵囊"，里面全都是小鱼。

齐教授缓缓坐下，就如同一个漏气的气球，再也不动了，头彻底耷拉下来。

我和胖子看得心惊肉跳，等了一会儿，齐教授确实不动了，我和胖子才走上前去，胖子仔细去看那团"卵囊"，也不知道是什么原理，让人的内脏都变成透明的，里面都溶化了。

我忽然意识到，这里的尸体，都是这样羽化成仙的。我对胖子说道："这里的尸体，皮肉和内脏都被这种鱼吃光了，只剩下皮，所以才会那么轻。"

"齐教授刚才到底死了没有？为什么和我们说那几句话？"胖子问我。那几句话到底是真的在说话，还是只是发出无意义的声音，现在谁都无法判断。

我看了看手表，对胖子说道："胖子，咱们没时间了，最多还有15分钟。"

"啥意思？"

"我觉得你和我大概率都中招了，按照齐教授的死亡时间，我们最多还有40分钟时间，之后我们也会变成这样。"我对胖子说道，用手电去照他的眼白，能隐约看到里面的黑影子，"如果我们想活命，那么15分钟之后就得出去，这样还有25分钟的时间可以到医疗室治病。"

胖子脸色惨白："现在想要出去，只能用你刚才的办法，那是出奇的手段，不一定能成，要不要先把遗书给写了？"我看着齐教授的内脏，想着前殿的壁画，这内脏应该比我们的大腿要管用一些，于是转头找了一条保存比较好的幡，扯了下来，包住内脏。

那味道，人的内脏真的不好闻，我抱起来就和胖子开始狂奔。胖子去取刚进来的时候墓门上挂着的青铜剑，我去取前殿的铁鞭。

我和胖子来到雷泽处，胖子找了块石头，把齐教授的内脏结结实实地拍了一遍，那些小鱼全都被砸成了鱼泥，然后分了一半甩入水中，另一半就挂在岸边的石头上。我拿着铁鞭，胖子举着手电，就缩在边上。那青铜剑被他用石头敲弯了，做成了一个双头鱼钩，钩子的一头裹在内脏里，另一头则钩在雷泽的地砖缝里。我们把另一个手电架在一边的石头上，做第二个照明点，免得等下慌乱，什么都看不见。

不一会儿，水中就出现了涟漪，有东西在水下涌动起来。胖子和我对视了一眼，我说道："这鱼似乎听觉特别灵敏。我们等一下下手要快——"话没说完，一个黑影就从水里冲了出来，一下就咬住了岸上的另一半内脏。

鱼的嘴巴很大，一口把内脏吞了，就想往后缩去，胖子对钓鱼还是有研究的，钩子钩得特别好，大鱼的嘴一下就被青铜剑的剑头钩给钩住了，我大吼一声，直接扑上去，对准鱼的脑袋，就是一铁鞭。这一下就像打在石磨上一样，火星都打出来了，这鱼的脑袋上，竟然镶嵌了一枚青铜镜，犹如头盔一般。我的虎口生疼，也管不了太多，又一鞭打到鱼身上，全是密密麻麻的腐朽铜钱，这一下竟然也没有感觉对方吃到多少力气。铁鞭就顺着鱼身子刮了一下，没有造成什么伤害。

我还挺惊讶的，我知道自己下手可狠了，是真的下了死手，牛都可能会被打裂颅骨。怎么这东西就吃不上劲呢？

胖子冲过来骂道："你真是手艺开倒车。"他夺过我的铁鞭，就要去插鱼的眼睛。这时候那怪鱼猛地一摆头，一道血从它嘴里喷出来，青铜剑钩一下就松了，眼看它就要回水里去了。胖子猛地扑了上去，揪住两边的鱼鳃，连人带鱼，瞬间就栽进了水里。我愣了一下才意识到，这不是我们在钓鱼，这是胖子被鱼钓了。

如果是闷油瓶，那他等一下从水里翻身上来，提着条鱼的肠子，我都丝毫不意外，但现在是胖子下去了，那最大的可能性是，胖子等一下漂上来，背朝上浮着，我把他翻过来，发现他的内脏被吃空了。

胖子的另一只手还抓着手电，在水下形成一个光点，不停地翻腾。我没想太多，一把拔起青铜剑钩，也跳了下去，结果正巧胖子从水里浮上来，要往岸

上爬。我一下扑在他身上,他大骂一声又被我冲了下去。

一入水我就脑子一炸。从水面上什么都看不出来,虽然我知道水下有很多鱼,但多少只是一种猜测,如今进入水里,我立即就感觉到水下全是那种怪鱼,每一条都和我差不多长。我手一张开,就能摸到铜钱的触感,好几条鱼从我身边缓缓地游过。

我立刻翻身出水,胖子的手电闪过我的眼睛,我差点儿瞎了,两个人在慌乱中疯狂地爬上岸,那群怪鱼竟然没有攻击我们。

我们喘着粗气,看着满地的水,胖子说道:"我刚才是不是太激进了?"

我道:"激进不激进不重要,主要是我们完了。"

两个人都很沮丧,内脏没了,鱼没上来,我们等下估计也要变成复眼鱼囊尸,在这里被蛀成羽化仙蜕。胖子想了想,一下又翻起来,从我手里拿过铁鞭和青铜剑,脱掉自己的内裤,把铁鞭和青铜剑绑在了他的小腿上。

因为只有一条内裤,绑不结实,他看着我。我看着他坚定的眼神,同时也看到他眼白里鱼鳞的细小反光,知道多说无益,也坚定地朝他点头,然后脱掉了自己的内裤递给他。我们两个几乎下半身全裸,胖子把手电递给我,自己拿了一块石头,就把小腿放入水池中。

这铁鞭和青铜剑,是为了防止怪鱼的牙齿直接咬穿胖子的小腿肌肉,咬断小腿骨。当然,如果入嘴角度恰好,鱼还是能把胖子的腿咬断。

但胖子直接就赌了。

"我如果残废了,你记得下半辈子赡养我——哎呀!"

小腿入水的刹那,胖子还想说句俏皮话,我还没有反应过来,水面忽然一震动,一条鱼就像猴急的老色鬼一样,一下咬住了胖子的小腿,胖子瞬间就被拖到了水下。

鱼在水里的力气极大,因为胖子的一只脚在水里,另一只脚在岸上,鱼咬过来的速度太快,他还没有用最舒服的方式坐下,瞬间就被扯成劈叉。几乎同时,我听到胖子的大腿根传来"咔嗒"一声,胖子大喊:"啊!天真,拉!拉——"

我卡住胖子的腋下，双手往后直接拉，人的腰腹部用力，力量还是很大的，一个鱼头露出水面。到底是不是刚才我敲的那一条，我也不知道。怪鱼死死地咬着胖子的小腿，他大喊："抓它的鳃。"

我放手扑过去，直接把手插入怪鱼的鳃里。鳃里全是倒刺，我的手一下就破了，我大吼一声，继续把手往里伸，很快就从鳃摸到了胖子的小腿。因为青铜剑上有倒钩，怪鱼又被钩住了，甩也甩不掉，我的手伸进去就抓住了胖子腿上的铁鞭，胖子大喊："起！"

两个人一起用力，那大鱼的力量像炸弹一样，我们根本拉不动。我海钓过，知道这种大小的鱼，在水里最开始的20分钟一定是占绝对优势的，但我们没有鱼竿，不可能遛鱼。胖子这时候才感觉到疼，大喊："弄死它！弄死它！"

我的手几乎全被鳃里的倒刺割伤了，血肉模糊，根本用不上力气。况且这怪鱼还在不停地跳动，每一下都几乎把我和胖子全部拽下去。我大吼一声，看到水里已经全是血了，胖子的血、我的血、鱼的血全都混在一起。

就在我手足无措之际，水里忽然出现一个巨大的水花，把我和胖子炸了个跟头。我看到水中出现了一个巨大的影子，比这条怪鱼还要大得多，它从水底上来，直接把我们拽住的这条怪鱼的身体咬掉。

我和胖子拽着一条鱼的上半身断尸，翻倒在岸上，看着水面的波浪，目瞪口呆。

"什么玩意儿？"

刚才那个巨大的影子，比我们拽着的怪鱼还要大三倍。一般来说，同类鱼之间就算体形差距很大，也不会像这样自相残杀。我看着满池的血，忽然意识到，是不是我们的血让这些鱼狂性大发，那条巨鱼原本是来咬我们的，但是一口把自己的同类给咬断了？

我掰开鱼头的嘴，胖子把腿拔出来，铁鞭和青铜剑确实保护了他的小腿没被咬断，鱼的牙齿就卡在两边的金属里，虽然也有牙齿刺进了肌肉，而且伤口很深，但如果没有这两段金属，他应该只剩下一截骨头还连着。我们的血从岸边一路流到我们待的地方，伤口惨不忍睹。

我忽然意识到，我们原来的机会已经破产了，那么大的鱼，如果我们再用身体的任何部位去钓，它上来一口，我们就没了。但同时另外一个机会产生了，我发现这些鱼对血液很敏感。

我拿起手电，叮嘱胖子躺好，自己则跑到外面，冲到一处珍珠珊瑚盆景面前，把里面的珊瑚拔出来，小心翼翼地放到一边，又把里面用作土壤的玛瑙倒在一边，然后抱着盆就往雷泽跑。

那盆是洪武釉里红瓷盆，我抱着盆进去，看到胖子躲在角落里，我发现他的表情不对，用手电一扫水面，发现不知道何时，刚才那条大鱼又出现了，浮在水面上，但此时能看得更清楚一些，这东西似乎是鱼，似乎又不是鱼，因为它有很多的手。

## 第21章 多手神像

　　那东西乍看之下，就如同一个观音一样。我愣了一下，仔细去看，发现确实如此，那是一个满是铜锈的青铜神像，大概半人高，从水下冒上来，上面的千层锈发紫，很明显是在水中生锈的。神像大概有十几只手，每只手上都有法器。因为生锈，所有的手臂末端都已经腐烂成块状。

　　这东西忽然出现，似观音的自在像，如同一个小人站在水面上一样，静谧，但是阴森诡秘。

　　仔细看就会发现，那东西应该是装在鱼的背上的装饰，在手电的照射下，它又缓缓地沉入水中。

　　胖子脸色苍白，我扶起他："怎么，你以为什么东西显灵了？"

　　"这……东西……不对劲。"胖子结结巴巴地说。

　　我把我的分析和他一说，他就不停地摇头，拿着我的手电，不停地看水面，生怕那东西再出来："这不是鱼背上的，那东西是忽然出来的，鱼又不是潜艇，怎么能够直上直下？"胖子用手做了个动作，"鱼不是得往前游动，然后背拱起来一下，才能把背上的东西拱出水面？这神像不是，它是直接从水里上来的。"

"你什么意思？我都看到下面的鱼了。"

"那这就不是普通的鱼，它就像个人一样，从水里出来偷看我一下。"

胖子说完，开始剧烈地咳嗽。我扶着他，觉得他身上特别黏，就按了一下他的脖子，一按就是一个很深的手印子，我知道不能再纠结了。

"天真，水里还有其他东西，不止那种鱼。"胖子对我道，"哎哟，我去，胖爷我好想小哥啊，胖爷我是不是老了，咋就那么害怕呢？"

我从刚才那半截死鱼的嘴巴里扯出半截青铜剑的断片，然后把胖子的手拉过来，直接用断片切开他的手掌，他龇了一下牙："天真，你疯了？胖爷我想小哥，你就刺我一刀，你干吗？我想他不一定想学他！"

我拽着他的手，把他的血往我搬来的瓷盆里滴。我切得很深，血不住地流。我对自己也照办，之前切过不少次手掌，知道怎么切一开始不疼，就是在咬自己舌头的同时，把手掌也切开，和胖子一起滴血："这里的鱼对血的味道很敏感，我们得在这里用自己的血打个窝子，然后咬牙按原路回去。"

"你是说把鱼都引这儿来，然后我们动作快一点儿？那万一有几条鱼没有被诱惑到呢？咱们撞上了，不就歇菜了？"

"只能赌啊。"我看着胖子的眼睛，他也看着我的眼睛，他眼白中的黑点已经越来越密集，有无数小鱼的胚胎正贴着眼白好奇地往外看呢。

"你是想被寄生鱼吃光，变成一张人皮，还是想被水里的大鱼咬死？"

"都不想，但你说得对，咱们往回跑的生存概率大。"胖子用力挤自己的手，"胖爷我血多，天真，你省着点儿，多用点儿我的。"但他血脂高，血流得很慢，怎么挤都没我挤出来的多。

好不容易滴满一个盆底，我把盆直接放到水池边的石头上，然后用石头和青铜剑的断片代替锤子和锥子，在盆下面敲出一个小洞。血开始不停地往水里滴落，胖子问："这鱼出来不会被打翻吗？"

我把内裤撕了，做成引血条，一头塞在小洞里，一头拉到比较远的地方，再放入水中，内裤条就引着血缓缓地往水里渗透。我用剩下的内裤条绑紧胖子和我的伤口止血，然后两个人互相搀扶，快速往外走。

长话短说，我们不管不顾地冲到极海那个水池的边上，爬上船，疯了一样地往回划。胖子的手电此时已经不知道在哪儿了，慌乱中我发现只有一只手电在照明。

我们很快划过了刻着"极海"的那块巨碑，我因为性格问题，路过巨碑的时候，回了一下头，用手电去照这块碑。这是一种告别的轻微仪式感，但就在那个瞬间，我看到在巨碑之上，立着一个黑影。那影子有很多只手，就如同我刚才在雷泽中看到的奇怪神像，因为碑非常高，距离也稍远，看不清楚，但应该就是那东西。

我愣了一下，那东西就消失了。胖子呵斥我，我才回身继续划船，但是心中奇怪：鱼是不可能爬到碑上去的，难道真的如胖子所说，这东西不是鱼？

一路无话，我们冲回隔水段。下水之前，胖子看着我说道："上帝保佑。"

"龙王爷保佑吧。"我说。希望那些怪鱼全都被血腥味吸引，在雷泽里开派对呢，我们就趁这个空隙，想办法溜过去。

接着我们两个握了一下手，咬牙大叫着，跳入水中。然后疯狂地拉着绳子前进，那真的是完全疯狂，没有任何犹豫和停歇。一直到出水，我刚伸手出去，就被人一下拉住，紧接着被拖出了水。

整个过程我都是麻木的，没有害怕。我忽然明白了赌徒的心态，因为留在里面从长计议，必死无疑，所以我只能下水；在我入水的时候，只有那一根绳子，但是我心里明白，我的生死，其实已经不在自己的身上，而在于天命，所以反而毫不恐惧。

因为四周有太多的手电筒了，我看不清楚拉我上来的人是谁，我唯一能知道的就是，这个地方已经全是人。我耳朵里还有很多水，但已经听到了无数的叫喊声。

我大喊道："送我们去医院！我们中毒了！我们马上要死！"

## 第22章 治病

我不敢解释我们是被鱼寄生了，这太难让人听懂了，我需要给出一个简单易懂的危险压力。

接着胖子也被拉了上来，他已经虚弱得站不起来了，就听见有人问："齐教授呢？"

"出意外了！"我大叫，"里面有东西，不要下水！我们中毒了！"

接着我们就被扶了起来，往外送去，还有人在问："齐教授呢？"我听出是他助理的声音，声音中满是绝望。

被抬出甬道入口的瞬间，阳光照下来，我什么都看不见，只能闭紧眼睛。我们被抬上车，在医生的陪护下，车开始在路上狂奔。

我其实可以坐起来，还可以做一些事，但医生的效率很高，已经在车上给我测基本体征，于是我就不停地念叨："我的眼睛玻璃体里有寄生虫，肠道里也有，我的肌肉在溶化。"接着就感觉到有人扒开了我的眼皮。

我稍微松了一口气，听到医生开始打电话。我不知道是多久到的医院，医生在车上直接给我吃了什么药片，非常苦，接着我被快速麻醉，做了肠胃镜手术。

我醒过来的时候，眼睛已经动了手术，肠胃镜手术大概做了六个小时，用内窥技术，把我肠子里的小鱼，全都用钳子夹死，然后一条一条地吸出来。听医生说，眼睛里的小鱼是用白内障手术的方式取出来的，这些小鱼的胚胎几乎都附着在眼球壁趋光的位置，但都避过了瞳孔，是一种非常细小的、透明的鱼。

因为猪囊尾蚴病的绦虫也是寄生在玻璃体里的，所以医院有对应的治疗方法，否则面对这种诡异的情况，还真找不到办法。但这些小鱼一死，全都快速溶解了，所以除了肠胃镜的照片之外，没有任何的证据留存。据说从照片上看，这些鱼很像寄生虫，很难说明什么问题。

这些小鱼的嘴巴上都有小吸盘，牢牢地固定在体内表皮上。有一个声音很好听的女医生说，这鱼应该是寄生鲇，是一种热带的鱼，我尿道里应该还有，需要去找一种南美的树所结的果实做的茶，喝下去可以溶解这种鱼，当地的土著就是这么干的。

我后来并没有喝到这种茶，但也没有大碍。而我们身上不停地出水，似乎是肌肉溶化所造成的。检查结果表明我和胖子确实都有非常严重的肌肉溶解症，导致我们的小便几乎都是茶色的。这个症状在寄生鱼的问题解决之后，很快就停止了，似乎被这种鱼寄生之后，肌肉和脂肪就会被这种鱼释放的某种物质溶化。就像蜘蛛一样，蜘蛛并不吃肉，它捕食猎物之后，往猎物的尸体里注射消化液，在体外消化了尸体之后，再将猎物吸空。

我想着，脑子很乱，不由得又想起了那多手的神像，那东西不知道是什么，但那么多的手，是否会是类似于蜘蛛的生物？

身体稍微好一些之后，就开始有人给我们做笔录，我说的全部是实话，我知道没什么要隐藏的。而且我们是带着病历出来的，他们查看医院现在的记录，或者将来检查齐教授的尸体，应该都能印证我们的说法。

我的说法如下：

1. 用抽水机是无法抽光隔水段甬道的积水的，因为它下面连通着地下河。

2. 泥水中有会攻击人的怪鱼，甚至还有其他东西，非常危险。同时，水中还有寄生类的鱼类。这些鱼类似乎都不是本地的，同时具有某些热带鱼的特性，说明地下河极海的某一段，水温会比较高，可能有地热。

3. 底下有无数的文物，齐教授的判断是正确的。

4. 齐教授已经去世了。


齐教授是在我们进去之后，自己冒险跟进去的，不知道他当时为何等不及我们出来，否则也不至于会死。但人当时当刻的很多想法，都没有办法回溯。这里面应该会有隐情，但如今短时间内，我们应该是没机会知道了。更奇怪的是，并没有人来问责，本来我以为我们至少要接受好几轮盘查，但最终，这些事情都没有发生。

是不是齐教授其实没有死呢？但是内脏都那样了，人怎么可能不死呢？

接下来的一周，我们的眼睛拆线，其间胖子被人搀扶着，过来和我讨论了很多问题。

因为齐教授是我们和考古队之间唯一的联络人，所以考古队的人在我们离开之后，除了一个会计过来对接医疗费报销的事情，就再也没有人理会我们了。我们无法知道后续对于藏地庙的发掘。我推断此事会消沉很久，然后横空出世，变成一个巨大的考古发现。但在这之前，我们并不知道会等多久。

藏地庙后殿里的地图和墓志铭碑林，几乎是一种耀武扬威。要全部找到并且检查这些古墓，是一项巨大的工程。按照齐教授的说法，还有三个巨大的、世界级别的大墓混在其中。根据我们的笔录，他们不知道会使用什么方法突破隔水段，进入到藏地庙里。但一旦进去了，其中的宝藏，光是整理，最起码也需要几年时间。

这一切，在我们冲出来的瞬间，已经和我们没有关系了。

## 第23章 峰回路转

我的理智告诉自己不可以再接近这件事情，齐教授可能留了后手保我们安全，但事情到底如何谁也不知道，我们得夹着尾巴过一段日子。但我的性格是不信邪的，藏地庙虽然和我没关系了，但我三叔的事情，还得继续查下去。现在的资料很多，线索比之前更加丰富，但是需要深入地思考和分析，才能理出下一步调查的头绪来。但那样的思考需要比较好的状态，我这时候还很虚弱，脑子根本转不动，只能作罢。

我们暂时走不了，医院也非常忙碌，之前泥石流被救出来的很多战士和专家都住在这里。因为参与了救援，很多人都来感谢我们，胖子很热心，我们很快就在医院里搞起了联谊活动。

住院是极度无聊的事情，联谊活动让我暂时清空了一下思绪。所谓的联谊活动大多是打牌，护士一边来抓人，一边用河南话数落我们："不休息好怎么能康复哩？你们老不好，占着床位，其他病人怎么办哩？"

那个河南小护士很可爱，胖子老逗她："心情不好病怎么能好哩？"

在联谊的过程中，我们多少还是听到了一些泄露出的情报，其实就是很多

工作人员来看望的时候，在走廊里打电话、聊天的内容。我们路过的时候，偶尔能听到一两句，这是一个十分有意思的事情，如果是不知道细节的人，听到这些电话的内容完全没有用，根本听不懂，但是像我们这样对事情有一个大概了解的人来说，偶然听到的一两句话，就很容易拼凑出一个完整的故事来。

很快我就知道我们两个的报告还是起到了很大的作用，他们肯定已经下去了，并且保密级别再度提升了，这和我的预判一样。

另外，我们还听到了一个学术上的信息，就是"复眼仙人"。

具体情况不明，但应该是通过光谱技术，看到了壁画之后的壁画。也就是说，在我们看到的壁画下面，还有一层壁画，那一层壁画是被废弃掉的。专家的分析是：之前的壁画是最早的时候，由文化水平最低的最早一辈的杨家人画的，画的内容十分直白，后来随着时间推移，他们通过学习道教典籍，文化水平也随之提升，于是又重新绘制了现在的壁画。原始的壁画非常写实，直接描绘了他们要盖这个庙的原因。

具体的分析我们听得断断续续，很多人都在说，杨家人之前在盗墓的时候，在一个偏远的山东古墓中遇到了一个从古尸复活成仙的"复眼仙人"，得到了指点后，他们也想成仙，于是开始了这个藏地庙的建设。那个复眼仙人的成仙方式，就是他们后来的壁画上画的内脏成仙法。

那个复眼仙人，眼睛里全是小眼睛。

胖子和我说，他仔细分析了，这水里的寄生小鱼和大鱼之间是共生关系。人在这里修炼，被小鱼寄生之后，最终会被小鱼控制神经，回到水边，内脏脱出腹部，落入水里，小鱼从人的内脏里游出，在地下河长成大鱼，重新产卵。卵孵化成细小如牛毛的鱼苗，进入人体寄生，吸收人体的营养之后长成瓜子大小，再次控制人回到水边，形成一个轮回。

最早那个复眼仙人的所谓复眼和我们被寄生时的眼睛很像，可能是一个在那种荒废的古墓中修炼的道士，和杨家祖先相识的时候，已经被鱼寄生了，并且在杨家人面前死了，内脏脱出掉入水中，所以杨家人把他的死亡方式当成了修仙的方式。

那个复眼仙人的死亡方式如果真如胖子说的，那他死亡之后，尸体会变得非常轻，确实犹如羽化。如果内脏落入湖中，有大鱼出现，吞噬内脏，也是一番奇景，鬼里鬼气，产生迷信的想法不足为奇。但这仍旧不能说服我，为何杨家祖先会花一辈子，在这里修了一个听雷的藏地庙？

笃信修仙的人，进入道观，逃避世俗是一种情况；进入地下山洞，在阴冷潮湿的山洞之中，用盗窃来的明器，搭一个道观，一直到自己死，那是另外一种情况。后者要比前者难多了，不是一般人能做到的。

因为修行人的眼光是很长远的，他们要做永远解脱的事情，但盗墓贼非常短视，他们如果不短视，就不会干这一行了。短视的人，突然出现了长期的执念去求成仙，一定是看到了什么让他无法抗拒的巨大好处。

所以，结论是，那个复眼仙人，死前一定给杨家人展示了成仙的巨大好处，于是杨家人放弃了此生，去追随复眼仙人。

我说完这些，胖子没有接腔，因为我这些其实也是屁话，对我们的调查毫无帮助。

我们接着又讨论了另外一个我比较在意的问题：整个藏地庙里有一个设置，是所有的壁画中都没有提及的，就是庙上方巨大的青铜片传声装置。那东西是和雷声有关系的，每一次打雷，我们都能在地下清晰地听到由青铜片传导下来的雷声。但无论是在壁画中，还是在藏地庙的任何地方，我们都没有看到任何有关青铜片传导雷声的记录。

这个系统显然是藏地庙的一部分，如果它没有在壁画中体现，唯一的可能性是，修建庙的人，不愿意把这个部分在壁画中体现出来。也就是说，这座藏地庙和雷声有着某种关系，但这个关系被隐藏了。这应该也是和修仙有关的一个秘密，而且应该是一个系统，否则那个献祭的水池，不会叫雷泽。

雷似乎在串联一切。

不管怎么说，杨大广是杨家人的后代，他很有可能知道这个秘密，而三叔和杨大广一起听过雷，并且留了很多雷声重复的磁带给我。这些线索应该在藏地庙中汇聚起来。重复的雷声，杨家修道，复眼仙人，庙宇上方的传音装置，

杨大广和三叔的关系……扑朔迷离。

胖子还说，他觉得齐教授临死之前说的那几句话，挺关键的，但我已经记不清楚了。如今什么都没查到，还被捅了喉咙和屁股，眼睛还被割了口子，实在有点儿无语凝噎。

我点了支烟，胖子就对我说："还有一个疑点，那些杨家人，一定知道水里是有问题的，否则他们在这里一辈子，一不小心就中招了。等不到庙修成，人肯定都死光了。"

"也就是说，他们其实知道碰到水会被寄生，然后会死亡，不会迷信那是成仙？"

"对。所以复眼仙人的推测，很可能是完全不对的。"

我心说：这不是你的推论吗？

"如果能再回去就好了。"我发出感慨，那地方真的是一座巨大的宝库。

胖子拍了拍我："现在咱们再回去，恐怕会被直接打成筛子。你就别想了，也许等个一年半载的，他们查完了，下面能变成旅游景点开放，到时候，我们再想办法。"

如果是普通的障碍，胖子肯定混不吝要再混进去一次，但这次连胖子都放弃了，是因为我们都明白，那种级别的考古发现，连苍蝇都不可能飞进去了。我们不是特工片里的主角，现实生活没有那么多技巧。

两个人沉默了半天，我就问胖子："那么，回杭州？回福建？"

"回福建吧。和小哥商量一下，他老人家也许有不同见解。要么，再去一趟雷老头儿的死水龙王庙，你不是说，那地方和这藏地庙很像吗？死马当活马医，反正我现在需要小哥，我得沾点儿小哥的仙气。"

我想了想，也是，三个人分开有些日子了，这种事他见得多，也许问问他是对的。

于是我们就行动起来，先是申请出院，然后出去找个马路牙子一蹲，准备直接买票回去。正用手机看机票，就看到一个女的从路边的车上下来，朝我们走过来。我一眼认出来，那是齐教授的助理，我看到她的表情就害怕。她大概三十岁出头，还挺好看的，就是有点儿瘦，但眼神中戾气很重，看上去非常严肃顽固。

她看到我们，表情很复杂，我拍了拍胖子，让他防御。心想是不是他们下到藏地庙，发现有东西损坏了，要找我们麻烦？那里面的东西我们一件都赔不起。只要她说出"赔"这个字，我们两个人撒腿就跑。

胖子也愣住了。其实医院门口的人很多，这女助理很高，朝我们走来非常显眼。我们两个都不由自主地往后缩了一下，她到了跟前，说："齐教授的遗嘱里，有关于你们的部分，让我帮你们。"

"什么遗嘱？什么帮我们？"

"他说，如果他有什么意外，就让我带你们去一下六号室。"

"六号室？"我和胖子丈二和尚摸不着头脑，不知道是什么东西，而且齐老头儿竟然还有遗嘱，听上去是下去之前留的，齐老头儿是知道自己下去会死吗？

## 第24章 杨家祖坟

我在车上浮想联翩，齐老头儿知道自己下去会死，所以留了遗嘱让我们看六号室，还是说，他们下到地下深处之前，必留遗嘱是一种约定俗成的习惯呢？

助理大人一路上什么都没说，我只知道她姓邓。车开得特别稳，也特别慢，胖子用手不停地抠来抠去，当我看到边上的车一辆接一辆插到我们前面，邓女士还不生气时，我的白眼都要翻到小脑里去了。

"太阳那么大，这六号室快化了吧，咱们是不是快点？"胖子说道。

"我车斗里还有送检回来的文物，一会儿要交接，碎了你赔？"对方头也不回，顺手点燃一根烟。

胖子回头看了看："慢性子就是慢性子，赖什么文物啊，你下车我来开，你后面就算运的是豆腐，胖爷我180迈也给你运到了，一整块，一点儿裂纹都不会有。"

邓小姐确实心态好，也不生气，继续开车。我立即缓和气氛："齐教授的遗嘱那么管用，能让我们进到那个六号室？"

"你们手里的顾问合约还没有到期，我用这张合约带你们进去。里面所有的东西，都被清点过了，你们带出一件来都会被发现。六号室已经被回填了，所以你们得自己想办法进去。齐教授还说了，你们身份特殊，要查的事情也许不想让别人知道，所以我就不跟你们下去了。"

"那六号室到底是什么？"我就问道。

"你到了就知道了。六号室不在主区域内，在藏地庙区域外两公里处，只有巡逻，没有放哨的，附近还有很多村子，都是自由出入的。不过它仍然在整个考古区域内，所以路上都有路岗，我不知道你们想干什么，但好自为之吧。"

我和胖子对视一眼，都很兴奋，齐教授知道我们在找什么，那么他在遗嘱中留给我们的地方，应该和我们要查的事情有关。老齐还是留了一手的，忽悠我们下水帮他们探路，也没把全部的事情告诉我们，不过也算是有良心，事后还是做了提醒。

车子一路先到了六号室附近一个叫伏牛村的村里，邓小姐去交接文物，就在村里的一个小卖部边上，有人过来接收文物。

我和胖子下车透气，因为开得太慢，我睡了两觉，把兴奋劲儿都睡没了。胖子就问我："有没有五块钱？"

"怎么了？"我问。

胖子指了指小卖部的公用电话："给小哥打个电话，赌五块，他接不接？我赌他接，你肯定赌他不接。"

"你还挺了解我。干吗不用手机打？"我问。

他看了看四周："肯定有监听。"说着就走到小卖部，拿起公用电话，开始给我们福建的屋里打电话。

电话响了几声，忽然被人接了。胖子得意地笑，朝我要钱，我掏出五块，还没给到他手里，就听到电话里传来一个说着方言的中年女人的声音。胖子愣了一下，我就把钱收了回去。胖子用福建话问："大姐，你咋接我们屋里电话呢？我们家那个帅锅锅呢？"对方的回答我听不懂，我没有胖子那么有语言天赋。但很快，两个人就开始吵了起来。

前段时间，我们出门后给屋里打电话，都是长时间的忙音，胖子说小哥在我们面前人模狗样的，我们一走丫电话打起来就没个完。后来才知道我们走后，村里就有大婶到我们屋里给外地的儿子孙子打长途电话，一打就是四五个小时。

天气炎热，我听胖子吵着，心中的躁气也出来了。我身上已经被汗水全部浸湿了，脖子和脚踝也开始痒起来，低头一看，皮肤上趴的都是芝麻大的小虫，一掌拍下去就发现它们都吸饱了血。我赶紧去看胖子，发现胖子整个脖子后面、手臂后面，都趴着这样的芝麻黑虫，密密麻麻。神奇的是，这些虫子全部停在手臂的背面、脖子后面、脚踝后面，全都是人很难看到的位置，我赶紧去拍。胖子吓了一跳，我把他的手掰过来让他看，他吓得跳起来，胡乱拍打一通，最后逃回车里。没联系到小哥，应该是出门了。胖子有些郁闷。

不过和邓小姐接头的考古队员，拿来了很多工具，说等一下我们得自己掘开六号室，他们考察完已经回填了。我看到工具里有铲子、绳子、手电，还有橡胶手套和连腰的橡皮裤，都不是很称手。

往兜里放东西的时候，我又摸到了那块从下面拿出来的044工程的名牌，心中感慨，又是三叔，将我带到这里，他还真是不客气。

邓小姐把我们带到山中的一处山谷里。这里的路都是土路，再往里就没有路了，里面是一片林子。山谷两边是两座矮山，只能从人走的土路进去，植被也不是那么茂密，灌木和野草倒是有很多。邓小姐就让我们自己进去，她说六号室上头插了一块考古研究所的牌子，我们进去就能看见。她还有事，四个小时之后来接我们。

说完，她就开车离开了。我回头，能看到远处的村子里，灯光全亮了。

带着装备的我们就像是打扫厕所的家庭妇女。此时，天已经黑了，夕阳的光被山遮住，只留下像棉絮一样的光脉从山的剪影后透出来。林子里只有抬头才能看到树叶之间的微弱天光。晚上稍微凉快了一些，但那些虫子还是直往头皮里钻。终于，我们看到了邓小姐说的那块牌子，牌子上写着：

考古队工作区域，请回避。

注意，地下可能有陷落坑。

六号室。

边上还有一些小的牌子，有的写着三号沟，有的写着前置放水墙十二区等文字，表明地下有东西，但都是围着这个六号室的。

"这该不会是个墓？"胖子有些尴尬，"他们带我们来掘坟，不应该吧。"

我转了一圈，看四周的山势，也看不出什么名堂来，但在地下，又叫六号室，可能真的是个墓，虽然不知道他们为什么敢让我们自己挖，但多说无益，挖吧。

铲子不是专门的打洞铲，我们把铲柄锯短，一路挖下去。下面的入口是现成的，挖了3米深就挖到了用木板盖住的洞口。刚挖开洞口，胖子就感慨，工程队干活就是不一样，挖得非常好，第一是宽敞，第二是上面还打着很多落脚的坑。每个坑里都垫着一块砖，这是为了让研究人员重复进出而做的加固。看这洞的落势，还真是一个墓。

洞是斜着打下去的，直接打向山壁。胖子打起手电，我们就往下爬。不到二十米，我们就看到了墓室的外壁，洞口是用新的砖堵住的，但没有砌死，果然是回填了。我们小心翼翼地把砖给卸了，露出一个大洞，砖都放边上码好，等一下还得堵回去。

胖子用他的手电去照墓室破口位置的地上，那里有很多香灰和纸灰，很多没有烧干净。他又仔细照了照堵住墓室破口上方的外壁，上面有褪色的红字："慈父杨公贵龙墓"。

"这是什么意思？"胖子问道，"这字体，怎么那么别扭？"

"这是印刷体，民国时期才有。这确实是个墓，但是一个新的墓。难怪他们可以让我们下来。"

"新的？多新？"

"我看，是新中国成立后十年左右。"我看到"杨公贵龙墓"这几个字的边上还有小字，是立这个墓的人的名字。也是三个姓杨的，两个儿子：杨元宝、杨远力。还有最后一个，是一个孙子。

"这不是全新的吗？"

我意识到这里应该是杨家几个盗墓贼的祖坟。之前一直说有三四个杨家盗墓贼修建的藏地庙，我还纳闷为什么一直说三四个，而不说清楚到底是三个还是四个？看着这些刻字，还有最后那个孙子的名字，我就明白了。

那个孙子，就是杨大广。

杨大广已经死在气象站里了，在外的档案上肯定是失踪很久了，查无此人，他们应该只找到三具羽化的尸体，但却有四个人生活的痕迹。齐教授让我们来看杨大广他们家的祖坟，那这里面一定有他认为对我们有帮助的东西，并且他还让我们去掘了这几个盗墓贼的祖坟，这老头儿还真够黑色幽默的。

"既然要成仙，何必给自己搞个墓呢？"胖子也在纳闷儿。

"事出反常必有妖，进去看看，就知道理由了。"我道。

我上去拜了拜，然后把砖头掰开，露出了破洞，率先钻了进去，借手电光四处观瞧。

墓室的拱顶很矮，只能半蹲着前进。这就是一个现代墓葬，拱顶极其简陋，修这个墓的工匠手艺就是个混子，墓室大概十五平方米大小，竟然是六边形的，古墓绝对不会有如此混乱的制式，最突兀的是装饰在顶部的那一圈技术非常成熟、用机器压出来的琉璃瓦，上面还有很多带着西洋味的图案。但奇怪的是，这个墓室的四壁是有壁画的，而且壁画非常精美，和简陋的拱顶完全不同。

除此之外，墓室是空的。

"东西呢？"胖子问，"这墓就这么大？是不是东西被搬走了？"他非常失望。

我盯着壁画，看到壁画上画了很多乌云和闪电。

## 第25章 万里听雷图

靠近看的时候，我发现这些壁画上还涂了一层蛋清一样的东西，防止颜料氧化，壁画上面的陈年龟裂非常明显，显然比这个墓的年代要早很多。这让我有一些惊讶。

我立即就意识到，这些壁画是古代壁画，年代非常久远。

壁画的风格无法分辨，直觉上是宋朝的画风，画得非常好。乍一看，上面画的都是乌云和闪电。仔细去看，能看到满墙的云中，画着各种各样的雷公。壁画的下端，画着无数的山石，山间有树和亭台楼阁，还有很多着白衣官服的小人。这些人站在山顶的楼阁中侧耳，似乎是在听天上的雷声。

胖子显得丈二和尚摸不着头脑，问我道："天真，要是我看得不错，这壁画——？"

"这些壁画是从其他墓里割过来的。"我幽幽道。

杨家人还真是喜欢把其他墓里的东西弄过来，这次不知道哪里来的兴趣，把其他古墓里的壁画都割了过来，贴到了自己的坟里做装饰。这满墙的壁画非常珍贵，雷公画得惟妙惟肖，极具神韵。而壁画所画的内容，竟然和听雷有关。

我明白齐老的苦心了。

如果说藏地庙里的东西都是从其他地方弄来做装饰的，只是装饰品，那么这个祖坟里的东西，就不光是装饰那么简单了，这壁画和听雷有关，说明我们可能找到这整件事的根上了。

"宋朝的时候，就有人听雷了吗？"我喃喃道。同时，我看到在壁画上有一座庙宇，画在墙根的位置。我印象太深刻了，一眼就看出来，那庙宇和藏地庙一模一样。藏地庙恐怕是照着壁画上的样子修建的。而在这个庙宇的上方，有一棵大树的图案，如果不是我们看到过山中空中那个青铜片形成的传音系统，很容易就误认为这是树了。那个像树一样的图案画的就是那种青铜片形成的传音系统，结构十分清楚，连枝丫之间的衔接都很清晰。

"藏地庙的听雷系统，来自这里的壁画，藏地庙的设计也是。"我说道，"他们是看到了这些壁画，才修的藏地庙。"

"齐教授就是让我们来看这个？就这？"胖子"啧"了一声，"你再仔细看看，绝对不会那么简单。"

我仔细去看这里的壁画，一幅一幅地看。壁画上的内容重复，就是一幅长卷，天上是各种各样的雷公，或者是司雷的神兽，下面是听雷的人。

听雷的人都穿着白衣，有些在树上，有些在船上，有些在山上、亭子里、亭子顶上和山洞里。他们有的跪拜，有的很惬意，有的恐惧。画得非常生动，简直是万里听雷图。

我又仔细看了看壁画粘贴的地方，非常妥帖，把壁画粘上去的手艺，比建筑手艺要强太多了。

"天真，你怎么看？有推测吗？"胖子着急地问我。

我摇头。我有几个想法，但不敢轻易说出来。这个地方没有棺床，形状也不对，感觉这个祖坟是假的，是用来藏东西的地方。

"你看，藏地庙和听雷有关，但是没有任何资料和壁画去讲为什么要听雷，但这里的所有壁画，都和听雷有关。"

"于是乎？"

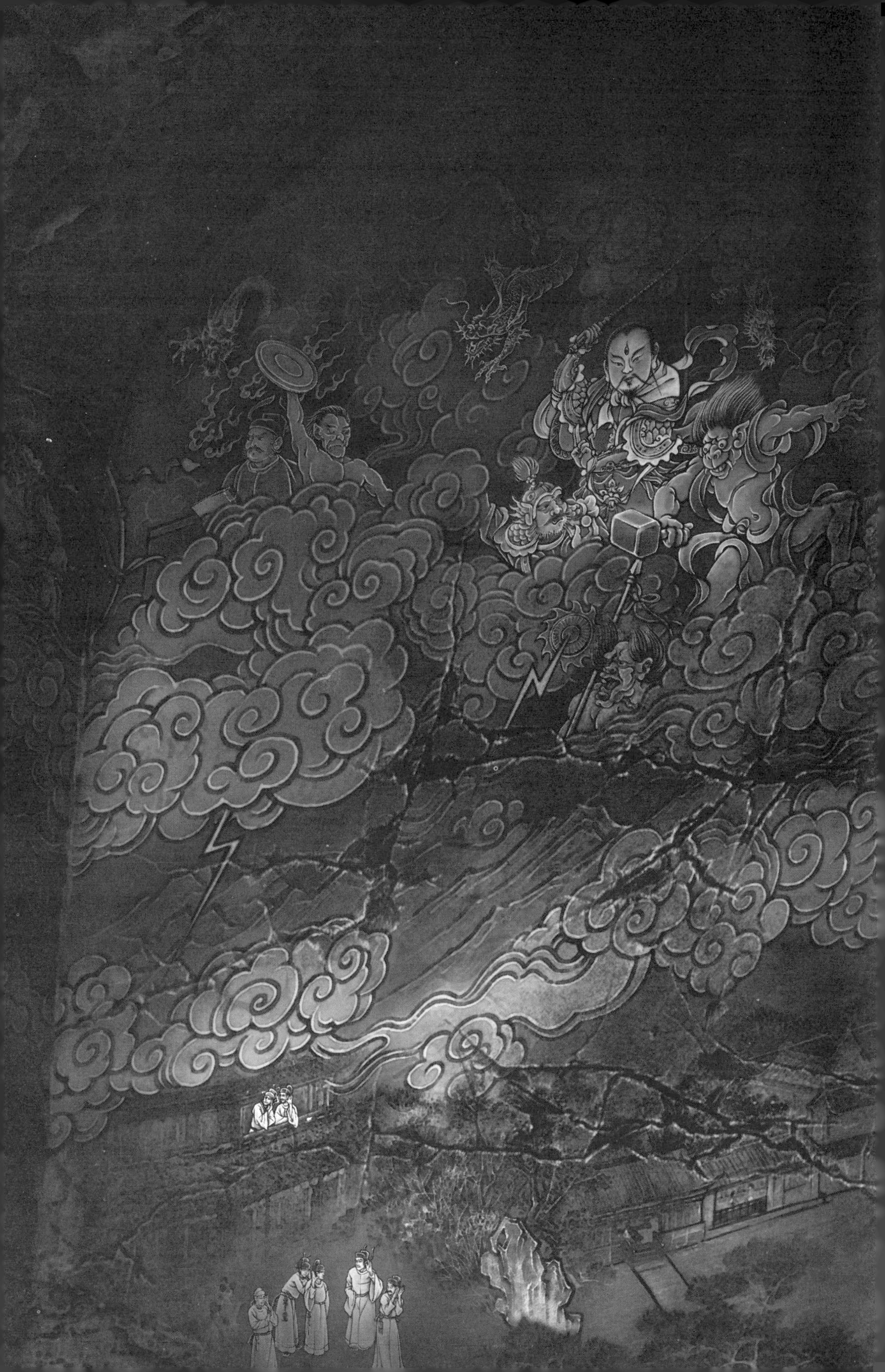

"于是乎我也不知道。但看画风，这壁画应该是宋代的。之前说复眼仙人也是他们在一个古墓里遇到的，这壁画和复眼仙人是不是都来自同一个宋代古墓，从而成就了他们要成仙的契机？"

我脑子乱成一团麻，直骂娘。

"这壁画拍个照片就行了，干吗让我们下来啊？你说，会不会齐教授想让我们看的不只是这个，这里还有秘道什么的？"胖子对这个空空如也的墓很失望，他蹲了下来，看了看地上的青砖说道，"你看地上的青砖，很多都碎了。而且，碎得还挺有规律。"胖子踩着那些碎砖，一步一步地往前走，一直走到一面壁画前面，说："这是轮子轧碎的，你看这些裂痕都是朝一个方向的，所以应该有一辆车，上面装着特别重的东西，一直从门口进来，往这个壁画里推。"

我也凑过去，看了看这块墙壁，然后举起自己的烟，放到墙壁和地板的接缝处，只见烟飘上来，有一丝非常非常细微的倾斜。有气流从墙后出来，是人感觉不到的细微气流。这道墙两边重，中间轻，中间的墙壁里有比砖轻的异物，所以墙的两边下沉，中间拱起，中间位置的气流更大一些。

"墙后面有空间。"我对胖子道，"这是道翻门。门轴在墙壁中间，整个墙壁可以旋转。"

"我就说齐教授不可能让我们下来看画。"胖子开心了，"怎么开？"

如果是小哥的话，他几乎同时就能发现打开的方法，但我没有这个能力。胖子在角落里先用力推了一下，墙纹丝不动。他又去撞两边的墙角，也没有任何反应。他也不犹豫，拿起铲子就砸地砖，我明白了他的意图，马上帮忙。

就像狗打洞一样，我们砸碎地上的青砖，先挖到墙的下方，然后再往对面挖。胖子很快就挖通了，后面果然是空的。

胖子把出口掏大，我往洞里看了看，里面一片漆黑。我打开手机的闪光灯，把手伸进去拍了几下，再鸡贼地缩回来。

打开手机照片，开闪光灯拍出来的画面惨白，照片拍到了墙后空间的整体，很模糊，但是能看出来墙后是一个大一些的长方形墓室，墓室的中间似乎有一口老石棺，棺材上全是红漆打底的绘画，远看和外面的壁画细节几乎一样。

"这棺材——"

"是古棺，和外面的壁画年代相仿，也是从其他墓里搬来的。"

"这不合理啊，你听说过'代替撒尿'的故事吗？"胖子问我。

我心说：什么代替撒尿？就让他说清楚。他说道："就是说，没人听说过撒尿还能找人代替的啊，如果嫌自己的墓寒碜，搞点其他地方的壁画，我觉得虽然奇怪，但可以理解。可是连棺材都是从其他地方搬来的，你不觉得有点儿不讲卫生吗？"

我放大手机图片，觉得也是。如果这真是一个坟，那杨家祖宗还真的喜欢用二手货。但诡异的是，在那口石棺的上方，还悬挂着一个巨大的东西，就像是一口倒挂的大缸一样。

"这是什么？"胖子问。

"应该和这些壁画来自同一个古墓。"我说道。我看着手机屏幕上石棺上方的黑影，心里涌起了一种巨大的不祥的感觉，我从未见过这东西。这似乎是某种奇怪的装置，压住下面的棺材。

"似乎是某种法器，"我说道，"用来镇住棺材里的东西。"

胖子就要进去，我拉住胖子："先别急，这里的所有东西，都来自同一个古墓，应该是一个宋墓，而且这里所有的东西，都和听雷有关，说明杨家人把所有和听雷有关的东西，全都藏在了这里。在那个古墓里，他们遇到了奇怪的事情，所以里面的东西都不简单，我们得做好准备。"

"准备什么？"胖子问道，"都搬出来放这儿了，肯定没事。"

我也不知道该准备什么，但还是拉住了胖子，胖子看着我，我努力开动脑筋，最后憋出两个字来："拜拜。"

胖子愣了一下："你要走了，干吗说英文？"

我说道："拜佛的拜。"

## 第26章 七耳怪尸

于是我们就按照北派的规矩，点香烟祭拜，胖子讲了一串贯口，意思是：我们身体孱弱，家境困难，妻儿老小无人赡养，实在没有办法，下来讨一点儿东西，以后如有转机一定加倍奉还，这里只取一些，打扰您了，请您千万高抬贵手，念在我们不为自己的分上，不要记恨。

说完，我们磕头。接着我就和胖子艰难地爬过去，我尚且勉强，胖子则卡了好几次，皮都蹭破了，手电打亮后，我们的注意力立刻被那口红漆壁画的石棺吸引住了。

和照片上相比，石棺要大很多，我走近细看花纹，棺外壁上画满了雷公，手电照过去，能看到棺盖上雕刻着云纹，云纹盘绕形成了一个耳朵的图案，上面还用三色彩漆在云中画了很多人物，这些人物都有一个奇怪的特征，耳朵特别大。

石棺上面那个庞然大物有一半嵌入了墓室的天顶，近看竟然像一口反扣的钟，是铜制的，上面长满了绿红相间的千层锈，这似乎是一个声音放大装置。而且从花纹来看，石棺和这个东西是一体的，似乎石棺里的尸体会用这个装置

听某种声音。石棺、"钟"，包括外面的壁画，这三样东西不属于这里，应该都是从同一个宋墓里盗来的。

我看了看胖子，他的注意力还在棺材身上。我把头探到"钟"的下面，侧耳听听，竟然能听到很多类似水的声音从地表传来，似乎是地下水在流动。胖子走过来，也探头过来听，就好奇道："什么声音？有人在上面小便？"

这个水声似乎是从整个穹顶传过来的。我想了想，心说动静不对，又立即爬回去，爬到祖坟外面，刚出去就看到一道闪电，外面不知道什么时候下起了倾盆大雨，雷声滚了下来。雨水已经把竹匾冲掉了，顺着盗洞往里灌。我在洞外筑起了一道高一点儿的泥堆，然后在洞上头撑了一把伞，再重新下去。

我重新缩回到刚才的密室中，发现在这个狭小的空间里，竟然能清晰地听到雷声，甚至比在外面听到的还要清晰。更加奇怪的是，在那口怪钟下听雷声，好像有无数的人在同时低声说话，像是在窃窃私语。

"这有点儿意思。"胖子的眼睛也开始放光，他的好奇心也起来了。他看着石棺，说："这具棺材里的尸体，在听雷？"我把撬棍递给他，然后给他照明，他看了我一眼："要开？"

"难道就这么走了？"

"你不研究一下这个是什么吗？镇压下面尸体的东西，到底是什么？"胖子用眼神示意了一下那个倒挂的钟，"别说胖爷我太谨慎，胖爷是和你在一起待怕了。"

我拜了拜棺材，再用手电照了一遍那口钟，近看的时候，这口钟并不像一个法器，结构很简单。

"五块钱，里面的东西会不会起来？"胖子道。

我摇头，觉得大概率不会，因为我们经历过的所有诡异的古墓，都有邪术的成分，你总能看到不同气质的壁画、装置，暗示你这里的墓主人拥有某种力量，但这里并没有这样的东西。

我俩深吸一口气，默契地把撬棍插入石棺的缝隙里，把棺盖推出一条更大的缝隙。然后，我们两个人都后退了一步，以防棺材里有什么东西出来。

等了一会儿，什么都没有发生，胖子才松了口气。我想上去和他一起把棺盖完全推开，他推开我："安全第一，你离远点。"说着他用力把棺材盖子推出一个斜角来，棺材内部完全露了出来。

推完后，他小心翼翼地用手电往棺材里照，才看了一眼，他的脸色就变了。我想凑过去，胖子摆手让我停下："先等等，你做好心理准备再过来，这里面是个妖怪。"

我"啧"了一声，心说：你拉倒吧，什么时候了，还用这种话吓唬我，早十年我还顿一顿，现在我直接跳进棺材都未必脚抖。

话虽这么说，心头却不由得有点儿小紧张，到底是有段时间没开棺了。我深吸一口气走过去，就看到石棺内部呈现出一种奇怪的状态：一般的棺材里面，不是腐烂的棉絮，就是一摊黑水，再不济也有很多的真菌丝，但这个石棺的内部，竟然好像藤壶寄生的礁石一样，长满了密密麻麻鸡眼一样的藤壶，尸体就躺在这些藤壶上，还是侧卧，裸露的骨头上面也全都是藤壶，根本看不清尸体本来的样子。

我仔细分辨，这是一具没有腐烂干净的骸骨，头部呈干尸的状态，下半身已经是白骨，藤壶长得非常饱满，连尸体的嘴巴里都是。我用手电照了照他的口腔，发现喉咙里也全是，立即就感觉自己的喉咙疼了起来。

胖子用撬棍敲了敲尸体，发现很多地方的藤壶已经形成了一个尸壳。而最离奇的地方，是尸体的耳朵。这尸体对着我们的那一面，竟然长着七只耳朵。七只耳朵以一种特别奇怪的方式排列着，一直延伸到脖子和后脑。一开始我还以为那是某种奇特的蘑菇，但胖子用撬棍撬动尸体的头部，翻看另外一边，却是正常的。七只耳朵对着棺材外那个大"集声器"，外面不停地打雷，雷声传到地下，我们四周就像有无数人在说话。胖子咽了口唾沫看着我，想说什么却没说出来。

这实在太诡异了，这口钟正在不停地把上面的雷声传递给下面的这具尸体。

这七只耳朵每一只都有耳孔，我把手电靠近，就看到这些耳孔都是人工打出来的，打在耳骨上、下颌骨上，还有颅骨上。原来，这些耳朵都是用刀割出

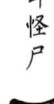

来的。这人不是畸形，七只耳朵好像是一种特殊的类似文身的装饰。

在中原地带，这样又野又带有一些远古崇拜的习俗很少见，这极大地体现出这个族群对声音的崇拜，在这样的状态下，听力是否会异于常人呢？当他听到雷声的时候，他又会听到什么？为什么在他死了之后，还要继续听雷呢？

尸体的衣服已经全部腐烂了，但确实是中原的葬式。我和胖子互相看了一眼，胖子就对我说："我全都明白了，这听雷是怎么回事。"

## 第27章 杨家往事

我有点儿发愣,以往这都是我的台词,看胖子的表情,我有一种不祥的预感,觉得他又要胡扯,但又不能不让他说,就问道:"请胖爷赐教。"

"这事要从很久很久以前说起。你想啊,这人有七个耳朵,还都打了耳朵眼儿,说明这人的听力非常好,至少看上去非常好。"胖子说道,"我们之前说了,重复的雷声,那一定是隐藏了信息的。这古墓里的古人,肯定是发现了雷声会重复的秘密,和我们的想法一样,他们就以为,打雷是上天给他们的启示,如果能够听懂雷声里的秘密,就能够得到吉凶祸福的各种指导。要知道古时候神棍多,有一个不要命的神棍,觉得这是一个大好的机会,于是就把自己的耳朵割成这样,谎称自己是天赋异禀,能够听懂雷声,他用这个方式,成功欺骗了当时的封建统治者,成为他们的国师,并且一直用听雷来控制朝纲,他手段了得,最终竟然权倾朝野,成了一人之下、万人之上的'活神仙'。他死了之后,皇帝害怕没有了他的占卜,会失去权力,就让人在他的棺材上悬了一个听雷装置——就是这口钟,让他死后也要继续听雷,然后再托梦给自己。"

胖子说完之后看着我,看我没有反应,就问道:"有没有道理?是不是你的风格？"

"你这是讲故事，不是推理。"我说道，"这外面的壁画明显和修炼有关，杨家祖宗也是要修仙，和你说的一毛钱关系都没有。"

"行，那你说，怎么一回事？"

"我不知道。再继续找找，任何细节都不要放过。"我说道。我看那棺材根本没有被撬开过，甚至觉得齐老根本不知道这里有个夹层，他就是让我们来看壁画的，这夹层里的东西，是我们偶然发现的，否则以他的脾气，怎么可能让我们在这里自己开棺？

胖子用撬棍去敲棺材的底部，想看看底下有没有陪葬品。结果一敲藤壶就碎了，棺材底一下就穿了，下面竟然是空的。棺材底下是空的并不少见，胖子吐了吐舌头："他们要是发现了就说是自然坍塌。"但我用手电一照，就发现不对。一般棺材下的空间，都是用来藏黄金、夜明珠的，往往就一个巴掌深。但这个棺材下面的空间，手电一照竟然照不到底。

"是口井。"胖子道。他用撬棍继续敲，很快就把整个棺材底捅了下去。棺材下面是一口长方形的深井，从深井的底部刺上来一根石柱，把尸体托在半空，四周都是空的。而且，深井的四壁上，似乎还挂着什么东西。

不知道托住尸体的石柱是不是结实，所以我们不敢直接踩到尸体上。我在边上抓着胖子的皮带，胖子两脚踩在棺材沿上，俯卧撑一样把头伸进棺材和尸体中间的缝隙里，单手拿着手电一边照下面，一边探头往下看。他喘着气，浑身发抖，说："都是青铜片，大大小小，像鳞片一样。"他把手电递上来，又把手机拿下去拍了一张照片。

我拽他上来。手机拍到的照片十分惊人，只见无数的青铜鳞片一排一排整齐地挂在下面的井壁上，很多脱落后掉在井底，有一些地方已经破损，露出了石壁。所有的青铜鳞片几乎已经腐蚀成了一整片，千层锈像开花一样，四处都是。

"天真，你今天要不推测点什么出来，你胖爷我肯定就失眠了。"

我趴在棺材边上，尝试把头探到那具尸体的位置去听雷声，此时的声音又完全不同了，上头的雷声传下来，到了我耳边，和地下井里的回音混在一起，那种听不懂的喃喃细语竟然清晰起来，像极了人在说话。虽然仍旧听不清楚，但说话的状态非常逼真，听得我冷汗直冒。

难道是要把雷声翻译成人声？雷声连绵不断，确实非常像是人说话的声音。我让自己的心境慢慢沉下来，发现人声竟然愈加清晰，我仔细去听，胖子就说："也许这里的雷说的是福建话，我来听。"

我让开，他上前去听。忽然一个炸雷在外面响起，雷声在墓室里瞬间回荡起来，这次连我都听清楚了。

"吴……邪……吴……邪……吴……邪……"

那个声音叫的，竟然好像是"吴邪"。

"雷声在叫我。"我愣了一下。

胖子和我对视一眼，然后拉着我撒腿就跑。我大叫干吗，胖子道："傻啊你？这肯定是闹鬼了，快跑！"

胖子说得也是，怎么可能是雷声在叫我的名字？但如果墓室里有人叫我的名字，那真是闹鬼了。我们冲出盗洞来到雨里，胖子就大骂："我说我们不能自己来，你看你又开出问题了！我连驴蹄子都没有！"

我俩连滚带爬地冲出去，在黑暗中冲进野林子。还没冲几步，就看到在闪电下，一个穿着雨披的人低头站在雨里。

一道闪电瞬间亮起，这个人几乎只用了四分之一秒就到了我们跟前，我和胖子吓得大叫："防御！！！"两个人刹不住车，从那人身边抱头冲过去，结果被那人同时揪住衣领，直接拽回，摔翻在地。

大雨中，他掀起自己雨衣的连帽，闪电下，我就看到闷油瓶正面无表情地看着我们。

## 第28章 天姥追云

大雨滂沱，闷油瓶身上的墨绿色雨衣反射着闪电的光，显得嚣张又阴冷，就差拿把菜刀了。胖子看清之后，抹了把脸就骂："吓死我了，大哥，你就不能买件可爱点儿的雨披吗？"

我把胖子从地上拖起来，问闷油瓶："你怎么来了？"

胖子"啧"了一声，对我道："那是你胖爷我睿智，早在南京就呼过他了，哪像你那么矫情？刚才是演给你看的，没想到他来得这么快。"

我怒视胖子，好嘛，这俩人现在有自己的小秘密了。胖子对闷油瓶说道："他娘的，这斗又破又小，里面还闹鬼，这鬼还认识天真，老叫他名字，叫得可淫荡了。小哥，你说怎么办？要不我们回到里面在它头上拉屎？"

刚说完，就听到在一边的林子里，伴随着雷声又传来了"吴……邪……吴……邪……吴……邪……"的声音。胖子看了看闷油瓶："我靠，还出来了，小哥带我东西了吗？"

闷油瓶从背后卸下背包，里面都是我们的装备，他把包甩给胖子和我。东西一上手，胖子的精神立即不一样了，他拿出他的老工兵铲子，见边上林子里的灌木一动，刚要上去打，就看到从里面走出来一个老头儿，竟然是老金。

金万堂看到胖子立即又缩了回去，骂道："死胖子，你疯了吗？干吗一见面就要打打杀杀？"

胖子把他从灌木里揪出来，骂道："你怎么来了？我说刚才那叫声怎么那么淫荡呢，敢情是你这龟孙。没事，这儿坟多，我顺手把你埋了。"

金万堂抹了抹脸上的雨水，立即堆笑道："胖爷有话好说，这三爷欠我的钱没给，小三爷又把地拿回去了，我两头亏。你们和齐教授的事，圈里都传开了。我估摸着，这算是重新开张跟考古队混了，依胖爷你那性格，肯定得监守自盗啊，必须算我一份，我得来分东西。"

"谁说我们是来开张的？"我看着金万堂，金万堂立即看向胖子。胖子忽然有些尴尬，很做作地怒骂："你闭嘴，我们现在是从良的人了，从良知道是什么意思吗？就是很在乎自己的贞节！"

我看胖子的表情和金万堂的样子，就猜到大概是怎么回事了，摆手道："丫，你们俩别演了，回头再和你们算账。办正事吧，雨那么大，等下杨家这坟就被淹了。"

这肯定是胖子和金万堂有私下交流，闷油瓶这么快就到了这里，没有他俩的报信和安排是做不到的。胖子肯定和金万堂说我们重新开张了，让他顺着我们的堂口下货，只是没想到金万堂会自己跟来。这没出息的手痒也不是一天两天了，这种破烂贞节他自己不在乎，估计也没人要。不过不可否认，这解了我的大围。如果闷油瓶不来，我也不知道接下来该怎么办。

一行人回到盗洞，脱掉雨衣。这里已经开始积水，我们赶紧把入口堵住，总算是没有淹到壁画。闷油瓶看了看盗洞的顶部，用手指划了一下，盗洞的顶部反而是干的，看来杨大广一家做过防水处理。我们蹚水进到里面，金万堂大失所望："小三爷，这是个'半搭窝子'，你这老江湖也会阴沟里翻船，怎么开了这么个斗？这种窝子里的东西，不给你纸糊的就不错了，这成绩想开张也开不了啊。"

半搭窝子指的是年代非常非常近的老富家坟，一般修于新中国成立前后，坟很大，但是里面几乎没有任何有价值的东西。多数陪葬品都是银器，也是比较新的，只能拿回去熔砖卖给首饰店。开了这种斗，在这一行是很丢脸的，说明一点点眼力见儿都没有。

"这是考古队的六号室，你放尊重点，没见来的路上有军队站岗吗？"我说道。

"这地方都不在主区内，能有什么好东西？"金万堂就讪笑，看样子非常了解这里的情况。

我和胖子脱掉湿衣服，我让金万堂去看壁画。闷油瓶四处看了看，又看了看地上我们挖的狗洞，最后看了看我。我点头承认："我只有这个办法。"

他抬头在墓顶扫了一圈，然后用手指去摸砖缝，忽然一个肘击，打碎了一块砖，把手伸进去从里面扯了一下。墙壁里顿时传来一连串机簧松开的声音，胖子立即上去推动墙壁，墙壁直接旋转开来，露出了后面的密室。金万堂这才惊呼起来。

我们进去，胖子期待地看着闷油瓶，希望他能找出什么新的密室来。闷油瓶却看着石棺底部的深井，表情严肃。我们静静地等着，雷声在外面响起，变成了无数窃窃私语的声音在墓室中回荡。闷油瓶也露出了异样的表情，胖子和我都松了口气，看到他也很迷惑，我们就放心了。

这时金万堂忽然叫我们过去。我们走出去，看到他几乎贴着壁画在看，对我道："各位，这他娘的可厉害了，这些东西不属于这里，是从其他的墓里搬过来的，好像都和雷公有关。"

"傻子都看出来了。"我道，"说点儿我不知道的。"

"那你能看出来这些壁画来自哪个墓？那个墓的墓主是谁？和雷公有什么关系？"金万堂点上一支烟，不屑道，"还是说，你知道这个墓在哪儿？"

我和胖子对视一眼，看金万堂嚣张的样子，就知道他这个老学究肯定发现了什么。胖子走过去："我不知道这些壁画来自哪个墓，不过老金你要是胡扯，我知道你本人会埋在哪个墓。"

金万堂"嘿嘿"一笑："我和你讲，了不得了，如果我猜得不错，这些壁画,来自一个非常奇怪的王的陵墓。"

我愣了一下,金万堂继续道:"你肯定没听过这个王,因为史书里没有记载,这个王是被一群方士虚构出来的,和打雷有关。"他吐了口烟,"一个和雷有关的王,你们知道是谁吗?"

"哈姆雷特?"胖子问。

"你听过'天姥追云'的传说吗?"金万堂没理他,对我道,"首先,大部分半吊子的人,都会以为这些东西来自宋墓,这就错了。这是一个很大的细节,这些东西,都来自一个汉墓,而且,不是中原地区的墓,这壁画用的颜料很像宋朝的,但其实是颜料特殊。本来壁画上的美术风格也能体现出朝代,但因为不是中原地区的画,所以上面的人的纹饰都比较特别,难以辨别具体朝代和国家,加上颜料不一样,所以很多人第一眼都会以为是宋朝的。"

胖子看了我一眼,我有点儿不好意思。这竟然是汉墓里出来的,那保存得是相当好了。

我们坐到棺材边,每人撕了一袋方便面,一边吃一边听金万堂吹牛。金万堂吧唧着嘴,一边示意如果我们不吃卤蛋可以给他,一边侃侃而谈。

他说的这个故事,非常特别,和一个传说中的古王有关。这个王之所以特别,是因为他是完全被虚构出来的,只在《海西注方士传》中有零星的记载。

据说东汉时有几个方士望海而坐,就看到海边出现了海市蜃楼,但非常模糊,所有人都看不清楚。于是大家都猜,海上出现的是什么东西。其中有一个方士说,那是海底的楼宇,来自以前被海水淹没的城镇;有一个方士说,那是一列巨船的船队,来自海外的舞裳国;有一个方士说,这是海兽的背脊,它在外海晒晒太阳取暖……总之,说什么的都有。但是有一个叫作"天姥"的方士,他却什么都不说,只是回去收拾了行囊。

其他方士问他干吗,他就指着远处的云说,海市蜃楼就在那片云的影子里,他要跟着那片云走,等云走到陆地上,海市蜃楼再次出现的时候,他就可以走进去,和仙人一起做些快活事情。众人皆笑话他,但是天姥毫不在意,背上行囊就在海边等着那片云慢慢飘到陆地上空。但他等了很久,云就是不靠近陆地，似乎知道有人在等它一样。

天姥终于按捺不住，他找了一个渔民，坐着小船驶入了蜃楼内，靠近之后才发现，这哪是什么海市蜃楼，全都是真的建筑，巨大的建筑群堆叠在一起，上面还有很多人生活。天姥走上去，上面的人就告诉他，这里叫作"南海落云国"。这个国家的君主，名叫秦荒王，据说是秦国的一个王子，死后被封为南海的仙王，所以建立了南海落云国。

金万堂说到这里，压低了声音："想知道这个传说，和这个墓有什么关系吗？交出你们的卤蛋，我就告诉你们。"

我反正不爱那个味道，就把卤蛋叉给金万堂，胖子把半碗面都倒给他。金万堂满意地咬了一口蛋，我问道："怎么听上去像杜撰的？"

金万堂点头："这个传说确实很有可能是杜撰的，如果不是遇到这个墓，我还真是这么认为。但这传说中有一细节，就是天姥追云之时，有一天，云变成了黑色，冲入了一片乌云之中。天姥迷路时，乌云中有雷声响鸣，指引天姥继续往前。天姥抬头，就看到云上有雷公显现。于是天姥继续前进，就找到了南海落云国的入口。"

金万堂拿出手机，给我们看他刚才拍的壁画的照片，在壁画里无数的听雷者中，有一个人，穿着的不是官服，而是方士的服装，这个人虽然画得非常小，但是描绘得非常细致。他上方的云是黑色的，还有雷公在云中露出半身，手指着前方，似乎是在为下面的人指引方向。说实话，惟妙惟肖，不容有第二种解释。

"壁画讲的就是'天姥追云'，这个绝对不会有错。这个小人儿就是天姥，但是这个天姥画得那么小，所以他必然不是壁画的主角，那么主角是谁？"

"壁画上谁画得最大？"胖子问。我们立即起身来到外面的墓室，开始仔细地看壁画。很快，我们就发现了一个体形上被画得最大的人，这个人混在雷公里，但不是雷公，他站立在云上，着华贵的衣服，戴繁复的头饰，脑袋上也有好多耳朵。

秦荒王？我心中暗自推测。

"壁画的主角，一般就是墓主人。你看，七只耳朵，是不是和棺材里的东西扣上了？"

"所以，这些壁画和棺材，还有这个听雷的装置，有可能来自南海落云国？这个国家是真实存在的？在哪儿？海市蜃楼里？"我心中觉得好笑，云顶天宫传说是在天上，已经够离谱了。这海市蜃楼的古墓，还被人盗出来了，杨家人简直是倒斗界的神笔马良。

"我觉得不对，我们得继续理理。"

金万堂点点头，刚想说话，我就听到嘎啦嘎啦几声响，抬头一看，闷油瓶正在扭动自己的肩膀，整个人的体形开始变得松垮，他正尝试调整自己的体形，爬入石棺下的井中。

"缩骨？"金万堂惊叹道。闷油瓶一点一点变瘦，用类似瑜伽的动作，把自己塞进那道缝隙里。进去之后，他把腿踢在石柱上顶着，扭动身体让体形恢复。我们过去围观，就看到他正用手电照尸体的底部。

金万堂问："哑爸爸，你在找什么？"

闷油瓶回答他道："买地券。"

我一听心中一乐，看了看金万堂，就意识到我们太学究了，既然棺材在这里，底部很有可能有买地券了，石棺里到底是谁，找到这个就能知道。

## 第29章 南海落云国

买地券说白了就是问阴间买地的凭证，和现在的土地证差不多，只不过买的地是地府里的地，作为自己的栖身之所。当时写买地券是和阴间交易，所以多为无功德阴损的事情，只有无后的人才帮助别人写这种东西谋生。

我曾经收到过四川洪雅县出土的买地券的拓本，前面一些内容我还记得，是：维天圣四年太岁丙寅五月二十七朔今有亡人为徐国嘉州洪雅县集果乡侏明里今有殁故亡考君徐大人用钱九万九千九十九贯九百文……所以买地券前头的内容会非常清楚地体现墓在哪里，墓主人的信息。

闷油瓶的点子是准的。

我们在石棺边上往下看，就见闷油瓶双脚卡在井的两边，仔细查看尸体的底部。我把手机递给他，他拍了一张递回给我。我就看到尸体的底部是一整块石板，上面全是铭文。因为长满了藤壶一样的东西，所以看不清楚写的是什么。胖子递下去一只锤子，闷油瓶开始敲那些藤壶，露出下面的字，他缓缓念道："闽越蛇种，南海王织。"

"什么玩意儿？南海？"胖子问，"真是南海落云国吗？"

金万堂道:"哎呀,我明白了,南海王织,这是个历史上存在的真人,这人是东汉时期福建一带一个古南海国的国君。"他忽然眼睛一亮,跳了起来。

我们都看着金万堂,他皱起眉头就开始胡言乱语,说的话让人听都听不懂:"闽越蛇种,据说古代七闽古国的人崇拜蛇,又是闽又是蛇,说明地券买的是福建的阴地,墓主是百越族的人,这个墓应该在福建的地下某处,《山海经》里说闽在海中,也就是说很久以前,这块区域是在海里的,和大陆是分离的,那天姥追云追到海里,忽然看到一个国家的故事是可信的。我的天哪,'天姥追云'的故事是真的,他不是进到了海市蜃楼里,他是进入了当时的南海国。"

他看了看尸体,继续道:"南海国是当时靠近中国沿海,位于福建、江西交界处的一个古国,汉代的时候就消失了。"

"破案了,这些壁画、棺材、钟,都来自南海王的王墓。"胖子为了表示自己的存在,做了一个总结。

金万堂道:"历史上对于南海国的记载非常少,因为这个国家很小,而且存在的时间很短。只知道灭国之后,遗民皆结船出海。无数的船出海之后,就再也没有出现过了,南海王也不知所终。没想到这么一个小国的王也有那么豪华的墓葬,在这方面真是不遗余力。"

如果是南海国,那这些藤壶也就有了解释,南海王墓很可能被海水倒灌淹过。杨家人盗出棺材的时候,将藤壶一起带了出来。

闷油瓶在下面暗示了我一声,我再次把手机递下去。他已经落到靠近井底的位置了,他拍了一张照片,再次把手机丢上来。我点开照片,就看到井底青铜片下的石板上有几十盘已经腐朽粘在底上的磁带。

他缩骨重新爬上来,手里提溜着磁带的残骸,我们把磁带的残骸一字排开,大概有四十盘,年代已经非常久远了,里面的带子都已经烂断了,无数的污泥卡在磁带里面,转都转不动。胖子喃喃道:"又是磁带,如果没有意外,应该也是杨大广的,看来杨大广同志曾经躲在这个井底,录雷声。"

那么三叔有没有来过这里?杨大广听雷,是和三叔一起的,还是他独立听过一段时间之后三叔才加入的？我心中的疑问逐渐堆积起来。

"磁带直接丢弃在这里，应该是没有录到他想听的东西。"我道。

闷油瓶忽然摇头，我们看着他，他道："他不是在井里录雷声，他是在井里播放雷声。"

我愣了一下，忽然一身冷汗："什么意思？"

他拿出一片青铜片，放到我的手中，说："这是某种鸣雷用的乐器。"

我皱起眉头，顿时理解了他的想法。杨大广并不是每一次来都会碰到打雷，所以他来这里的时候是带着录有雷声的录音带，到井里播放。在井里播放雷声，和青铜片形成共鸣，就能催动这些青铜片发出特殊的声音，这真是一种雷声翻译器吗，可以翻译出雷声中的信息？这可相当不得了。但是，现在青铜片都腐朽了，所以我们听到的声音浑浊不堪，无法确定。

把录音带抛弃在这里，也许是这些录音带里没有他要的东西；也许是他和我们一样什么都听不出来，因为巨大的挫败感而把东西丢弃，毕竟这些青铜片看上去在很久以前就已经腐朽了。而他死在自己隐蔽的房间里，没有留下任何有用的线索，也证明了他没有太多的收获，但不会什么都没有，毕竟坚持了那么长时间，他多少应该知道一些什么吧？

我仔细地看着青铜片，胖子沉重地对我道："天真，旅途并未结束，齐教授让我们到六号室来，我觉得，他是希望我们找到这一切的起点。"

"南海王墓吗？"我叹气道。

我感觉齐老是因为藏地庙里的东西太珍贵了，不想我们惦记，所以索性给了我们杨家听雷的线索，让我们不如去查听雷算了，放过藏地庙里的宝贝。

这我可以理解，毕竟我没有说雷声重复的事情，所以齐老不知道听雷这事可能也非常有价值。

"整个藏地庙，都是一个表象，你看你三叔也没有在这里留下什么线索，我们除了一堆宝贝，也没有看到关键性的壁画或者浮雕，只知道一切的源头，是因为杨家祖先在南海王墓里盗取了这些听雷的东西。那么关于听雷以及雷声重复的秘密，应该都在南海王墓里。从你三叔的习惯来看，他让你搞的事情一

般都是大事。藏地庙虽然非常夸张，但比起我们之前做的事，那其实就是文化瑰宝，还算不上世界奇观，但南海王墓就不一样了，这个墓里，似乎隐藏了什么非常厉害的秘密。"胖子慷慨激昂，"你三叔发短信来，如果不是阴谋，那么要你查的，一定是这玩意儿。"

我看了一眼闷油瓶，后者对我点了点头。我叹气，胖子说得其实非常到位，但我还没有做好思想准备，再下一次那么大的地方，这意味着我要离开我的灵魂港湾，重新进入凛冽的危机中。

但难道我可以就此不管吗？

我看了看手机里的那条短信，心情很复杂。

难道被胖子说中了，我们真的要重新开张了吗？

# 第30章 线索分析

接下来的时间，我们把这里所有的信息全都看了一个遍，希望在哪个犄角旮旯里写着：谜题是这样的——

这当然是不可能的，我们没有再发现任何有用的线索，只能把一切恢复原样，作罢离开。

出来时正好看到邓小姐来接我们，一下多了两个人，她也很错愕。但她看到闷油瓶之后，眼睛都转不开。我已经习惯了，催促她送我们去火车站。一路上邓小姐心神不宁，车开得跌跌撞撞的，我也没有太顾及，脑子里全是事。

我们和金万堂在车站分开，他回北京，按照他的套路，继续去查南海王的资料。这资料不好找，因为没有专著，相关的专家和古董商都少，需要一个一个去问。我们说好了，有什么收获，不管是啥，他都要分20%。

胖子分开就唠叨，说有期徒刑分他二十年。我心里还挺矛盾的，不知道是不是年纪有点儿大了，觉得此事没有让我太过兴奋，更多的是焦虑。不过金万堂有一件事，说得挺对的，他说我三叔既然到过藏地庙，一定也到过杨家祖坟，杨大广肯定领他都看过了。三叔那么聪明，一定和我们一样，慢慢地查到南海王墓。以他的性格，肯定直接就去了。

我得做好在南海王墓里发现三叔也来过的心理准备。

我在火车上仔仔细细地把事情过程想了一遍，杨大广的上几辈人进过南海王墓，从中盗窃出了壁画、石棺和这些青铜片，然后来到伏牛山，在山中修建了这个坟，将盗出来的东西藏在里面。

在南海王墓里，他们遇到了复眼仙人（至于那是古尸复活还是其他原因，不得而知），假设那是因为古尸被寄生而短暂复活的情况，但他们以为是神迹，于是开始笃信修仙，修建了藏地庙，并且最终都"终于"羽化成仙。杨大广在父亲死前，知道了修仙的秘密，知道了雷声和修仙的关系，也知道了雷声重复的神迹，等等。但毕竟是新时代了，杨大广没有完全相信这件事情，他选择了读书的出路，去了南京之后，他应该就结识了我三叔。得知彼此都是盗墓世家之后，两个人一见如故。

三叔何时和他认识的，我并不知情，反正他肯定把听雷的事情说给了三叔听，三叔很有兴趣，他们应该很快发现了雷声重复的情况，三叔被震惊了，于是开始调查。三叔和他一起进山录过一段时间的雷声，但这段经历三叔从来没有和我说过。杨大广也带三叔去过藏地庙和假坟。如果金万堂的说法正确，之后他们应该就去了南海王墓。

之后岁月如梭，不知道他们之间发生了什么，杨大广死在了气象站的密室里，而三叔委托金万堂买下了气象站的地。

这里有一件事情，直到事后我才反应过来，但在此刻的思索中，它被我疏忽了。就是买地这件事情，是一个大手笔，三叔无论想做哪件事情，都有更小成本可以完成的方法。比如说，让我到这里来给杨大广收尸，或者让我知道听雷这件事情，都有更加省钱的方法。但他都没有使用，而是直接把地买了下来，并且把地留给了我。

如果是巅峰时期的我，应该第一时间就能反应过来，这块地，或者地下的东西，才是三叔要留给我的关键。但此时我已经不在巅峰状态，所以并没有想到这一层，当时我所有的注意力，都被磁带里的雷声吸引了，只顾顺着雷声一路追查。

杨大广已经死了，我们没有找到任何文字记录，只有无数的雷声磁带。陈文锦和三叔都已经失踪，这么多年杳无音信，我完全没有自信，这辈子还能再见到他们。最奇怪的是，我翻遍了我能找到的所有地方，他屋子里、他生活过的地方、他铺子里所有他用过写过的文字资料，问过所有他以前的伙计、朋友和姘头，都没有得到一丝和这件事情有关的记录。

这件事就好比是一个黑洞，如果不是这块地，我绝对不会知道三叔还做过这样的事情。

三叔这个人的做事方式，我是知道的，之前的十几年里，他和我经历了那么多诡谲的事件，我仍旧可以从无数的蛛丝马迹中找到他，推理出他的行动轨迹和动机，但这件事情，竟然一点儿痕迹都没有。

这说明什么？说明三叔彻底销毁了和这件事情有关的资料，而且是一件不剩。这种销毁的程度，我曾经做过，那要求你必须把房子里的每一张纸片都烧掉，才有可能做到。

后来我又发现，三叔所在的考古队，代号就是044，在西沙考古之后失踪。我在调查的时候，调查出来的结果是：有人记得这件事情，但是资料全都不见了，无法考证。

在我从杨大广的皮夹中找到的照片里，他们的制服上也有着044的标号，说明这件事情，文物所应该是有报批的。这个文物所也早就注销了，但我打电话去问几个之前联系过的人，得到的答复是：没有听说过这件事情。那就意味着，文物所在开展这项工作之初，就是保密的。如今三叔带队的044考古队员已经全部死亡或者失踪，所以这个世界上所有关于这件事情的文字资料，以及可能亲历的人员，应该已经全都不在了。

我把雷声重复以及调查雷声重复的人的情况一对比，手心中就全是冷汗。体感告诉我，这件事情非同小可，而人世间有关这件事情的所有资料，就在我口袋里的一小包东西，和伏牛村黄土下面的那一点点东西里。

三叔当年的事情已经无法考证，如果我想要有所突破，认真去调查这

件事情，还真就只有一个办法：必须找到杨大广祖先当年盗过的那个南海王墓。

这个古墓在哪里呢？

## 第31章 赌一把

从概率学上来说，这个古墓可能在中国福建的任何地方，深埋在泥土下几十米深。南海国的资料之少，几乎和东夏国一样，要找到它，难比登天。

胖子也在琢磨，吃饭的时候，我们交换了一下想法，基本相同，胖子就问我怎么办。

"棺材上全是藤壶，这个古墓是半湿半干的环境，应该是在海边。"

"什么叫半湿半干？"胖子问。

"如果是在海底，藤壶会长得更多、更厚，现在这个厚度说明棺材被水淹没过，但水很快就退了。壁画保存得非常好，应该是一直在相对干燥的地方。这说明古墓是很多层的，棺材被淹的时候，壁画没有被淹。"我看着手机里棺材的照片说。

"那就是海边的礁石山洞。南海王墓在山洞深处，天文大潮的时候，会被淹没一部分，平时都是干燥的。"胖子道。

"还有，杨大广他们之所以选择在伏牛山修藏地庙，是因为那里是河南的雷暴中心。所以，南海王墓，应该在福建的雷暴中心。我们在福建住了那么久，就没注意过。"

胖子点头，看了看边上，有一个人长得很像福建人，正在打电话，胖子就过去问他："兄弟，福建的雷暴中心在哪里？"

那哥们儿放下电话，看着胖子，说道："福建的雷暴，没有中心。兄弟，你是不是做了什么亏心事？你在福建，无论去哪里都逃不掉的。"

我在百度上也查到，福建几乎所有区域都是雷暴高发地区。我吐了吐舌头，在福建不能乱发誓。

闷油瓶一直在发呆，我把手机递给他："来，场外救援，现在到底应该怎么做？"

闷油瓶转头看了一眼手机，然后看着我。

"对了，你当时也在西沙，你应该也是044的成员。"我忽然想到，"你知道南海王墓的事情吗？"

闷油瓶说道："我知道他们之前在福建有活动，但我是在西沙的时候才加入的。"

我愣了一下："你是说，044在福建有过考古项目？"

闷油瓶点头，我和胖子对视了一眼。胖子道："我们猜得没错，三叔那么聪明，他在杨家墓里也发现了南海王墓的线索，所以，044去福建，大概率和我们的目的一样。"

"所以，福建的活动是？"

"他们只是偶尔提起。"闷油瓶似乎回忆了一下，"我觉得，你可以从滩涂开始查起，我记得他们在福建的那次活动，是在一处滩涂上。"

胖子一下翻起来，张大嘴巴看着我，我也张大嘴巴看着他。

"小哥在西沙之后，再没有一口气说过这么多话，果然大家只有在回忆往事的时候话多吗？"胖子道。

我看着闷油瓶，忽然意识到，我边上就有一个044的活人，我应该早点儿问他的，刚想继续开口，他又说道："只有这个线索，他们对这件事情非常小心，之后如果我想起什么，我会告诉你。"

也是，他记性本来就不好，我心中道：滩涂，这真是我从来没有面对过的环境。但符合我们之前的一切推测，半干半湿，在海边，有藤壶，也多雷声，加上044的人对此讳莫如深，那就真的非常接近了。

我揉了揉脸，立即去查关于福建滩涂的信息，一查就又颓了，福建大大小小的滩涂不计其数，大概有20万公顷，一片滩涂就已经非常大了，足够我们忙活半年乃至更久，几乎不是单凭人力就可以去寻找的。

我说："我们只能按照文化规律，来赌一把，这几天，我们重点去有滩涂的地方，去附近的村庄寻访奇怪传说，如果滩涂下有古墓，附近多少会有一些奇怪的民间故事。"

胖子开了瓶啤酒，皱着眉头："你可想好了，这事弄不好是你毕生的事业。"

"不会的。"我告诉胖子，"我现在随时可以放弃。也不知道是不是三叔引我入局，我如果放弃，不管是三叔还是另外的阴谋家，都必须继续给我线索勾引我。"

所以有时候放弃也是一种调查的办法。

我说这话的时候，心里完全没底，也就是先忽悠自己。另外，滩涂下面的古墓，也完全不知道是什么情况，我们之前从来没有遇到过。有一些古书中讲过，很多沼泽下，都有被泥水淹没的巨大山体，当年都是露出水面的陆地，后来遭遇地质变化，被埋入泥潭深处。

如果当时有山脉为龙脉，就会葬有古墓，龙脉被吞入沼泽，叫作"沉窨"，龙困于泥沼，风水败坏腐败，子孙多重病而亡，是天凶之穴。也不知道滩涂之下，是否一样？如果王墓被沉窨了，难怪南海国完全灭亡在历史里了。据说光武大帝的皇陵也是葬在黄河泥沼的土层里，风水格局反其他皇帝而设，盗墓贼没有一个生还的，不知道下面是什么情况。

一路上想了很多，不知不觉就到了福建，刚下火车，金万堂就打来电话："我查那个南海王墓，得到一个好消息、一个坏消息，你先听哪个？"

# 第32章 听到雷声会死

我一直等着这个电话呢,也不和金万堂废话,让他赶紧把消息说了。对于我来说,有消息都属于好消息,不分好坏。金万堂这一次说得很简单,哗哗哗就把来龙去脉说了一通。

当时分别之后,我托他带着一些壁画和棺材的照片,四处打听。壁画解读有一套规则,金万堂在杨家坟里其实已经讲得差不多了。因为担心有遗漏,金万堂乘飞机回北京,比我们先落地,一早就带着这些照片去找老园子的那些玩家。他有一批客户,都已经八十多岁了,藏东西早。那个年代还有杂家,就是什么都玩,任何不讲道理的东西,都要挑出一个道理。这些人都是宝贝,看东西有自己的一套逻辑。

金万堂就找了他们,大部分都说没见过这种内容的壁画,但其中有一个人说见过。但方式特别奇怪,既不是在器物上,也不是在别的壁画上,而是在一个文身上。当然最奇怪的还不是这个,最奇怪的是,当时的情况和这次一模一样,也是有人在问这个东西,给了他一张人皮,人皮上文着这些东西。

这应该是两年前的事了。

我愣了一下，立即问："是我三叔吗？"

金万堂道："这就是坏消息了，我查了，不是你三叔，但当年查事情的那个人，确实和你是有关系的。"

我问是谁，金万堂叹口气，忽然就不说了。

我大怒："你少卖关子，别一回北京就装大尾巴狼，我飞过去把你做成片皮烤鸭你信吗？"

金万堂还是叹气，说道："小三爷，这个人在江湖，身不由己，你可别怪我啊。"

他没头没脑地说了这么一句，我心中一慌，心说：什么意思？你做了什么对不起我的事？查事的是警察吗？你把我给供出来了？

金万堂说道："你看看四周，这人你认识，而且神通广大，他应该已经到你身边了。"

我愣了一下，转头看了看，闷油瓶在车后座睡觉，没有其他人啊，我此刻已经在回去的车上了，心说：胖子都开到120迈了，还有什么人可以瞬间到我身边？你就吹吧。正想着，一辆吉普车忽然从边上贴着我们超车，然后一只手从车窗里伸出，让我们靠边停车。

"什么情况？嫌胖爷我开得不好，找练的？"胖子问。我眯起眼睛看车牌，是当地车牌，心说该不会真是便衣，就说："靠近看一眼。"我们缓缓从吉普车边上开过，就看到吉普车副驾驶室的窗开着，我二叔正叼着烟，冲我喊道："停车！"

我愣了一下，浑身的冷汗瞬间就出来了。这几年已经没啥东西能让我光天化日出那么多冷汗了，唯独二叔可以。这是从小落下的病根了。

胖子认识我二叔，也有点儿意外："真巧啊！哎，你二叔怎么也在这儿？是不是旅游啊？"他看了我一眼，眼神问我停不停，我摇上窗户对胖子道："快跑！"

"为什么？"胖子纳闷儿。

二叔几年前就严禁我再查三叔的事情，他的体系在情报方面很强，但从那个时候就对我封锁了消息。之后每次见面，几乎都会叮嘱我好好金盆洗手。我见他一次，他和我提一次，我觉得我都快把金盆洗穿了，他还是不相信我。

当然这几年我也确实没干什么，不过，我打心底不认同他让我远离的想法，对我来说，我才是主要事件的当事人，二叔最多算个搞后勤的，有什么资格来教我做事？所以收到三叔短信的时候，我压根儿没想过二叔的禁令。他一出现我才想起来，一定是金万堂查事的时候，被他发现了。金万堂和二叔有很大的生意关系，肯定不敢得罪二叔，直接出卖我绝对是他的风格。

那他说的之前也在用人皮打听这事的人，显然就是我二叔了。

我不想和二叔废话，我都快更年期了，二叔还像青春期一样训我，想得美。我回头让闷油瓶系好安全带，他已经醒了，看着窗外，对我点头。胖子一脚油门，金杯拉到了最高速度。几乎是同时，我二叔的电话就打了过来。

我接起电话，他说道："你停车，你看到前面的雷雨云了吗？马上就要有雷暴了。"

我抬头看，果然前面有一片乌云，我们正朝乌云冲过去。

"我正好洗车。"我对二叔说道，"二叔啊，这么巧啊，我有急事我得先走，回头找你赔罪啊。"

"你如果不停下来，你听到下一声雷声之后，就会立即死亡。"二叔冷冷地说道，"我是为了救你，如果你不停下来，我就撞到你翻车，你系好安全带吧。"

他刚说完，吉普车就冲了过来，几乎贴着我们的车擦了过去，两个后视镜相撞，直接撞碎。胖子回头看我，满脸不可置信，问我道："天真！你是不是勾引二婶了？这是要和我们同归于尽！"

"你滚蛋！"我大骂。二叔的车在前面直接刹车，想引起我们追尾。胖子反应很快，立刻小幅度转向，贴着路肩又超了过去。

"你和二叔解释解释！肯定有什么误会！"胖子看着后面的吉普车又紧逼过来了。

我对胖子说："二叔说我们开到前面的雷雨云下面，听到雷声我就会

第32章·听到雷声会死

151

死。"他油门还踩着，前车窗开始出现雨星子。胖子低头看了看前面的雷雨云，道："胡说吧，你二叔是没钱了要继承你的遗产吧。"

"他只能继承一堆债务！"

二叔的车也是改装过的，性能比我的金杯好多了，又立刻开到我们前头，连续三个短急刹，逼我们减速。

胖子躲了两次，整个车子因为超出性能的转弯发出了恐怖的声音，我一头冷汗。眼看雷雨云就在前面，在这里就能看到云层里的闪电，只是还闷着，胖子就大声问我道："你要不问一下二叔，是只有你会死，还是我和小哥也会死啊？"

眼看另一辆吉普车也逼了上来，我盯着前面的雷雨云看，脑子一片混乱，心说：为什么会死？胖子开得太快了，我们迅速靠近雷雨云，我意识到自己根本来不及仔细考虑明白，就会冲进去了，一种莫名的恐惧感油然而生，我立即想到了死在气象站里的杨大广。他的尸体看上去是坐着忽然死亡的。

难道他洞悉了雷声的秘密，被灭口了？这个世界上有一种雷声灭口机制，雷声知道你想调查它，就会想办法弄死你？

想到这里，脑子里还没决定啥，我的身体就诚实地喊了一声："停车！"

胖子如释重负，立即打了双跳，开始减速，停到了路边。二叔的电话就挂了，车也倒回来停到我们前面。我看着他下车，耐心地打开伞，然后走了过来。

"别尻啊。你们的家事我管不了，但胖爷我在心情上支持你。"胖子轻声和我说道，他的注意力还在雷雨云那边，"长话短说，不然云就到了。"

我看着那片云，还在向我们飘近，二叔已经到了车窗边。

"下车。"

"二叔，如果打雷会死的话，我们是不是走远点儿再说？"

"下车。"他冷冷地看着我。

我乖乖下车。我自小就和三叔玩成一片，经常没大没小的，但二叔完全不同，二叔是一个不苟言笑的人，从小我就不太敢和他说话，我这种性格和二叔这种人相处的方式，就是别起冲突，所以基本上他说什么是什么。

二叔把持着我们家里的正规产业，我和三叔都属于赔钱货，只有二叔把家里的产业一直做到现在的规模。当然他也有这种性格一定会有的附属品格——抠门，所以很难相处，而且他记仇，报复心强，又沉得住性子，总之就是不好惹。

两兄弟从小性格迥异，所以感情也很微妙，但二叔很孝顺，老人都是他照顾的，再加上他在九门之中，谋略、风水、鉴赏都是他那一辈公认的第一，所以二叔算是我们老吴家的明灯，九门中有名的"别人家的孩子"，地位自然要比三叔高一截。

二叔给我打上伞，示意我往后走走。我回头看了一眼雷雨云，他就问道："你害怕？"

此时我不能尿下来，就问道："您怎么来了？听说您也在查南海王墓里听雷的事情？好巧啊。"

二叔做了一个别说话的手势，指了指天上，我抬头看天，乌云开始聚集。

"啥意思啊？为什么我听到打雷会死啊？"

"你简直和你三叔一模一样，怎么说都不听。不是让你别查吗？你疯了吗？好不容易过了几年太平日子，你爸妈可以不用那么担心，你又来！"

我不说话，每次都提我爸妈，我不知道该怎么回答。

"有时候我真怀疑，你是你三叔亲生的才对。"

"二叔，我和你说个笑话，如果我是我三叔亲生的，我可能都不姓吴。"说完我自己都乐了，胖子说我勾引二婶，三叔私通长嫂，三叔又可能不是三叔，我们家太乱了。

"你应该姓作，作死的作。"二叔冷冷地看着我。

我现在倒也不至于害怕他的眼神，就和他对视："你是来阻止我的吗？二叔，你可以口头上阻止，但你知道，不肖子孙用嘴是阻止不了的，我肯定会查下去的。小哥在我车上，你这点儿人不够抓我，我肯定逃得掉。"

二叔看着我不说话，我也不说话，但我其实尿得很，因为眼角余光看到雷雨云已经越来越近了。

"你先跟我来，我给你看样东西。"二叔走着，后面就开过来了第三辆吉普车，停在我们面前。后门打开，一个老人坐在后座上，裹着毯子，转过头看着我。我看到他的脸的时候，吓了一跳。

这根本不是一个人，更像是一个妖怪。这人的五官比例非常奇怪，上庭非常宽，整张脸都挤在下半部分。仔细看就能发现他没有下巴，他下巴的骨头应该是没有了，只剩下皮肉。

老人和我对视，眼神浑浊。

"这是和熊打过架吗？怎么伤成这样？"我轻声问。

"这个人叫母雪海，这是雷击伤，大概三十年前，这个人被雷击伤，濒临死亡，昏迷了快六年才醒过来。七年前，又被第二次雷击，之后就彻底疯了。第二次雷击烧掉了他的下颌，他再也没有办法说话。"

我看着母雪海，他也看着我。

"这人是你三叔044考古队到目前为止唯一活着的人，但是脑子和下巴都被雷击毁掉了。"二叔说道，"据我查到的信息，他深度参与了你三叔听雷的事情，具体他们一起做了什么，我不清楚，但他是编外的顾问，本身在文物所没有编制，雷劈的时候他在乡下，乡下的医院以为他已经死了，开了死亡证明，之后你三叔把他送到杭州，在杭州救回来的。所以以你在局里的关系，是查不出这个人的。"

我看着二叔，044所有在编的人，除了小哥之外全部失踪和死亡，我当然不可能知道这种编外人员的细节，但二叔是怎么找到这个人的？难道三叔有一部分的资料被他藏起来了？

"不是我找到他的。"二叔似乎知道我的疑问，"是你三叔送来给我的。五年前，他的医药费用完了，医院依着他入院单子上的最后联络人，把他送到了我这里，我看了一下之前的单据，是你三叔负担了他的医药费，后来把最后联络人信息改成了我的。"

"也就是说……"

"之前一直是你三叔在秘密养着他。你三叔失踪之前，应该预料到了，他自己可能回不来，于是更改了最后联络人的信息，如果他回不来，医药费用完之后，就会有人把这个人送到我面前来，让我替他养。"

我看着母雪海，心说：这样的事情三叔也让我干过，我们都是三叔的"养疯人"。

"脱了他的毯子。"二叔对母雪海后面的人说道。后面的伙计把母雪海的毯子扒拉下来，把他的背掰过来，让我看他裸露的后背。

"你三叔失踪了，还送了个人过来，我肯定要查，于是自己先检查了这个人，这个人身上有一个很奇怪的痕迹，引起了我的注意。"

我看着老人裸露的后背，他后背上有一块四方形的巨大伤疤，这是硬生生被剥掉了一块皮。

"这个人后背的皮被剥掉了，我问了医生，这不是雷击导致的烧伤疤，是有人直接割掉的。"二叔说道，"他背上之前文了东西，被人割下来带走了，后来我花了重金，把这张皮弄了回来。"他点起一根烟递给我，"你猜他背上之前文了什么？"

## 第33章 不要暴露在雷雨云下

我在这个节骨眼上实在不想听二叔卖关子了,就说道:"你说吧,我猜不出来。"

二叔从口袋里掏出了一卷东西,递给我,我展开一摸,立即就知道,这是革化的人皮,上面有刺青的文字。为什么能立即知道?因为这人皮的大小,和母雪海背上的伤疤大小相仿。这种情境下,猜也猜出来了。

在人皮的主人面前,看他被割掉的皮,这场面还挺奇怪的。

我干咳了一声,看了看,上面文的是:不要暴露在雷雨云下,我会死。除了文字之外,还有很多类似我们在杨家墓看到的壁画的图案,但是非常简陋。文字和图形都很简陋,几乎就是用针和蓝墨水自己业余玩的。

"这是什么意思?"

"你这么能,自己分析啊!"二叔似笑非笑地看着我,"你不是很能编吗?"

我笑笑,感觉到二叔确实是有些不爽。

看着母雪海被雷击之后的脸,和他后背被割皮的位置,我说道:"首先这些字,肯定不是他自己文的,因为他文不到。这些文字显然和那些阿尔茨海默病患者挂在胸口的牌子，功能是一样的，只不过母雪海已经疯了，他无法表达自己，无法自控，于是有人把他的禁忌文在了他的背上，提醒照顾他的人。"

这是一个非常长远的考虑，也就是说，给他文字的人，知道他会在一个一个的医院、疗养院间不停地转手，照顾他的人也会不停地换，而自己无法一直在他身边，于是提早做好了准备。

但这个提醒，确实非常离奇。一般人会文个手机号，或者文过敏食物的提醒，免得照顾他的人疏忽，但这里却文了"不要暴露在雷雨云下"。加上他被雷击之后，脸部残疾，以及刚才二叔说的话，我不得不得出了一个结论：

"二叔，是不是调查听雷的人，如果暴露在雷雨云下面，就有可能被雷击？"

二叔看着我，不说话。

我转头看着雷雨云逼近，咽了口唾沫，心说：难道是天机不可泄露，一旦我开始调查听雷的事情，就会被老天爷干掉？044后来团灭消失，难道都是被雷劈死的？那三叔怎么没事？不仅没事，他后面还展开了和老九门、汪家那么巨大的计划。而且他与陈文锦和杨大广应该进行了很长时间的听雷，也没有被劈死啊！

我看着母雪海，他的脸恐怖至极，就算我推理出来很多不合理的地方，看到这张脸，也开始害怕了。

"两个点，一个开始，一个结束。"二叔说道，"你推理一下，不可能逃出这个模型。"

我做出了一个黑人问号表情，心说：什么意思？二叔讲话经常这样高深莫测。

"我猜想，这件事情非常玄妙，你一开始可以调查，但当你调查到某个关键点的时候，就不可以再暴露在雷雨云下了，否则就容易和母雪海一样，被雷击致命，普通人不会那么幸运，被雷击之后还能幸存。"二叔说道，"之后你就只能躲避一切雷雨，你三叔他们应该也经历过这个阶段。这是一个开始。"

"那一个结束呢？"

"这种危险状态，是可以结束的，通过某种仪式、某种献祭、某种解脱事件，你三叔和陈文锦，应该完成了这个结束状态，得以幸存。这是一个结束。"

"你的意思是，他们调查听雷调查到最后，和上天达成了和解，就放了他们一马？"

"没有那么简单。我们不知道调查到哪一刻，就会变成母雪海的状态，也不知道背后的逻辑到底是什么，是科学规律，还是匪夷所思的灵异现象，都不知道。所以，当你看到雷雨云的时候，你要敬畏、远离。事实上，很少有人可以像母雪海一样，有第三次机会。"

我再转头去看雷雨云，已经背如芒刺，那雷雨云已经压到感觉再有几个大蹿步就能盖下来了。母雪海呆呆地看着雷雨云，竟然露出一丝诡异的笑意，闪电闪起的时候，我看到他的嘴在嚅动，似乎在回应闪电。

"你还查吗？"二叔问我。

"您都不怕，查了那么久，我肯定比不上您。我不怕。"我还在嘴硬，这时云里闪了一下，接着一秒后一声巨大的惊雷就到了。

我吓得一个哆嗦，二叔就揶揄地看着我："可以，我不阻止你，我知道那个张起灵在这里，你翅膀硬，但我会和你竞争，如果我比你先查清楚了，你就收手。上车，在车上把你查到的事情都和我说一遍。"

说着二叔招手，一辆吉普车开门，我逃也似的爬了上去。二叔上去就说："和那个胖子说一下，我们去小邪在福建的村里休整。"

车子很快掉头，贴着雷雨云往回开，看样子是要改道绕过雷雨云，我松了一口气，就对二叔道："那您也要交换您的情报，否则我一说，这里不就没有我的事了吗？"

"你是不见黄河不死心。你真的不怕死？"

"我会非常小心的，做好万全准备，如果不走运，我也认命。"我说道，看着二叔，尽量眼神真挚。

"那你死前，是不是给你们家留个种？"二叔揶揄我。我就笑："二叔，你身体那么好,你生一个过继给我爸呗。"

二叔就怒了,我立即转移话题,开始讲我们在河南的所见所闻、南海王墓,把各种事情快速地和他说了一遍。二叔面无表情,也不知道有没有仔细听,看不出他的情绪,就我一个人讲,就好像小学生背课文一样,我觉得非常尴尬。

车开得飞快,胖子的金杯从我们边上过,我真想瞬间移动,回自己的车上去。

一路无话,我们先回到雨村里,这里真是我心的归宿,到了之后我就有点儿不想再折腾了。

我们的屋子里挤满了吴家的伙计,二叔把我们拍的照片打印出来,铺满了桌子。我们三个反而被挤在了角落的沙发上,看他们开会。屋子的其他地方全部堆满了装备。这些伙计大部分都是夹喇嘛夹来的,一个个长得歪瓜裂枣,说话南腔北调。

胖子问我:"你二叔也要去南海王墓?"

"是这样的,他要去,我也要去,我们合作,但我们并不是一个团队。"

"哦,懂了。"胖子说道。

"我自己都听不懂,你就懂了?"我笑道。

"你和你二叔是'炮友'呗。"胖子道。

我就笑,非常贴切,就是听着怪。说实话,二叔现在要参与一起找那个斗,我内心是接受的。因为理性告诉我,我们三个在福建滩涂要找到东西,仅凭我们自己的话,财力、物力、人力都远远不够,真的是毕生的事业。

二叔效率很高,很快就有伙计得了命令出去办事。所有人都在抽烟,整个屋子烟雾弥漫,就像着火了一样。很快其他人也被派了出去,只剩下二叔的一个伙计在打扫满地的烟头、擦桌子。

我把门打开,把烟火气散出去。胖子小声道:"我和小哥先睡了,你们爷俩叙旧。"说着胖子进去,给二叔赔笑:"老爷子,那你们继续聊,我明天要早起,先睡了。"

二叔"嗯"了一声,看着闷油瓶,说道:"你留下。"闷油瓶似乎没听见，往自己房里走去。二叔猛一拍桌子："我叫你留下！"

我吓了一跳，不知道二叔为什么忽然"起范儿"，立即去看闷油瓶。闷油瓶停了停，看着我二叔。

我连忙上去："二叔，怎么了？"

二叔冷冷道："我有事问他，他肯定知道老三在哪儿。"

闷油瓶摇头，推门进屋了。二叔站起来，似乎不肯罢休。我立即把二叔拉住了，说："他就这样，二叔，你别介意。你再问他，他会打晕你的。"

二叔坐了下来，喝了口茶："他还是什么事都不说吗？"

"不说，我知道得也差不多了。"我叹了口气，"其实骗我最多的是三叔，不知道他有多少事情瞒着我。但知道那些事情后，我付出的代价太大了，别人不说，就不说吧。"

"你三叔欠的债多，事情过去后，他一件一件地还，这辈子都不知道能不能还得完，我们吴家都得帮着还。"二叔忽然也叹了口气，扶了扶额头，"来聊聊正事吧。"

我点头，正襟危坐，忽然回到了小时候我二叔考我背唐诗的时候，我大体是背不下来的，因为头天晚上三叔肯定是带着我去野地里抓蚱蜢，一路抓到我睡着，再把我提溜回来。所以小时候我是讨厌二叔的，特别喜欢三叔。现在想来，这个家要是没有二叔，真的有可能垮掉。比起我爸爸现在的状态，如今的二叔，头发已经全都白了，虽然他保养得犹如有魅力的帅大叔一样，但我能从二叔健硕的精神头中，看出隐藏的疲倦和苍老。

"你准备怎么找？"我问二叔。二叔长叹了一口气，道："小邪，你答应我一件事情。"

夜深人静，气氛显得有一丝凄凉。

"好。"我点头。

"为了你爸妈，你做事还是保守一点儿，找到南海王墓之后，你别下去，我找人下去。安全了，你再动。"

"二叔，我不是不讲道理，这点我还是听的。"我有一些动容，我听出了二叔语气中的巨大疲惫。

他平日要负担的事情太多了，我一定是他非常多余的负担了，但他又不能不管我。

"我想你也猜到了，044有可能下过南海王墓，所以我们一方面打听044那些人在当地考古的信息，看看当地的老干部里，有没有还有记忆的；另一方面，还是笨办法，一个滩涂一个滩涂找，但我们需要提高效率。"

"有什么古法，是我不懂的吗？"我问道。

"这个南海王墓用一般的方式是找不到的，我在北京找了个高人来帮忙。"

我愣了一下："高人？"

二叔点头："他是真的能听雷探墓的人，明天就到。我们根据各种线索，优先选择滩涂，只要天上打雷，他就能知道下面的情况。"

我愣了一下，听雷这技术现在还有人会吗？我知道一些山区里的盗墓村里的老贼，还有人能在打雷的时候，感觉出地下有东西，但真的能靠听找墓的，早就都是传说里的人物了。

"是人，就会在行动的时候留下痕迹。044在福建的考古活动，应该是机密，越是机密，就越可能让人记忆深刻，我觉得不难找。"二叔说道，他闭着眼睛，良久，才道，"小邪，我有一个预感，你三叔的尸体，可能就在南海王墓里。"

"为什么？"我问。二叔没有回答，只是说："我只是觉得，我们应该做好这种心理准备。"

他闭着眼睛，竟然缓缓地睡了过去，那是巨大的无法抑制的疲惫。我叹了口气，打水给他洗了个脚，然后把他扶起来，他迷迷糊糊的，我把他扶到卧室里。

## 第34章 刘丧

我和二叔睡一起，他睡得像僵尸一样，一晚上一动不动，我心说：这心里得有多少事才能睡得像尺量出来的一样。

我满鼻子烟灰，睡得也不踏实，好在福建的山里空气好，睡了不到六个小时我就精神了。二叔早起来了，我出去就看到二叔在跟周围的邻居聊天，还发红包呢。我一出来，隔壁大妈就上来亲热地打招呼，把早饭也端上来了，两个鸡蛋、一碗白粥加一块腊排骨。什么时候有过这待遇啊？我赶紧蹲下来和二叔在院子里吃早饭。也不知道二叔和她说了什么，她开心得简直要飞到天上去了。

整顿一番，重新上路。我们先往海边走，在镇里就碰到了刚刚到达的二叔说的高人，那人竟然穿着西装，提着旅行箱子，看着好像商务旅行刚落地的样子。我上下打量了他一番，西装修身，非常高级，黑框眼镜，手表没有钻石但是表面很大，看上去也不便宜。看到我们的时候，他一边解开自己的领带扣，一边和我二叔说："刚出差回来，衣服都没来得及换。"二叔向他介绍我，我朝他点头。目光对视之下，我觉得对方看我的眼神略有深意。

正在纳闷儿，胖子在边上轻声对我说："你小心点儿，这人我认识，不好惹。"

我心说：这是谁啊？这行里的高人，我二叔认识的话我不会不认识，胖子认识的话我更不会不认识，没高人穿成这样的。我就问胖子详细情况，胖子说这人不在这一行，他什么事都干，什么事都懂，但是凡事特别悲观，外号刘丧。他是最近一段时间起来的新人，外八行什么事都能搞定，别看那么老成，但据说是个90后，半路出家玩的古董，被西安一个瓢把子收了。听说他耳朵特别准，现在墓越来越难找，很多妖魔鬼怪都出来说自己知道特别的找墓法子，很多都是骗子，但这个说是有真本事，而且他价格公道。

这人现场脱掉西装，换上T恤和牛仔裤，一下就变成了和我们相似的模样。我心说：在什么人中穿什么衣服，这人其实心眼挺细的。

上车出发，这人从背包里掏出一堆手机，一只一只地架在驾驶盘上，排了十几只，上面显示的都是沿海各个镇的天气预报。二叔问："有雷听吗？"刘丧摇头，手指飞快地划过各个屏幕，发现都是晴天。刘丧就"啧"了一声："得了，这大晴天，二叔，你的钱我赚不了，我回去了。"

"别啊。"二叔道，"这里天气变得快，就算等，我们也得等到打雷的天气来啊。"

胖子轻声道："孙子，你接活之前不会看啊？你都来了才看，肯定有谱，别装大尾巴狼，老人家不懂你的套路，我可懂。"

刘丧这才看到胖子，脸色一变："胖爷，怎么哪儿都有你啊？"说着就看到闷油瓶，他忽然浑身一震，脸一下就红了，眼神马上转回去，人有点儿不知所措。

我看了看胖子，心说：这哥们儿怎么了？就听到胖子说："别理他，他是咱小哥的粉丝。我认识他就是因为他之前托人找我要签名来着。"

粉丝？在深山里还有粉丝？我心里奇怪，就看到刘丧偷偷地拿出手机，对着后面拍了一张照片。胖子看到刘丧偷拍，立即恼羞成怒，指着他就骂："拿来，拿来！"刘丧把手机护在怀里，一边躲一边冷冷地说："被拍的人没说话，关你屁事。"胖子过去抢，二叔埋汰地看了胖子一眼，骂道："再闹就下车！"

胖子缩回去，在我耳边轻声说："这哥们儿肯定是你二叔的私生子。"二叔通过后视镜看了一眼胖子，胖子把脸转过去。

刘丧偷偷转头又看了闷油瓶一眼，闷油瓶看着窗外，胖子抓住闷油瓶的连帽衫给他戴上帽子，遮住了他的脸。刘丧眯起眼睛看了看胖子，胖子把鞋一脱，一脚踩在刘丧的椅背上，做了个警告的手势，刘丧冷笑着坐回去，车里的气氛变得非常尴尬，同时又很幼稚。

一路无话，那刘丧趁我们一不注意，就不停地偷拍。我一开始还能忍，慢慢地，我也有点儿忍不了，他只要一拍我就踹前座的椅背，后来换他开车，他才老实了不少。

我们开了快7个小时才到平潭县。第一站选在平潭主要是因为之前搜索了大量的福建民间传说，都难以和南海国发生联系，其中一些有明确的朝代和历史人物，显然是由历史记录演绎的；有一些传说的区域非常局限，一看就知道是在当地几个村子发展起来的传说；只有平潭岛上的渔民中流传着一个民间传说，非常有意思，里面有皇帝、神仙、大海这些元素，二叔觉得可能和南海古国有关。

## 第35章 哑巴皇帝

传说有关一个"哑巴皇帝"。说是平潭很早以前叫作"海坛岛",总共由126座小岛组成(符合当时有理论说南海国极有可能是海上的一群岛屿),渔业非常发达。岛上有一个哑巴,他平时特别喜欢折纸兵和纸马当兵马,故被人称呼为"哑巴皇帝"。

哑巴皇帝的亲人都被当时的皇帝杀死了,所以他非常恨皇帝,但是也没有办法。一次出海打鱼,他差点儿死了,在海中漂流的时候,忽然有一个奇怪的人从海里浮了上来,说自己是蓬莱的仙人。仙人看哑巴皇帝可怜,就给了他三张纸,说:"你用第一张纸剪一栋房子,第二张纸剪一个粮仓,第三张纸剪一些衣服,剪完三张纸你就可以开口说话了,也可以遮风避雨、吃饱穿暖了。"仙人还叮嘱,做法术的时候不可以被人看见,否则法术就不灵了。

哑巴皇帝看着三张纸,想起自己死去的亲人,恨得咬牙切齿,所以他用第一张纸剪了一座大山,为乡亲们挡住海上的大风大浪。他用第二张纸剪了一把大弓和一支神箭,还有很多兵马,准备对付皇帝。但他手比较笨,不会剪兵和马的眼珠,于是就用嫂子锅里的芝麻当眼睛。第三张纸,他剪了春臼、簸箕和

槌子，准备给嫂子劳动时使用。

第二天天还没亮，哑巴皇帝就搭弓引箭，射向皇帝的金銮殿，结果皇帝太过昏庸，还没有上朝，箭射在了皇帝的宝座上。皇帝上朝之后，看到箭后大惊失色，于是派丞相去查，很快就查到这是哑巴皇帝所射。皇帝派大军过来围剿，哑巴皇帝甩出纸剪的千军万马，结果因为嫂子的芝麻是炒过的，所以兵马全都是瞎的，被皇帝的大军打得一败涂地。

哑巴皇帝没有办法，让嫂子闭上眼睛，把春臼、簸箕和槌子丢入海中，大声喊："春臼变船，簸箕变帆，槌子变桨。"春臼、簸箕和槌子就变成了船、帆、桨。他带着嫂子上了船，逃入海上。他叮嘱嫂子不要睁开眼睛，但海上风浪太大，嫂子被风浪一颠，吓得睁开了眼睛，法术一下就破了，春臼、簸箕和槌子变回纸，哑巴皇帝和嫂子一起消失在大浪中。

我们站在海边的滩涂边，夕阳西下，整个滩涂全是橘金的波纹，海面像金箔一样，远处有无数的钓梁子——像"7"字形一样的两根棍子，是渔民在涨潮的时候钓鱼用的。

我们一边吃着方便面，一边听二叔绘声绘色地把这个传说讲了好几个版本。胖子听着别扭就问："不对啊，怎么都是他和嫂子，他哥哪儿去了？"

我说道："他哥肯定被皇帝杀死了，你能想点儿正能量的吗？"我二叔特别不喜欢听这种笑话，我赶紧给胖子打眼色。

胖子不解风情，继续道："你们确定他哥不是卖烧饼的？你们再好好打听打听，这是不是弟弟和大嫂讲不清关系的故事？"

我不理他，转头问二叔："你的意思是，这个哑巴皇帝，就是南海王？"

"南海王曾经造反被镇压，之后被贬为庶人，最后消失于海上，你不觉得和传说中的哑巴皇帝有点儿相似吗？这里有大面积的滩涂，下面有没有东西，要靠刘丧好好听一听了。"二叔说完看了看刘丧。

刘丧看了看天，天上没有一丝云，要是能打雷就有鬼了。胖子就对他道："我买几个炮仗来放一下，你凑合听一听？"

刘丧看了看手表，对胖子道："我是按时间算钱的，要想给二叔省点儿钱，你就少添乱。炮仗是不行的，得用雷管。听说胖爷你玩炸药是一把好手，不知道炸泥巴怎么样？"

胖子看刘丧起范儿，冷笑道："你小子看不起人！你胖爷别说炸泥巴，炸屎都能炸上格莱美。"

刘丧来到车后，打开后备箱，翻出来一箱子雷管，丢给我和胖子。他本来也想丢给闷油瓶，但想了一下没敢丢。胖子甩手就把自己的丢给了闷油瓶，刘丧红着脸再把雷管丢给胖子。我们四个人互相看了一眼，刘丧开始脱衣服，我们三个人立即也跟着脱衣服。

"我在中间听，你们在三个角分别引爆，如果下面有东西，40分钟内我给你找出来。"刘丧戴上一只特殊的耳机。他身材很瘦，裸着的身上文着一只不完整的麒麟，能看得出是模仿闷油瓶的文身，但是不如闷油瓶的有神韵，而且还没有文完。

刘丧满脸通红，胖子刚想说话，刘丧就骂道："别说了！走！"然后往滩涂走去。

# 第36章 海蟑螂

刘丧在海风中前行。我们停车的地方其实是涂泥混合的海岸沙地，离滩涂还有一点儿距离，要走很久。他身上背着几件大瓷罐一般的瓷器，形状和尿壶一样，但开口却是在瓷器中间，一看就是老东西。胖子就啧啧道："考考你，这孙子背着的是什么东西？"

我偷偷仔细去看，这几个东西是典型的老瓷白，开口位置的釉花是一朵莲花，瓷器的两端各有一朵牡丹，牡丹中间是八卦图案。于是我猜那是魂瓶——常见于南方古墓中，又叫作"五谷囊"。不过很多魂瓶都是长的，有些像竹笋一样，也远比这东西华丽。我见过的普通魂瓶，上面的瓷雕都有三四层，据说上面叠层越多越能代表墓主地位。如果这是魂瓶，那也未免太简陋了。

胖子对我道："不知道了吧！这是情趣用品，这小子是个变态，干活儿还带着。"

刘丧回头就骂："你没喝多吧？我敬你算是个长辈，你别倚老卖老总欺负我，这是地听，你有没有文化？"

我愣了一下，我听说过地听这种东西，这东西不常见，也不怎么值钱，所以就一直没去研究，没想到是这种样子的。这东西是古代守城时防止外面的敌军挖地道用的，埋入城墙下，能听到远处的掘地声。无风的时候再蒙一块小牛皮，能听得更清楚。

我走近去看，发现都是辽白瓷，看来是从古战场上挖出来的。听说这种地听因为在战场上被血腥气浸染，会有灵性，收藏的人在夜深人静的时候，还能从中听到战场上厮杀的声音。我没有想到刘丧用的是古法，对他的印象不由得有些改观，这哥们儿的师父看来是那一辈的老瓢把子，这是传承下来的手艺。

说着说着就走到了海岸边缘，前面就是滩涂。这是一条肉眼可见的分界线：我们现在走的部分是沙子居多，长着无数的草。随着离滩涂越来越近，草越来越少，沙子逐渐变成了泥，脚感也越来越软。到完全没有草的地方，则是一片你能踩出脚印但不至于陷下去的区域。这一条线非常明显，过了这个区域，大概再走十几步，就是滩涂了。

滩涂的特征就是一脚下去，泥巴会粘住你的鞋底，没有那么容易提脚。这说明你已经进入滩涂范围了，走到深处，那就是一脚下去，直接没到大腿根的沼泽。

在滩涂走路非常艰难，泥巴带着吸力，我们必须脱鞋，可才走了十几步就筋疲力尽了。当地人用一种叫"海马"的交通工具，其实就是可以单脚跪立的雪橇一样的木板，但是我们没有，只能徒步。

我们在滩涂中跟着刘丧爬了半天，也只走到了滩涂的中心。接着，他开始找位置，我们三个又花了15分钟才到了他指定的三个位置，开始按顺序往滩涂中埋雷管。此时，我们已经不知道摔了多少跤，浑身都是烂泥，海风越来越冷，还好带着酒，喝下去浑身发暖。

夕阳逐渐落了下去，天色压了下来，感觉是一块镶着亮边的夜幕从天穹扣下。所谓暮色，可以很精确地形容现在的光线，海平面还亮着，但是天上已经可以看到星星了。

海面上没有一艘渔船，除了我们，滩涂上一个人也没有，二叔他们的车在很远的岸边，打着双跳，我们只能看到灯光。我拿出对讲机，问望风的情况，望风的人说海边几里地一个人都没有。

我看向刘丧，他将地听一件一件地埋入淤泥中，排列成一个很奇怪的形状，然后每个地听里放入一枚铜钱，祭拜了一番后，就俯下身，把耳朵置入一件地听的开口中。接着，我们陆续引爆雷管，冲击波巨大，形成漫天的泥巴雨，我两次被震翻在泥巴里。

刘丧依旧稳稳地趴在中间，一边仔细听，一边让我们用洛阳铲把雷管越埋越深。深埋之后的爆炸就不像喷泉了，反而更像放屁——泥巴里会涌起一个气泡，然后非常猥琐地破掉，散发出硫黄的味道。

天完全黑下来，我们打起手电，内心只有疲惫，海风吹得人全身都麻了。酒劲儿也过去了，我们冻得直打摆子。滩涂上很多地方爬满了海蟑螂，按道理来说，这东西应该在礁石上，而不是在这儿，看着十分恶心。

刘丧一直没有收获。随着我们炸的地方越来越多，我发现情况有些不对，他不说话了，表情也变得疑惑起来。休息的时候，我们朝他聚过去，问了半天，他才肯道："我现在只能肯定两点，第一，下面是礁石；第二，礁石上应该有大量的孔洞，连通着岸上的岩山。那么多海蟑螂出现在滩涂上不正常，肯定是被我们从下面的孔洞里震出来的。但因为下面的礁石也是巨大的固体结构，我没有办法肯定下面有没有斗。"

我看他的表情，觉得不太对，他没有说实话。我拍了他一下，对他道："小哥在这儿呢，你得说实话。"

"你到底听到什么了？和胖爷说，胖爷我保证只笑话你两个月。"胖子对他道。

他看着闷油瓶，迟疑了一下，还是没有说，但是他看着地听，表情非常疑惑。

正纠缠着，忽然我感觉到脚底的泥巴不太对，似乎变松了好多。本来刚没到脚踝的，现在一下没到了膝盖。而且我的脚奇痒，能感觉到有无数的虫子从泥中爬出来。我用手电一照，发现我们脚踩的地方，到处都有海蟑螂从泥水中爬出来。

第36章·海蟑螂

我和胖子对视了一眼，同时看向闷油瓶，只见他蹲下去，瞬间夹住一只，看了看，似乎是普通的品种。胖子立即拿出信号枪，对准天空就是一发照明弹。红色的光弹在半空炸亮，我们向四周望去，惊呆了，整个滩涂上，数以十万计的海蟑螂正从烂泥中涌出来，目力所及的泥巴都在蠕动，细看全是这些东西。

"是不是刚才那几个炮，炸了底下的蟑螂窝了？"胖子喃喃道。

刘丧的表情却是呆滞的，他只是看着地听，丝毫没有在乎这些虫子。

我看了看脚底，随着虫子不断涌出来，我们脚底的泥巴也越来越松，我刚想提议，闷油瓶忽然喊道："上岸！"

我们三个人立即往岸上狂跑，刘丧没有这种默契，他愣了一下。忽然，从地下传来一连串打嗝一样的巨响。接着，远处的滩涂冒出了十几个巨大的气泡，那个地方的泥巴犹如溶化一样开始下陷。我大叫了一声"刘丧"，他才反应过来。四个人夺路狂奔，照明弹一落下就看到滩涂上到处冒气泡，就像一锅巨型的"海蟑螂汤"。

我们摔倒了十几次，身上爬满了海蟑螂，但是滩涂太难走了，用尽所有力气也才跑出去十几米。闷油瓶忽然停了下来，脸色不对，我一抬头也发现了问题：二叔他们的车灯不见了，我们冲的方向一片漆黑。

"是不是跑反了？"我大骂。回头看，仍旧是一片漆黑。

闷油瓶指了指前方，胖子单手换弹又是一发，照明弹射向远处，目力所及竟然全都是滩涂，完全看不到之前来的海岸，更不要说二叔的车了。胖子在这颗照明弹没有落下来之前，反方向又打了一发，两边同时被照亮，我们立刻发现不对劲，两边都没有任何海岸，我们身处一个巨大滩涂的中心，远比之前我们在岸上看到的滩涂要大。

"这是哪儿？"胖子问，"岸呢？"

"麻烦了，麻烦了。鬼打墙了。"我倒吸了一口凉气，心说中邪了。我不停地看两边，两边什么都没有，只有一望无际的滩涂。胖子还要打照明弹，我拦住他说："省着点儿用，咱们闯祸了。"

胖子一把揪住刘丧:"你到底听到了什么?这怎么回事?"

刘丧发着抖,看着闷油瓶说道:"这滩涂下面有邪祟,我听到下面有人说话。"

# 第37章
# 罗刹海市

我们还在继续往下陷,需要不停地踏泥才能维持住在滩涂中的高度,身上也爬满了海蟑螂,很多还爬到我们衣服里面。我不停地抖落、拍打,但是无暇顾及更多。还好这种东西虽然看着恶心但是不伤人。

胖子揪着刘丧就把他甩倒在泥上,逼问:"什么说话?你说清楚。"

刘丧喘了口气,仍旧说不出来。我们三个人都看着他,他终于说道:"滩涂下面,有东西在说话。"他顿了顿,摆子打得更严重,"不对,不是一个人,是无数的人。无数的人在说话。"

我们面面相觑,他用力吸气,咬牙道:"听起来特别热闹,但说的都是我听不懂的话,有很多很多人。"

"在这滩涂下面?"我问道。

刘丧点头。胖子说道:"你的地听是不是有邪劲儿?我听说很多瓷器,能够听到很久以前古代集市的声音。或者,你听到的是这些虫子在泥巴里的声音。你别瞎说。"

刘丧说道:"我最开始听的时候没有,是我们开始炸之后,才慢慢出现的。"他朝一个方向看了看,身体忽然缩了一下,压低声音说:"是我们吵醒的,这滩涂下面有东西。"

两边的照明弹落下,光线慢慢变暗,只剩下手电的光,这个时候,我清晰地感觉到,海风停了。

海风一停,滩涂上的干燥冰冷立即变成了潮冷,我的冷汗全出来了,脸色也沉了下来。我看了看闷油瓶,他也看向了刘丧正在看的方向。他和刘丧两个人看着那片黑暗,都不说话了。那方向其实就是我们来时候的方向,如今一片漆黑,但能看到我们的脚印一路延伸过来。

"怎么了?"我问他,他没有回答我,忽然往那个方向跑去。

我把刘丧提溜起来,三个人跟着闷油瓶,沿着我们来时候的脚印往回跑,踩着泥巴一路狂奔,我和胖子有默契,知道要出事。胖子点上烟,从身后的包里掏出了"拍子撩"丢给我。我上好子弹,把大白狗腿横到后腰。胖子又掏出他最近的新宠——短头的17连发"土冲锋",我都不敢相信他竟然带着这些东西在市区里乱闯红灯,但是现在也不需要计较了。

手电很快照到了滩涂上的地听,刚才没来得及带走。刘丧只靠近了一下,就不敢再去听了,说道:"变近了。"

"什么?"

"刚才没有这么清晰,那下面的声音现在变得很清楚了,你们自己听。"刘丧道。我走上前,靠近地听仔细去听,我的耳朵没有刘丧那么灵敏,但也能依稀听到他说的那种声音,我本来以为会是那种听上去很像说话,但是可以用风声或者水声解释的声音,但我一听就发现不对。

这种声音,听上去更像是一个巨大集市里的声音,有人吆喝,有人说话,而且人非常非常多。刘丧果然是专业的,他觉得诡异的东西,一般不会是错听。

我想了想,忽然想起来这个现象我在一些古书中看到过。在某些海边的老县志中,都记载了一种关于"海市"的传说。说是黑夜的海上,有时候会传来无数人的声音,就像一个巨大的集市一样,此时如果顺着这些声音往海上去,就能看到一个海上集市——罗刹穿行其中,捕食误入海市的人。这个传说后来被很多志怪小说家写成了故事。

难道古书中所说的这些声音，其实都是从滩涂下传上来的吗？古人牵强附会，把这种现象编撰成志怪故事，还是真有什么蹊跷？

刘丧浑身发抖，已经被现在的情况吓呆了，不停地说："道上都说跟着小三爷出去肯定会出事，我以前觉得是以讹传讹，肯定是你们的宣传手段，没想到这么准。"

胖子一个巴掌扇过去："小浑蛋说什么呢，反了你了！"刘丧用肘部一挡，同时往前一脚踢胖子，胖子没抽到他，反被踹倒在滩涂上。胖子拨开海蟑螂，爬起来就怒了。我拦住他们两个，就看到刘丧忽然冷静了下来，看着地听。

"等一等。"

"等个鬼啊！"胖子就要动手。

"那声音停了。"刘丧道，抬手阻止胖子，"不对，不是停了，那声音在动，它——"

刘丧转动头部，不停地寻找声音，忽然，他看向一个方向。

几乎是同时，闷油瓶也看向了那个方向。刘丧立即道：

"我靠，它上来了，注意那个方向，那东西从那儿出来了，现在朝我们过来了。"

胖子端起枪，拔出照明弹，就看到刘丧侧耳听了三四秒，说："两公里半，偏东一点儿。"胖子打出一发照明弹，射向那个方向的上空，将那个区域照亮。我们只看了一眼，所有人转身就开始狂逃。

## 第38章 泥浆

在照明弹的照明下,滩涂远处的泥浆拱起,如一座小山朝我们涌了过来,也看不清泥浆下面是什么东西,但前进速度非常快,翻起的泥浆喷到一人高。我们四人撒腿就跑,胖子跑了几步才反应过来,就骂:"我们跑什么?干它!"

我大骂他糊涂。滩涂无比松软,在这种地方,身手再好也没用,不能跳不能躲的。他又冲出去十几步,也立刻明白了,因为脚已经重得抬不动了。闷油瓶提溜着我和胖子,把我们努力往前拉。他的力气很大,每次我们陷进去,他单手就能把我们拉出来。但因为没有着力点,用尽了全身的力气,我们在黑暗中也只冲出去三四十米。

刘丧被我们落在后面,他几乎半个身子陷在泥里,惊声大叫:"偶像,救我。"

闷油瓶回去抓住他的脖子,将他拖到我们身边,三脚踹到我们膝盖窝上,把我们瞬间放倒,然后按进烂泥里:"别动。"说完,闷油瓶捡起我们的手电,整个身体弓出一个很大的弧度,甩手把手电朝一个方向丢了过去。

手电在空中转动，落在很远的地方，插入淤泥中。他连丢了三个，每个都是头往上，光斑在空中甩出一个螺旋光带，落在远处形成了三个光点。丢完，闷油瓶也蹲了下来。我们立即明白了他的意图，迅速把脸全部用泥糊上，只露出眼睛和鼻孔。我看胖子还叼着烟，赶紧一巴掌给他糊灭。

泥浆山瞬间就到了，黑暗中根本看不到泥浆中到底有什么，只闻到一股恶臭。我心说：难道海市是一种巨大的海兽，以语吸引人到海边，然后进行吞噬，这难道是真的？但很快我就发现不对，我们趴着的那块滩涂，竟然开始动了起来，往我们前方流动过去。我们被裹挟在内，也一起往前。

所有人翻起来，开始朝后爬，但毫无作用，我们还是被往前带去。胖子大骂，朝我们被拉过去的方向开枪，似乎以为是什么怪物在吸这些淤泥，但子弹在黑暗中拉出一条曳光后射入虚空，前面毫无反应。

我的反应算是快的，滚到胖子身边，拔出他的照明弹再次射向天空，这次我们终于看到了前面是什么。这不是什么泥巴里的巨兽，而是前面的淤泥滩涂里出现了一道裂缝。这条裂缝不宽，但是很长很深，整个滩涂裂开了几公里长的口子。

"我明白了！"胖子喊道。我也明白了，可能是刚才我们引爆雷管时引起了冲击波，导致滩涂下面的岩石发生了坍塌，刚才有泥浆喷出来是因为岩石坍塌后，下面的气体冲上表面形成的，现在所有的淤泥正涌向这条裂缝。

我们拼命往反方向爬，但毫无用处。胖子大喊："天真、小哥，咱们爷仨要折在这儿了！胖爷我有句话必须现在问你们。"

刘丧大叫："听听听！！！"

我立刻听到，从缝隙下面传来无数人说话的声音，非常清晰，非常近。接着，泥浆的流速忽然变快，我身下一空，就被泥浆裹着冲入了裂缝里。接着就是自由落体，不出十几秒，我就落在了下面的泥潭里，那感觉就像被拍在一吨屎里。下面一片漆黑，空气中弥漫着恶臭。

"死不了！"我对着黑暗大骂。上面的泥全部砸在我头上，我赶紧往边上滚，挣扎着不让自己被活埋，接着就看到另一边我们的手电也被淤泥带了下来。但是我够不到,只能看到光点,手电瞬间就被淤泥覆盖了。我爬起来就喊道:"胖子,你们在哪儿?"

胖子打起一个冷焰火,照出了缝隙底部的一块区域。他离我一百多米远,是被淤泥冲过去的。我朝他望去,发现整个缝隙的底部现在是一片泥河,缝隙的两边是岩石。我们最起码摔下来六十米深,已经摔到滩涂的最深处——海床的深度。缝隙两边的岩石上挂满了淤泥,形成了很多淤泥瀑布,在淤泥之间裸露的岩石部分,能隐约看到上面镶满了水缸,密密麻麻,成千上万。

缝隙底部的泥河还在继续往海床的更深处流去。我好不容易才能站稳,只能爬到一边的崖壁上,找了一块岩石固定自己。刘丧在另一边也打起了冷焰火,我看到他也和我一样趴在山壁上,但他那一边的山壁上,有无数的腐朽木船,一层一层嵌在岩石中。

闷油瓶的冷焰火在更远的地方打起,我松了口气,看了看手表,然后预估了一下现在的形势。

淤泥往下的流速明显在变慢,但海水开始灌进来,我们脚下的水越来越多。我抬头看,此刻我们离滩涂的表面有六十多米的距离,将近二十层楼的高度,从底下往上看,真的非常高。两边倾泻下来的淤泥形成泥石流一样的瀑布,虽然速度变慢了,但仍旧毫不留情地在往里灌,很快我们就会被活埋。

我分析,这个滩涂底下的海床上的"峡谷"本来是海床岩石中一个巨大的管状山洞,我们把雷管往下打,把这个山洞的顶部炸碎了,所以上面的淤泥一下子全部灌入了下面的山洞,连同我们也一起裹了下来。

洞壁上的水缸和船,本来就在洞里,似乎都是陪葬品。这个山洞很有可能是南海王墓的一部分,大概是墓周边的陪葬坑。我们运气好,也许真的找对了区域,南海王墓就在这里。但就算是淤泥往下的流速变慢,不出两个小时,也能把这条缝隙填满。我们在这里会被水皮革化,变成鞣尸,所以,一分钟都不能浪费。

我大声问胖子:"怎么弄?"

刘丧已经反应了过来,他开始尝试从崖壁爬回到滩涂上去,但淤泥往下流

的力度惊人，他只要一停就会被裹带下来。胖子在这种时候决策最准，他大喊："上不去的！"他指了指脚下正在流淌的泥河，在这个"峡谷"的深处，汇聚在一起的淤泥正往一个方向流去。

"这原本就是个山洞，既然里面有陪葬品，那一定有通道可以通往地面，咱们先顺着这些泥流动的方向往深处去看看。这里是海蚀地貌，前面肯定有很多空间，我们应该能找到安全的地方先撑过一段时间。"胖子努力蹚水，指着刘丧边上的淤泥，说，"有船！"

我拍掉顺泥下来的海蟑螂，朝刘丧爬过去，淤泥此时已经快没到大腿了，我知道如果到大腿根，那基本上就不可能走路了。现在每走一步都要耗费巨大的体力。我和胖子到他边上，他脸色惨白绝望，瑟瑟发抖，胖子不去管他，用手拨开淤泥，甩出自己的枪，用力甩掉枪管里的淤泥。我拽住他："会炸膛的！"

"质量好的枪会，这把是土枪，打出去的子弹可能会掉地上，但枪膛绝对不会炸，赌上昌平二狗黑的尊严！"胖子瞄准岩壁，开火扫射，打在岩壁中一艘独木舟的木楔子上。这些木楔子都是把船固定在岩壁中的架子，木楔瞬间被打得粉碎。同时在这个狭小的空间里，枪声差点儿把我炸聋了，好半天耳朵都嗡嗡叫。

我鼻子不好，但还是能闻到这底下全是淤泥和盐的味道，独木舟被保存得很好，说明本来山洞是几乎密封的。

我有种不祥的预感，往深处走真的会有通路出去吗？

他一路扫射，把所有的木楔子都打碎，我们两个人用枪托把独木舟从崖壁里撬出来。这种小独木船上过桐油，虽然已经腐烂但船身仍旧是完整的。我们爬上去，胖子就对刘丧喊道："赶快，三秒钟，过期不候！"

刘丧回头一看，立即扑上船。我们一条腿跪在船上，一条腿当桨，像划"海马"一样划动独木舟往下游划去，路过闷油瓶时，闷油瓶不知道在看什么，胖子大喊："小哥！"

闷油瓶一个翻身，带着漫天的泥花飞起，落在我们的船头。船头一重，速

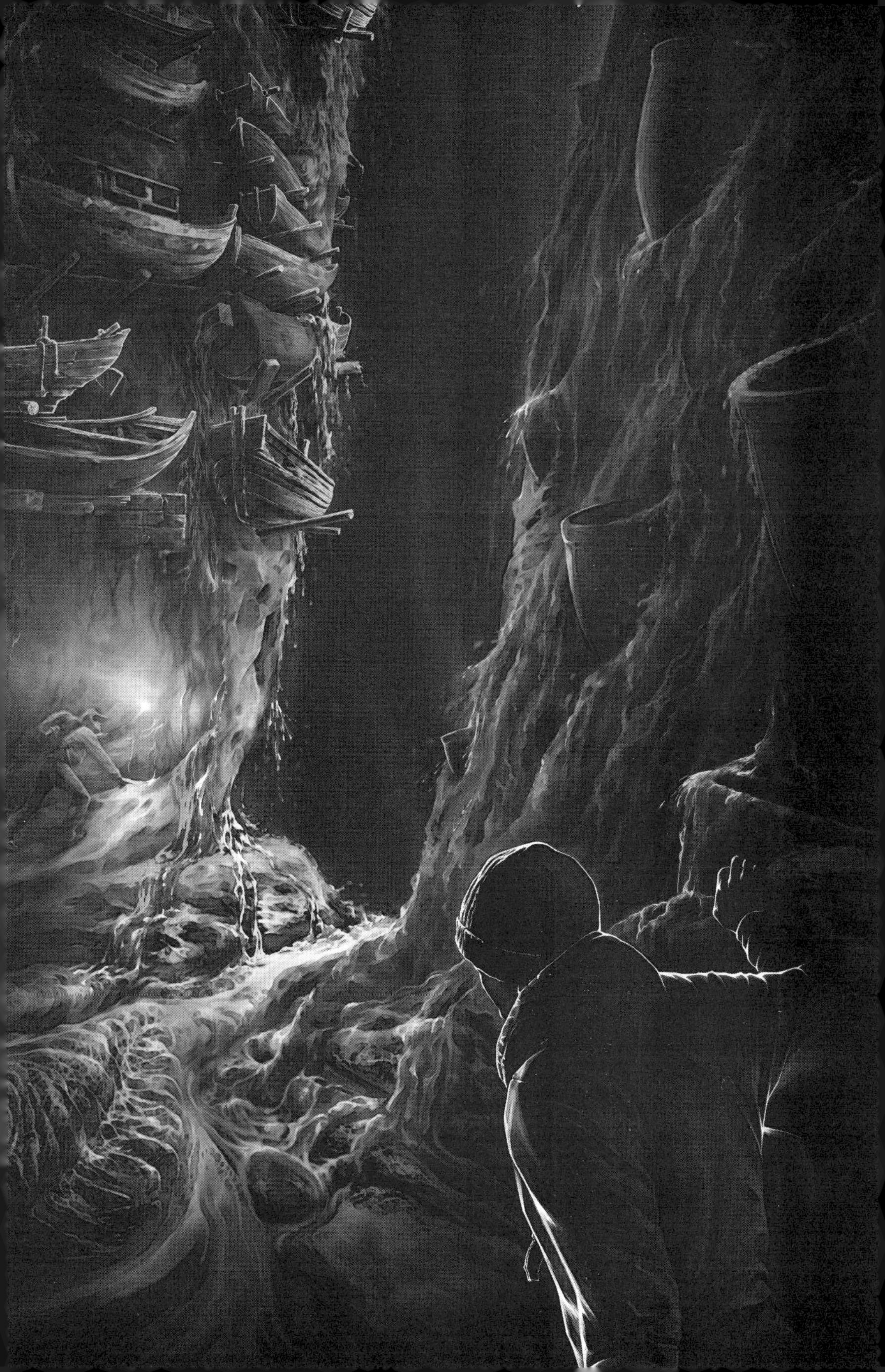

度一下加快,我们收腿滚上船,正好泥河的坡度加大,船瞬间往下连跌了两个落差,船身直打转,差点儿翻过去。好不容易稳住,船已经转了好几个大圈。闷油瓶单手拽着我和胖子的腰带,刘丧抱着独木舟的一边,我发现闷油瓶好像一直在找什么。

"你在看什么?"我大叫。

闷油瓶回答了我,但那个瞬间,坡度忽然变大,从刚才的45度左右一下变成了60度,我们像坐过山车一样开始往下疯狂加速,我被吓得什么都没听到。

这里的淤泥还没有完全覆盖这个"峡谷"的底部,很多尖刺一样的岩石仍露在淤泥外,速度一快,独木舟就开始接连撞上这些岩石,疯狂地打转。我们的冷焰火全都不知道甩到哪儿去了,我什么都看不见,头晕目眩,如果不是有人拽着我,我肯定已经被甩飞了。

刘丧在黑暗中大叫:"各位前辈,我要吐了!"

我大叫:"咽下去!"

胖子大叫:"小哥在找墓门!给他打灯!"说着他咬牙将一颗照明弹打向半空,瞬间照亮了整个"峡谷"。我们发现独木舟正在急速打转,滑向下一个深渊,下面的坡度更陡,这是要摔死了啊!我心说。下面一片漆黑,根本看不到底,而我们已经通过了顶上坍塌的区域,进入了山洞有顶的部分,两边的崖壁上已经没有了淤泥,开始出现无数的飞檐和石门廊台。

我仔细一看,满悬崖的亭台楼阁都是浮雕,犹如巨大的盆景一样。在我们前方有一个巨大的大殿镶嵌在崖壁上,上面有两道石门。

"那门是真的假的?"

"是真的!"胖子眼尖,"有门缝!"

难道这就是墓门了?我们找到南海王墓了?我正看着,忽然感觉到有人抓住了我的领子,一回头我就看到闷油瓶看我一眼,我立即大叫:"不准丢我!我成长了,我自己可以!胖子,土耗子!"

闷油瓶这才松手,胖子把腰间的土耗子丢给我,我用嘴巴咬住,然后拔出拍子撩,用嘴把土耗子的柄插进枪眼里。胖子拽出腰间的登山绳扣在土耗子上。我忍住剧烈的头晕，对着崖壁就是一枪，拍子撩瞬间炸膛，土耗子被打出去，带着胖子腰里的登山绳一下撞在崖壁上，但撞了一下没挂住，就一路往下掉，胖子大骂我没用。

我一看完了，转头对闷油瓶说："你现在可以丢我了。"

就在这个瞬间，不知道土耗子钩到了什么，绳子一下绷紧，拉住了胖子的腰，胖子大喊一声，一手拉住我，一手死死地抓着独木舟，闷油瓶拉着我的腰带，三个人被拉成一条线，船直接被拽停。刘丧被甩飞，经过闷油瓶的时候，闷油瓶一把拽住他的头发，把他往崖壁上一甩。他撞上崖壁，往下滚了十几圈，终于单手抓住一个凸起停了下来。

胖子哈哈大笑，这时我忽然听到头顶传来闷雷一样的声响，抬头一看，在照明弹的照射下，如潮水一样的淤泥顺着泥水河，铺天盖地地涌了下来。上游发洪水了！

第38章·泥浆

## 第39章 南海王墓

胖子腰部的登山绳被瞬间拉紧，登山绳有弹性，绳子勒进胖子的肉里。胖子看着从上面扑下来的泥浆，大骂："拉肚子了！赶紧躲！"我对着刘丧大叫："伸手！"

刘丧在那儿狂吐，已经完全失去意识了，几乎抓不住崖壁，更不要说伸手了。闷油瓶低声道："走！"

我咬牙，努力蓄力，一脚踩着胖子的肩膀跳上崖壁，伸手抓住一处浮雕，脑门儿磕了一下，撞得七荤八素，差点儿也摔下去。闷油瓶跟着凌空跃起，在空中180度转身后落在我身下不远处的位置。胖子丢出绳子的另一头，闷油瓶一把抓住。我俩将绳子拉住，胖子跳入泥水中，独木舟瞬间被冲走。

我们两个死死地拉住胖子，把他拉到岸边。整个过程不到3分钟，照明弹正好落入泥水中，四周陷入一片漆黑。

胖子大喊："贴边！"我用力贴住崖壁，紧接着铺天盖地的泥浆顺坡下来，差点儿把我带下去，我死死抓住一处凸起，同时依靠前方崖壁上的各种亭台楼阁缓冲掉冲力，才得以稳定住。黑暗中，我被一股巨大的力量挤到崖壁上，嘴巴鼻孔里全是泥。

我用尽所有的力气转身，找到崖壁间的一个缝隙，把脸塞进去，最开始还能呼吸两三口气，之后整个肺被身后巨大的力量压得根本吸不进气去，别说说话了，连动都不能动。和水完全不同，泥浆的压力死死地把我按在崖壁上，力量之大，让我感觉自己的肋骨好像都被压进肺里，那种剧痛还无法通过呐喊叫出来，我甚至感觉内脏都要被挤压出来了。接着，一切变得无比寂静，我忽然只能听到我体内的声音，骨骼的摩擦，心脏的跳动，和泥巴挤入我耳朵的声音，我知道我的内耳已经灌满了泥浆。

那个瞬间，我的意识进入了一片空白。

我之前经历了很多事情，这些事情让我面对生死危险时非常从容，我有一种错觉，我不再惧怕生死离别，但这一刻我发现我是错的，从容不代表不害怕。我可能在此刻要死了，那种从心里涌上来的恐惧，和我第一次下墓时毫无区别。

这一切几乎就在三四秒内发生，接着我忽然感觉到压力一松，身下的崖壁一下碎了，巨大的压力连同泥巴和我一起挤进了崖壁里。我一个狗吃屎摔在地上，发现崖壁内部是空的，里面是一道陡坡。冲力毫不犹豫地涌进来，我被裹着一路往里滚。

我本能地呼吸了一口，连泥带氧气吸入肺里，开始剧烈咳嗽起来，浑身痉挛，把我耳朵里的泥都挤了出来。也不知道滚了多久，泥浆终于停了下来，我立即用尽全力站起来，开始呕吐，吐出来的都是泥。

我摸了摸腰里，还有四根冷焰火，不能再滥用了。我从腰包里掏出打火机打上，微弱的火光只照出一个极小的区域。我发现自己在一个通道里，看墙壁的材质和工艺，我意识到这里是一处墓道，满墓道全都是海蟑螂，火光一亮，所有的海蟑螂疯了一样地乱窜。

我一低头就看到四周几乎爬满了虫子，密密麻麻，还时不时掉落到我身上。随着我的感觉逐渐恢复，我感觉到这种虫子的足尖钩痛了我的皮肤——其实我早已满身都是。

管不了那么多了，看到墓道，我恍如隔世，真的有墓在滩涂下面？真的是南海王墓？

我看了看手表——多少年养成的规矩，在三十秒内，我快速清点了身上所有的物品：一部手机，四根冷焰火，十七根荧光棒，四盒万用火柴，一个打火机，六包压缩饼干，三十多颗子弹，大白狗腿还在，但拍子撩丢了，其他东西也全都丢了。

再回头看，来路全部被泥浆堵住，我拧开大白狗腿的刀柄，从里面拿出一只哨子，刚想吹一下告知其他人我没事——哨子的传播距离比人的声音远——就听到从墓道深处传来非常清晰的嘈杂声，就如同一个地下集市在前方一样，我抬头看前方，前方一片黑暗，没有任何光亮。

我想了想，放下哨子。

安全第一，不要惊动黑暗中的东西，不管有没有。

我开始往前走，刚走了几步，就看到墓道中间立着一个东西。打火机的光线微暗，照不出全貌，我只能逼自己靠近，一直到离那东西两步远，我才认出来，这是一尊雷公的雕像。

雕像的颜料已经全部剥落，只剩下少许的色斑块，表面粗糙，是陶制的。雷公左手高举，右手扶腰，面部已经被毁掉。之所以能认出这是雷公雕像，主要是它腰间有两个鼓。这个雕像形容枯槁，有可能烧陶的时候是一层一层烧制的。外面的陶皮都碎到剥落了，整个雕像看上去像干尸一样。

我之所以觉得它有些不同寻常，是因为这个雕像特别干净，仿佛雕像有什么魔力一样，上面一只海蟑螂都没有。

我不敢去触碰雕像。嘈杂吵闹的声音不是雕像发出的，此时正从雕像后面的黑暗中不停传来，听上去十分诡异。正发着呆，我忽然听到从我脚下某处传来了哨子声。有两个哨子的声音。

我松了口气，他们两个人应该也找到路进来了。

刚才闷油瓶就在我身下的位置，泥浆冲破崖壁不是偶然，从我身体的感觉来看，这些浮雕都是用陶烧制而成后贴在崖壁上的，胖子和闷油瓶如果没有被呛死，他们用身上坚硬的部位随便一撞就能把浮雕撞破。如果他们所处的区域后面也藏有墓道的话，那他们的位置应该就在我脚下不远处。我不免有些担心刘丧，他刚才的位置非常不好，我们没来得及管他，他如果被泥浆埋了，现在应该正好在人生的最后几分钟。

我将打火机放到地上，用大白狗腿的刀背敲了敲地面，我仍旧不敢用哨子。这里的传音效果非常好，整个墓道里响起清晰的回音。很快，从我脚下的某处，传回了金属敲击地面的声音。

我和胖子有两个人专门的敲击沟通方式，不用莫尔斯电码，因为胖子的英文实在太差。我听了一下，确定是胖子的回复，敲击的节奏我很熟悉。我仔细去听胖子的意思，听完之后，我心生纳闷儿。

胖子敲击的意思很奇怪，他在说："灭灯。"

灭掉照明，不就什么都看不到了吗？我心说，为什么？

## 第40章 灭灯

我深吸了一口气，满鼻子的海腥和潮气，喉咙不由得发痒。胖子敲得非常急促，看样子这事很重要，我压抑内心的恐慌，慢慢合上打火机的盖子。

墓道重新回归黑暗，我揉搓了一下上臂驱寒，听到墓道深处那种集市一样嘈杂的声音，立即清晰起来，竟好像有一大群人正往我的方向而来。那声音越来越清晰，有争吵、有吆喝、有大笑，发音类似当地的方言，我无法听懂。

我的鸡皮疙瘩开始起来，也不知道是冷还是害怕。胖子的敲击声夹在那些声音里，继续传来："朝声音走，千万别开灯。"

胖子也能听到这种声音，他还让我过去？胖子性格比较鲁莽，可能一进来，听到声音就直接过去查看了，然后发现是安全的。我心说：所以他才让我过去？

他敲击的时候，我听到更深的地方，又有新的敲击声加入，敲得没有章法，但是很从容，应该是闷油瓶在回应我们。

我侧耳听了两遍，心中笃定是闷油瓶不会错，于是和胖子一起敲击回应。此时，我希望听到第四个人的敲击，但来回就是这两个声音了。

我敲击问胖子："刘丧怎么样了？"

胖子回复我："不知道什么情况，我们先会合。"

我心中暗叹，希望刘丧命大，然后问道："为什么不能照明？"

胖子隔了很久才回复，显然这个答案过于复杂，他要想想怎么表现。他敲得很混乱，我大概猜测他的意思："墓道壁上有东西，会看到我们。"

墓道壁？我皱起眉头，墓道壁上全都是海蟑螂，刚才根本没有注意上面还有什么。"会看到我们……"难道海蟑螂下面还有什么东西？这样想着，我就不敢靠近墓道壁，一下觉得黑暗中站满了什么。

"你那儿也能听到那奇怪的声音？那是什么？"我敲击问胖子，希望他给我个准确的信息，我再动。

胖子回道："不知道，但从我这儿听，小哥是在那个方向。"

我明白了胖子的逻辑，现在这种情况下，我们最安全的选择是找到闷油瓶。

"咱们都往那个声音走，也许那个声音所在的地方，连通我们两条通道，所以我们都能听到。"

"也许是两个不同的声源发出来的。"我说道。

"那也得会合。"胖子继续敲道，"我还有十八根雷管，如果不能会合，我就找我们之间相隔最薄的地方炸过来。保持敲击，熟悉各自位置。"

我心说也只能如此，于是站起来提醒胖子："雷公像，有点儿异常，别碰。"然后继续往前走。

胖子顿了顿，回敲："你认真的吗？我刚打包好。我碰到的这个是镏金的。"

我一边心中暗骂这老王八蛋越老越不怕死，一边在黑暗中安静地往前移动，每移动十几步，我就和胖子互相敲击通告自己的位置。闷油瓶会在我俩交流的时候，随机加入进来。慢慢地，我就发现我移动的速度比胖子快很多，我意识到胖子可能真的背着那雷公像在走，不由得扶额。

越往里走，集市嘈杂的声音越清晰，我听到胖子的敲击声也越来越近。我发现声音因为管道的共鸣，开始从四面八方涌来，无法分辨方向。走过一定距离，声音太过清晰，几乎就在我边上，我有点儿不敢往前了。

胖子也停了下来，我对胖子说："那声音好像就在我周围，我得先弄清楚是什么再走。在你那儿听，小哥有什么指示吗？"

"没有，小哥没敲，是不是我们走岔了？"胖子回复。

我敲道："你快和他联系一下，确定一下方位。"

这一下胖子没有回敲，我又缓缓地敲了一遍，胖子才缓缓地敲了回来，一下一下，一段信息敲了起码3分钟。

"我好像走到它们之中了。"他说道。

我愣了一下，意识到胖子可能比我走得快，已经走到那种声音的中间了，但我仍旧感觉到胖子是在我脚下的某个空间，果然，我听到的声音和他听到的声音来自不同的声源，但这两个声源的方向倒是一样的，所以我们一路都没有走岔。

在敲语中，信息的表达仅仅集中在有限的几个意思里，我是没有办法和胖子聊股票和百老汇的，但墓里的大部分情况我们都考虑到了，所以这个"它们"，我们是精心设计过的，意思是非人，是胖子无法形容的东西。

我的冷汗冒了出来，趴到地上，这里的海蟑螂好像不多了，我把耳朵贴在地上，听下面的动静。清晰的集市一样的声音从下面传来，几乎就在我正下方。我非常非常轻地敲击："到底是什么东西？"

胖子缓缓地回过来："不知道，老子先炸得它们妈妈都不认识它们。"

我愣了一下，就听到胖子敲了一个"3"，心中不祥的预感起来了，胖子又敲了一个"2"，我忽然明白了是怎么回事，爬起来往墙壁上一贴，同时往来路方向狂逃。只听一声巨响，地面被炸开了，火光一瞬而逝，整个地面下陷。我脚下一空，连同地上的碎石一起摔了下去，脑袋一下磕到尖锐的地方，我翻身想立即起来，但头晕目眩，鼻子和嘴巴里全是血味。

我摸了一下，头上的血顺着鬓角和鼻梁流了下来，耳朵嗡嗡的，什么都听不到。

恍惚中，就在我眼前不到两米的地方，第二根雷管炸了，这一下火光冲天，我瞬间看清了墓道中的情形，四周的墓道壁上全是各种陶制的"小人"，

第40章·灭灯

每个大概到我膝盖高，在墓道壁上形成了一幅海上集市的景观。胖子在很远的地方，闪光中我看到他的脖子上趴了一个"东西"，竟然是个雷公像。

那东西已经完全变形，竟然似活了一样，躲在他背上，双手捂着他的耳朵。

我愣了一下，立即去摸自己的脖子，一下就摸到了一个东西，那东西的皮肤非常粗糙，谁趴在我的背上？

# 第41章 眼睛

竟然有这么大一个东西悄无声息地爬到了我的背上,我都没发觉。

我拽住背上的东西,想把它扯下来,但这东西的手像钢筋一样硬。一片漆黑中,地面又塌陷了,我被掀飞出去两三米,撞到墓道壁上。整条墓道的地面都塌了,我双手扒拉了半天,什么都没抓住,再次跌入下一层墓道。这层墓道很高,我侧身着地,落进了淤泥中,碎石劈头盖脸地落下来。我爬起来就发现,墓道底部的淤泥没到了我大腿。

我吐掉嘴里的泥就对胖子大叫:"胖子,你背上有东西在弄你呢!"

胖子没有任何反应,不知道是不是摔晕了。癫狂中我一脚踩空,猛地发现淤泥下的墓道底部不是平整的,好像有一个深坑,我踩进坑里,瞬间没入淤泥中。淤泥很冰,冻得我直打哆嗦,但是因为刚才的剧烈运动,我也不至于很难受。这里应该有浓重的气味,但我的鼻子现在已经麻了,什么都闻不到。

在淤泥中根本无法反抗,淤泥有一股吸力,不断把我往下吸。我扑腾了半天,等脚踩到下面的硬底时,只剩下胸口以上的部分还露在外面。再一摸身后,就发现背后的东西没了。

几乎是同时，那种嘈杂的集市声在我身边消失了，那声音从我身边一下回到了遥远的墓道深处，又变得深远而空灵。

我松了口气，不知道怎么回事，好像刚才我背上的东西捂着我的耳朵，就可以把墓道深处的声音直接传到我的耳朵里。从刚才摸的手感来看，那东西应该就是我先前路过的雷公像，是不是我经过它之后，它就爬到我背上来了？

我大叫胖子，还是没有任何回应，但是我的叫声有回音——这个地方很大，不是之前的小墓道。雷公像肯定和我一起掉下来了，但是如今在哪里？我深吸了一口气，逼迫自己冷静，从淤泥中掏出了冷焰火打亮——我没法再听胖子的了。

橘红色的强光瞬间照亮了这个墓道，我发现这已经不能算墓道了，这是个巨大的空间，大概可以并排开八辆解放牌卡车。这应该是一条主神道，用来运输石料和进主棺的。整条神道已经被淤泥掩埋，就像滩涂一样，神道中的东西，也全部被淤泥覆盖，只有一排排人俑的上半身露在淤泥之外。

普通的古墓绝对不会有这个结构，看来这里绝对是南海王墓了。

这些整排兵马俑一样的人俑，数量惊人，非常壮观，我有点儿惊讶，南海王墓可能是大墓，我是想到过的，因为这种偏远地区的统治者，做事情会更加偏激一些，但大成这样的规模，我是没有想到的，这肯定已经逾越了他的等级，代表了他在后世的野心。

我用手电找了一圈。胖子不知道在哪里，我看了看头顶的大洞，心说是不是他没有掉下来。

我无法移动，连抬脚都困难，只能看看周围有没有东西可以借力。边上有一个人俑的头，我努力伸手过去，抓住那个头，借力把自己从淤泥里拉了出来，趴在淤泥上，结果慢慢又沉了下去。在完全被淹没之前，我及时用双脚夹住那人俑的身体。一番折腾后，我坐到了人俑的肩膀上。

四周的淤泥里并没有和我一起掉下来的雷公像的踪迹，是不是沉到淤泥里去了？我有些胆寒，同时也发现，这是个陪葬坑，不是神道，因为里面的人俑太多、太密集了，神道里放那么多东西根本无法起到交通的用途。

目力所及，密密麻麻的都是被淤泥淹没的人俑。我调整手电的射光距离，发现人俑的数量实在太惊人了，而且所有的人俑都是七只耳朵的造型。

正想着胖子为什么不让我照明，我就发现陪葬坑的墙壁上画满了眼睛图形的壁画，此刻那些眼睛全都盯着我看。

第41章·眼睛

# 第42章 尸变

壁画的风格和杨大广祖坟里的壁画完全一样，因为年代更为久远，所以氧化得非常厉害，只能看到一些红色，其他都已经变成灰色。杨大广的祖先也来过这里吧，在这里开始了他们的听雷修仙之旅，我心说。

陪葬坑中的泥浆也不知道在这里沉淀了多久，表面都结了一层壳。古墓按道理来说应该是密封的，这些泥浆漏进来，不知道是不是杨大广的祖先进来的时候，破坏了密封结构导致的。但如果不是这层泥浆的壳，把水蒸气封死在壳外面，壁画的氧化会更加严重。即便如此，壁画上眼睛的瞳仁部分已经全部褪色，满墙的眼睛都是灰色的，看上去如同死人的一样。

以前的经验让我警觉，陪葬坑其实是宣告自己财产的方式，所以陪葬坑的壁画，肯定和这一主题相关，基本上都是歌颂墓主的财富之多之广，画眼睛则毫无道理。胖子刚才说墙壁上的东西会看着我，我把冷焰火划过墙壁，除了这些眼睛，我没有看到其他看着我的玩意儿，心中不由得纳闷儿。

被满墙的眼睛盯着，感觉还是相当不舒服的。

我不敢下到泥浆里，也不知道刚才的雷公像是什么东西，它如果在下面等着我，我下去是羊入虎口。

　　此时，我忽然想到一件事，深吸了口气，掏出手机——之前我们有过约定，如果遇到困境，有一个备用方案，就是可以利用手机的蓝牙查看对方的位置。我打开手机蓝牙，搜索了一下，发现了闷油瓶的手机蓝牙名字，但是没有看到胖子的。我松了口气，闷油瓶离我不远。我立即举起手机，打开前置摄像头，连带着整个陪葬坑拍了一张照片，发了过去。

　　几分钟之后，一张照片传了过来，我看到他和刘丧在一处墓道里，刘丧在他身后比了一个"耶"的手势，照片里的光线来自手机的闪光灯，曝光得不平均，说明他们没有开其他的照明。

　　在他们的照片里，我发现他们周围墓道的壁画上面也全是眼睛，但那些眼睛是闭上的。

　　我又看了看四周的壁画，忽然发现不对，为什么这边壁画上的眼睛都是睁开的？不仅睁开，而且竟然都变成了血红色。

　　整个陪葬坑的壁画都鲜艳起来，眼睛变成了红色，其他地方的色彩不知道何时也变得无比绚烂。如果不是上面有剥落的痕迹，我会以为壁画是在几十年内画上去的。我默默地举起手机，拍了照片发给闷油瓶。不一会儿，有信息发了过来，是一个文本文件，里面有打好的字，一看就是刘丧输入的："待着别动，快把冷焰火灭了！"

　　我环顾四周看壁画，哪里敢立即熄灭冷焰火？左边的壁画离我最近，我探身把冷焰火举过去，火光一靠近这些壁画，我就看到壁画上的眼睛由红开始变黑，竟然开始狰狞起来。

　　我立即把冷焰火插入淤泥灭掉，四周一下暗了下来。同时我把手机的光调到最暗，想问他们："壁画里是什么？"

　　忽然一滴东西滴在我的手机屏上。我闻了闻，一股连我都能闻到的恶臭袭来，犹如死掉的海鲜，我再抬头，就看到左边壁画的眼睛已经鼓了出来，墙壁表面开裂，正往外渗出恶臭的液体。

　　在手机的光照下，壁画开裂的缝隙后面，有一个东西正在窥探我。那是一只血红的眼睛，长在一张惨白的脸上，躲在眼睛壁画裂开的缝隙里。

我遇到过这样的情况，当时也是在岩壁中看到了眼睛，那是一条蛇的眼睛，但这显然是人的眼睛。那只眼睛非常怨毒，在微弱的手机屏幕光下，眼珠血红浑浊，似乎得了什么严重的眼科疾病。而那种液体，是从缝隙中流出的，似乎壁画后面被这种液体浸没了。

我和这只眼睛对视着，心脏狂跳，心说：这是什么？难道每一只壁画的眼睛背后，都有一具"粽子"吗？这墙壁里镶嵌的肯定不是活人，而且看眼睛四周的脸的皮肤，都呈典型的水银灰色，这些尸体有可能是泡在水银里防腐的古尸，估计是陪葬的奴隶。可为什么要将陪葬的奴隶镶嵌在墙壁里？

我只思考了两三秒，就看到四周壁画上的眼睛都开始开裂，从每条裂缝里，都探出了血红的眼睛，这局面就不对了，如果是这样，那壁画后面就挤满了古尸啊。看壁画开裂的速度，这后面的东西是在往外挤。

忽然，一大块壁画掉了下来，在四五条裂缝连起来成为大裂缝之后，壁画整块裂开了。我一下就看到了壁画后面的情景，只见壁画后面的墙壁上全是洞，每一个洞里都种着一具古尸，脸镶嵌在墙壁上，身体插在墙壁里面，一个洞就是一个穴。古尸很明显是尸变了，脸上长满了灰白的水银癣斑，其他地方长满了黑色的短毛。但唯独眼睛是睁开的，眼睛那么浑浊，应该也是水银癣导致的。

它们是被黄泥封死在壁画后面的，随着壁画的脱落，越来越多的洞露了出来——这就是胖子说壁画里有东西看着我的原因。他被冲进古墓的时候，可能撞掉了壁画，直接看到了壁画后面的古尸。他用手电看的时候，发现了尸变的迹象。

我现在明白了，而且我绝对要行动了，只要有一个从墙壁里爬出来——淤泥里有个奇怪的雷公像，外面有个"粽子"，我还活不活了？于是我小心翼翼地站起来，一下跳到另一只陪葬俑身上，连续跳了十几个，跳到了陪葬坑的另一边，重新打起冷焰火去观察。

没有出口，我又跳了其他几个方向，一一观察之后，我绝望地意识到，如果有出口，可能也在淤泥下面。

再一回头，我就看到从墙壁的眼睛壁画中，已经犹如黑头一样，挤出了几具古尸，竟然都是女尸，所有的尸体连头发都保存得很好，看不清脸面，但能感觉到，她们的脸都转而看着我。冷焰火的光线飘忽不定，她们的影子也飘忽不定，在墙壁上犹如蛇一样。

我重新冲回掉下来的地方，一边看上面的破口，一边大叫胖子。胖子还是没有回音，我咬住冷焰火，用力往上跳，但根本够不着顶部，一下又摔进泥浆里。

我从泥浆里爬出来，重新爬回到陪葬俑肩膀上，再去看墙壁，就发现好多古尸已经从墙壁里爬了出来，墙壁上只剩下一个个脸盆大的洞。

我再往淤泥里看，不知道什么时候，一团一团的头发出现在我脚下的淤泥里，全都仰着头从泥浆中看着我，泥浆中留下了一条条长长的轨迹。

完了，我此时反而冷静下来，伸手摸了摸身上还有什么，要准备做最后一搏了。什么不靠谱的招式，都得用上了。

## 第43章 废弃的墓道

我倒霉是因为雷管，走运也是因为这个，我摸到雷管的时候，心中不由得暗骂。我拔出身上的雷管——毫不犹豫打着了，然后算着距离就丢了出去。

丢完，我咬着冷焰火，整个人往远处跳进淤泥里，用尽全身的力气蜷缩起来，心中默数1、2，还没到3，雷管就炸了。我在淤泥里就像被打了一记重拳，差点儿昏过去，左边的身体完全承受了冲击波，刚爬出泥巴我就吐了。冷焰火从泥巴里被炸出来，那玩意儿被冲击波轰出去三四米，仍旧燃烧着，但我已经够不到了。

借着火光，我看到陪葬坑顶部再次被炸塌，无数的碎石掉下来，我抱着头，看到我丢雷管的地方被炸出一个大坑，泥浆漫天都是，全都糊在了壁画的眼睛上。一片狼藉，已经看不到古尸了，那么近的距离肯定也炸碎了。

我看着四周已经大量开裂的壁画和更多的黑头，再次丢出三根雷管，然后再次缩入淤泥里。1、2，又炸。这一次动静大了很多，地动山摇，因为之前已经把淤泥炸开一个豁口，还没等淤泥再次完全覆盖，第二、三、四，三连炸，淤泥被炸得滚烫，第三响我直接被冲击波从淤泥里炸了出来，翻了一个跟斗后又被拍在淤泥里。接着铺天盖地的淤泥落下来，身上的内裤都不见了。

天花板完全崩塌，陪葬坑的底部也塌了，所有的淤泥开始往一个方向涌。

我内心只有一句脏话，我让胖子把雷管引线加到三秒，丫只加到两秒，肯定是喝了酒加的。要不是我惜命，都是第一时间把雷管丢出去，老子肯定被自己的雷管炸秃瓢了。我挣扎着想爬起来，身体却继续往下陷，身上的淤泥都在冒水蒸气。我心里冷笑，没想到吧，好朋友们，就算你们都是旱魃，四根雷管下去也该怀疑人生了。

淤泥开始带着我往下溜，那股力量之巨大，不是人可以抗拒的。之前在淤泥中的陪葬俑，全都被炸得七零八落，也顺着淤泥往下流去。下面应该是干的吧，只要没有淤泥，我就立即跑路。

冷焰火先被淤泥冲了下去，我在那个瞬间差点儿就抓住它，它落下去之后，我已经到了破口边上，往下一看，就看到无数的古尸站在下一层，全都抬着头，看着我。

下一层和这一层之间起码有三层楼高，我条件反射地去抓边上的东西，不能摔下去，下去就死定了。但是抓了两下，什么都没有抓住，接着我整个人一下腾空，落了下去。

完了，我的好运用完了。我心说。

就在这个瞬间，天花板上倒挂下来一个东西，一下抓住了我的装备带。我刚想挣扎，就听到熟悉的声音："别动！"

接着就听天花板上面，胖子一声："起！"

我整个人被拔出了淤泥，一下从天花板的豁口处被拉到了上一层，然后甩到地上。

一道手机屏幕的暗光照向我，我就看到闷油瓶翻到一边，半蹲在地上看着我，身上绑着绳子，文身出来了一半，看来刚才用了很大力气。胖子也在一边喘气，手里提着绳子的另一头，举着手机找我："你瞎炸什么啊？"

我抹了一把脸："向你学习。"一下就松倒在地上。

胖子递给我一条毛巾，是他绑在手上擦汗的，那个味啊……我勉强围上，发现身上好几处都烫伤了，有一块真的还就是在胯下，我叹了口气，然后就问胖子和闷油瓶是怎么会合的。

胖子不回答我，还是问："你炸什么？这下面有什么值得你炸的？"

"你没看到吗？"我说，让胖子去看下一层的壁画，"那墙壁里的古尸，都出来了。我要是不动点儿大的，我怎么脱身？还不是因为找你？否则我早跑了！你去哪儿了？"

"哪有古尸？"胖子问，他又打开手电，按着我的头，探下去照了一圈。

所有的壁画，全都完整无缺。

我愣了一下，仔细去看，还没定神，就被胖子拽上来了。

"你是不是打开照明看壁画了？"

"是啊！我背上背了个东西掉下来，那东西不见了，我不用冷焰火看看在哪儿，我怎么打？哎，对了，你背上那个呢？"

胖子翻了个白眼："让你别开照明，这壁画会让人产生幻觉。我刚才被炸出去十几米，我背上的那东西就和我摔一块，我爬起来之后，发现我摔的地方有好几个雷公像呢，赶紧就躲起来不敢发声，等了一会儿，小哥就追着声音来了，把我拽了出来。我俩回头找你，结果你炸下面去了。"

我看了一眼闷油瓶，对胖子道："你五十步笑百步，你也是被救的一分子。"

胖子道："哎，胖爷我不承认啊，胖爷只是等来了救援，没有自乱方寸，不像你。"

我想了想，觉得实在是生气，刚才的一切那么真实，就想再看一眼求证，但被闷油瓶按住了，他对我摇了摇头。

我就问闷油瓶："这里到底是怎么回事？你们有没有什么眉目？"

闷油瓶摇头："还需要一点儿时间。"

我往地下的陪葬坑看了看，淤泥正在涌入下一层，露出了这个坑的全貌，但是冷焰火很快也被冲了下去，在那几分钟的光线下，我看到淤泥下面都是白骨，但不是人的，似乎都是马和车的残骸，这是个车马坑。淤泥退去后，下面的战车全都露了出来，难怪刚才踩着感觉高低落差那么大。

这些腐朽的汉代战车残骸在淤泥的保护下，很多甚至还有漆色，但轮轴都腐朽坍塌了。整个陪葬坑全是战车和马骨，十分壮观。在这些战车中间，摆着的都是七耳陪葬俑，犹如闽越森林里面的邪神一样，此刻也全都被淤泥带倒了。

刚才爆炸的时候，我看到这里的墙壁上全是陶瓷小人，用手机一照，果然如此，虽然刚才的爆炸把墙壁都炸烂了，大部分小人都碎了，但偶有完好的，还嵌在墙壁里。所有的小人都是立体地镶嵌在墙壁上。这是一个立体盆景，除了小人，还有陶瓷的亭子、松树，其中还有用珊瑚做的各种飞鸟。然而大型的建筑，比如说龙楼、大殿和高塔，则都是画上去的。在这个立体盆景中，还用了非常多的贝壳。

"这是那些声音的来源吗？"我侧耳听了一下，并没有听到任何海市的声音。

胖子摇头："但这些小人都是中空的，这些墙壁，也都是中空的，里面有无数的通道，都有手腕粗细，不知道通向哪里，之前那奇怪的声音，应该是从这些通道传到这里的。"

"也就是说，这个古墓里有一个集市，集市的声音，通过这些管道，可以传到古墓的任何地方？"我忽然想到了之前那个雷公像，那东西捂着我的耳朵，我立即就会觉得，集市的声音就在我耳边。到底哪个才是海市噪声的真正来源？

胖子摇头："真不知道。不过有一点可以肯定，天真，这个墓穴里，除了排水系统，还有一个传音系统，不知道是做什么用的。这些陶瓷小人，都张着嘴巴，喉咙是个洞，连通着墙壁里的传音通道，所以，这个浮雕盆景，有点儿像一个喇叭，是用来释放声音的。"

所以刚才我们在上面炸雷管听雷，刘丧听到下面有说话的声音，其实是这些复杂系统对雷管声音的回音吗？某个地方发出一个声音，声音会在整个古墓游走，并且在这些浮雕盆景所在的区域释放出来，形成像集市一样的嘈杂声。

"也许还可以做对讲机。"胖子对着墙壁上的孔洞叫了一声，"这个罗刹海市，能不能派个摆渡车过来？我们不认识路！"

孔洞里并没有反应。

我看着闷油瓶，说出了我的推测："难道和雷声有关？"

"那得打雷之后才知道。"胖子道。

我叹气，他说得没错，我们对这里一无所知，这是我们第一次真正意义上在没有任何资料的情况下，就进入到一座古墓里。我们非常被动，而且处于绝对的劣势。

"不至于什么都不知道吧？"胖子拍了拍闷油瓶。

闷油瓶道："这些墓道都是相通的，我们现在已经看到四层结构了，按我的经验，你刚才炸了之后，淤泥应该往下流到墓室最下面的一层排水层，你炸的地方是陪葬坑，我们现在所处的这一层应该会有主墓道。"

胖子蘸了我身上的泥在地上画了一下，这个墓和平原上的汉墓不同，它比较立体，主墓道在陪葬坑上方，可能通过石阶和陪葬坑相连。

"还有一层呢？"

我看了看头顶，头顶还有一条墓道，就是我掉下来的地方，的确是有四层。但这条墓道是怎么回事？总觉得太多了。

"你说你之前被冲进去的那条墓道？"胖子也发现了我的疑惑，他在图上重点画了一下，"我正要和你说呢。这一条墓道是多余的，和我们所在的墓道垂直平行，在整个王墓的最上方。"

"那一条是废弃的。"闷油瓶看着我，"可能是挖到了什么东西，不敢继续，所以重新调整了墓道的位置，所以这个墓本质上是三层。"下水层，陪葬坑所在的层，然后我们所在的层，而最上面一层是废弃的，不算。

我惊讶道："为何说是废弃的？"

闷油瓶没有回答，只是做了一个去那边休整的动作。

我这才意识到他其实早就回答了我的疑问：可能是挖到了什么东西。忽然觉得自己刚才的问题有点儿蠢，不过我之所以这么问，可能因为我刚才路过的时候，没来得及细看，并没有觉得那墓道有什么废弃感。

胖子拍了拍自己的肩膀，闷油瓶用手一撑整个人翻了上去，然后丢绳子下来，我和胖子拉着绳子陆续上去。

这一次我就发现，这条墓道中的壁画都没有完工，很多地方的线条和色块都是短缺的，甚至很多墓道壁都不平。壁画也都是画的眼睛，能看到很多眼睛的轮廓，如果不对比，就会以为这里的壁画本来就是这样设计的，但看过下面的眼睛，就知道这里的并没有画完。这条墓道果然是废弃的。

胖子凑近壁画，用刀刮了刮，放在鼻子下面闻了闻，说道："这里的壁画都没有完成，应该是安全的。"说着就让我们让开，打起了荧光棒。黄色的荧光亮起，比昏暗的手机光明亮很多，你无法了解这种从极度压抑的微光环境中一下豁然开朗的感觉。其实荧光棒远没有冷焰火那么好的照明效果，但我还是觉得整个空间瞬间变得温暖和开阔。

一股污浊的气体，就被这暖光从我体内逼了出来，我顿时觉得自己放松下来，差点儿站立不住。

我们看了一段时间的壁画，上面的眼睛没有发生任何变化，墓道确实还在基础修建阶段。那种感光颜料还没有涂上去，我们是安全的。

我们松了一口气，陆续都打亮荧光棒，四周全都亮了起来，压力一下极度减轻。

这个时候我忽然想起来，刘丧不见了，刚才刘丧不是还和闷油瓶合影吗？他们是在一块儿的，如今怎么只有闷油瓶出现了？我问闷油瓶刘丧的下落，他说刚才来救我们的时候，让刘丧原地等待，那边暂时安全。我低头看了看手机上的蓝牙，在这个距离已经搜索不到刘丧的蓝牙信号了，我们和他的距离应该不近。

我再看自己，满身的污泥，连头发和嘴唇上都是泥巴，几乎全裸，除了装备带和裆部的毛巾，我简直就是一个原始人。闷油瓶好一点儿，但也裸着上身，下半身紧身到膝的运动裤还在，腰间的装备袋也最完整，也是一身泥，在四周的暖光下，像是在拍时尚创意大片的模特。胖子彻底全裸，具体我就不形容了，他斜背着装备带，上面的装备早就掉得七七八八了，也不知道什么时候脱光的。他毫不在意，挠了挠裆部，浑身可以抖动的东西都跟着在抖。

"早知道这里安全，早该上来了，睡一觉也好。"胖子道。

我们都相视苦笑，就地休整。之后开始四处查看，看看有没有壁画之类的东西，能给出有关南海王墓的更多信息。墓道两边向黑暗中延伸，看上去非常悠长，我进来的入口是在左边，那右边不知道通往哪里。我们三个先往右走了一段时间，墓道里什么都没有，地上只有从墓道顶部掉落的一些碎石，很快前面就出现了一条垂直于这条墓道的横向墓道。

我们遇到了一个丁字路口。

这里又出现了左右的难题。我们先往右走，很快就来到了墓道右边的尽头，是一堆乱石，乱石中间有铁浆浇灌。这是当时修建的时候，就被人为堵死了，胖子踹了几脚，纹丝不动。我拿着手电仔细去照，还能看到乱石上面，有用颜料画的简笔画。

"这好像不是眼睛？"胖子道。

这些简单的画，画的不是眼睛，而是各种打鱼、农耕，还有和孩子们玩耍的场景。画得很潦草，和墙壁上的壁画的工整谨慎不同，这些图案非常随意，但是充满了生动的艺术性。

"这是当时的工匠们，知道这条墓道被废弃了，然后在休息的时候，随意画的他们生活的场景。"我说道。当时修筑王墓的工匠，多数有着徭役或者是囚犯，在暗无天日的岩山地下空间里，只能靠休息时候画这样的图画，来怀念自己田园牧歌般的生活吧。

人的柔软，就算在阴森的古墓之中，也不会被完全侵蚀，只是不知道画这画的人，后来怎么样了。

胖子拍了几张照片，说是以后可以泡妞用，然后我们就往另外一边的墓道走去。

另一边的情况十分不同，首先我们走了起码有半个小时，都没有到头，这差不多就有一公里的长度，到了后面，就连未完成的壁画都没有了，只能看到零星的用石灰打的草稿，也看不出到底是什么，而且气温越来越低。

最大的不同，是我们在环境中讲话的声音变了。之前我们讲话的时候，在

第43章·废弃的墓道

墓道中会有轻微的回音，这些回音让我们有一种眩晕的感觉，而且比较浑浊，不是那么清楚，但是越往里走，我们的声音越清楚，而且能明显感觉到，有点儿过于清楚。胖子说墓道四周的岩层里可能有很多空洞，形成了一种吸音的效果，让我们讲话时所有的回声都消失了。他以前去过录音棚，录音棚里的感觉和这里很相似。我也听不懂，就问他去录音棚干什么，胖子说他以前组过乐队。我心中奇怪，胖子和我们相处那么多年了，他以前的大部分时候不是都和我们在一起吗，他妈的哪里还有时间组乐队？胖子就笑而不答。

虽然只有一些草稿，但还是有叙事作用的，一幅幅看下去，我逐渐发现，这里本来要描绘的故事，可能就是之前我们在上面听到的哑巴皇帝和嫂子的故事。

当然，我还发现了一些细节的不同，因为这些石灰草稿，并不是在讲述哑巴皇帝和嫂子之间发生的故事，而是他和他女儿的故事。

其实非常简单，这个故事里的女子明显是未婚，而且年纪不大，壁画的内容，也多数是关于生活的，而不是爱情，这必然是父女——壁画是非常精确的，不会乱画。

"所以说，是哑巴皇帝和哑巴公主的故事，不是哑巴皇帝和哑巴嫂子的故事。"胖子啧啧称奇，"看来这个公主对南海王来说非常重要，你看每个故事里都有她。"

草稿里还有很多其他的故事，似乎本来打算做一个南海王高贵品质的壁画展现，每一个故事都讲述了南海王做过的伟大而高贵的事情，但最后都没有完成。

我们一边看一边往里走，接下来又出现了一个乱石场，里面有很多鱼形状的石头雕塑，但大部分都是雕刻失败的产物，被丢在了这里。我发现很多雕塑非常粗糙，可能这里还有培训的功能。

后面的墓道壁上雕刻着各种各样的鱼的图形，胖子和闷油瓶表示他们在更深的地方也看到过鱼的浮雕，我在那些被炸的小人那儿也看到过有小人骑着鱼的陶瓷像。这个古国的渔业属性还是非常清晰的。

走过这一段，我们终于到头了，尽头出现了一块颜色不同的巨大石头。这块石头完全是白色的，上面有很多刀砍斧劈的痕迹，看样子这块石头的质地非常坚硬，他们挖到这里就挖不动了。

"这东西该不会是风水里说的龙骨吧。"胖子用手电照着这石头，"这真是倒了血霉啊。"龙骨就是龙脉中特别硬的石脉，如同龙的骨头一样，当时的工具根本无法进行有效挖掘。

如果只是地质障碍，那么这条废弃的墓道根本不重要。我们蹲下来休息，开始商量下一步怎么走。

胖子把所有的路线全都画了出来，标明我们已经探明的部分，做了一个平面图，胖子就说道："现在如果我们朝外走，外面全都是泥浆，二叔不知道心态好不好，不好的话家里已经在吃席了，只能从其他方向另找出路。别忘了，我们是为了找你三叔才下来的，你三叔当年大概率来过这里。虽然我们还没有发现任何痕迹，但如果要在这里找你三叔的线索，你会去哪里？"

"主墓室。"我说道，"且不管三叔，杨家人肯定到过这里，他们偷了一具棺材出来，所以这里肯定有其他出入口，而且线索肯定在主墓室。"

胖子对闷油瓶说："小哥，你可得为我做证，是天真要去主墓室的，不是我提议的。"

我就对胖子说道："但南海王的棺材已经在杨大广家的祖坟了，这主墓室里肯定空空如也，什么都没有，所以你也别太得意。"

胖子没想到这一茬，一下就郁闷了，他又想了想，脸色更加难看："难道连壁画也是那杨大广祖坟里的壁画，他们已经搬空了？"

"十有八九。"我对胖子说道。

我们又讨论了一番主墓室的精确位置。从我们的经验来看，被淤泥淹没的陪葬坑是通往主墓室的，皇陵不太会搞幺蛾子，主墓室并不难找。但我们无法通过那个满是淤泥的陪葬坑，因为淤泥里可能有东西。

不过我们可以从下面一层往主墓室的方向前进，那一层的墓道和下面的陪葬坑是平行的，到时候找个裂缝下去就行。所谓找个，在我这里是真的"找"

第43章·废弃的墓道

213

个，在胖子这里可能是炸一个，所以大家都认可了这个方案。

于是我们顺着原路回到下面一层，开始往深处走。这里也有很多的淤泥，但都已经干透了。尽头出现了一块照壁，到头了。这一层看来也不简单，因为照壁上有一个奇怪的浮雕雕像，像邪神一样，骑在一条巨大的鱼身上。

邪神像是多手造型。在道教传说中有很多多臂的神明，有理论说这种多手崇拜和原始宗教苯教往中原的传播是有关系的。在新石器时代后期，有过一次本土原始宗教的大传播和融合，当时各地都出现了大的灾难和动荡，各部落大量迁移，宗教形成大融合。这也是造就了苯教和道教繁复的神仙体系的原因。这座墓建于汉代，如果苯教当时已经进入东南沿海的蛮荒之地，那这个邪神像的出现也说得通，这也许是某种已经消亡的苯教原始神唯一残留的形象。

我看着那雕像，觉得非常熟悉，似曾相识，我在藏地庙的极海里也看到过。

## 第44章 父女

但我能肯定的是，在藏地庙极海中看到的邪神是能动的。虽然我并没有完全看清那到底是什么，但目前我依然觉得，那是鱼身上的某种装饰。

这块照壁上的邪神，和整个墓穴里的雷神崇拜格格不入。虽然南海古国是一个地方政权，但其文化体系也应该是相对统一的。

"你怎么看？"胖子看我没有回答，就问我道。

我对他道："也不是完全没有关系，至少这东西骑了一条鱼。"鱼的造型一路过来还是看到了很多的。

当然还有另外一个可能性，我们从进来到现在已经深入了不少，到了这个位置，应该十分靠近墓室的核心位置了，在这个地方，应该出现墓主人的形象了。

这会不会是墓主人的样子？

我凑近去看那邪神像的耳朵，并不是七只耳朵的造型。而且这个王墓中的墓主我们已经见过了，也不是这个样子。这个时候胖子就"啧"了一声，上去摸雕像的胸部，我看向他，他郑重道："天真，这邪神是个女的。"

"何以见得？"我问道。

胖子就开始掰邪神身上干掉的淤泥，很快，一尊身材曲线明显是女性的浮雕就完全露了出来，确实是个女的。我看着胖子心说：这也算是超能力了。淤泥退掉之后，浮雕背后的图案也显露出来。我愣了一下，发现那些图案似乎不是普通的花纹，甚至比邪神更加复杂。我们都上去帮忙，把整个浮雕弄了出来。

在邪神像的后面，有一个更大的雷神浮雕，这是一个双层镶嵌的浮雕。后面的那个雷神完全被淤泥覆盖了，雷神特别大，一块照壁根本雕刻不下，因此只有半身，另外半身没入了墓道下面。从构图看，它明显和这个女性邪神是一对，女性邪神是在雷神的手心里。

"这是一对璧人。"胖子喃喃道。

我摇头："不是，这是一对父女。"

这就是南海王和他传说中的那个女儿。如果是夫妻，不会是这样的构图。

我和胖子都皱起了眉头，说实话，在我们经历过的所有事件和资料中，父女合葬这种情况极少出现。印象中只有晋朝的王彬父女两人，因为同时痴迷于吃丹药，先后差了二十年中毒死亡，女儿追随父亲葬在了父亲的墓里，陪葬的一批长生不老丹全都是五石散成分。难道南海王父女也是这个套路？

有故事啊，爸爸的小棉袄。胖子退后了几步："奇怪奇怪，太奇怪。"

我看着胖子，胖子也看着我："这个墓太邪门了。"

哪里就够得上这个"太"字？我心说。胖子继续道："妈妈呢？只有爸爸和女儿，如果妈妈没有合葬进来，那浮雕上也没有妈妈的形象吗？妈妈怎么了？不值得吗？"

我们爬上爬下，开始清理这个墓室中的淤泥。我内心也开始清明起来，这里的淤泥之所以挂得那么奇怪，犹如墓室腐烂一般，是因为淤泥之下应该全是浮雕。果然，我们又在左墙和右墙清理出来两大块浮雕。

胖子用手电扫过，说道："各位，这也太扯了吧。这南海王是个扯淡鬼吧。"

此时我们的身体已经从刚才剧烈运动的状态中凉下来，这墓室里面本来就冷，汗一往里收，就觉得湿气侵入心脾，刺骨地冷。

浮雕上面的泥土整块被剥落下来，散发出一股阴沟的臭味，这种臭味必然是油脂腐烂才会产生的。胖子说这里的淤泥，是在殉葬的时候倒入了无数的臭鱼烂虾陪葬形成的，后来因为地震才灌进这里来。

淤泥下的浮雕墙壁，还是非常壮观的。浮雕在手电光下呈现出一种特有的阴影斑驳之感，让浮雕上的人面都深邃阴森，虽然所有的浮雕都相当粗糙，但整体线条繁复，内容非常多，南海王应该把自己的生平，都刻在这里的墙上了。

我们忍着鱼腥味慢慢揣摩，胖子很是兴奋，一直发出奇怪的声音，还不停地发出咒骂。我本来是想从头开始看细节的，但听到胖子的动静，忍不住也去看他钻研的那部分。这一看不得了，这还不是普通的叙事浮雕，这上面的内容，竟然是南海王的一段神话一样的奇遇故事。

胖子大概看懂了，但看壁画和浮雕是我的强项，他就一直看向我，让我详细讲讲。我振奋了一下精神，以往我都会敷衍他，但这浮雕上的内容，还真的值得好好讲讲。

浮雕的前半部分是在说，南海王当年还不是皇帝的时候，整个部落臣服于中原。他当时只是一个普通人的身份，这里难以辨别他是什么身份，因为浮雕上的造型，既可能是渔民，也可能是士兵。这南蛮子就是老实，什么都敢往上刻，如果是中原人刻自己出身，最起码是翰林子弟、没落贵族，肯定要给自己安个什么后裔。

当时的生存环境条件严苛，在他生活的地方，一到雷雨季节，海里就没有海产了，他只能进山打猎。结果有一次不慎跌入了一个很深的山涧，山涧的底部有一个水潭，他摔进水潭后没有死，就发现那里的山壁上有一个洞。更神奇的是，他还看到有很多的动物，路过那个洞的时候，都会忽然被洞吸引，自己爬进洞里。那个洞大概有酒桶那么大，进入洞里的动物，他再也没有看到它们出来过。

南海王就觉得这是一个神洞，因为他还看到了很多古人——一种生活在闽南丛林里的土人留下的壁画，似乎都是在祭拜这个洞。他当时非常饥饿，看到一头鹿爬进了洞里，就想抓来吃。结果鹿逃入了洞深处，南海王在饥饿的驱使下，也跟着爬进了洞里，看到洞里有更多的土人的壁画。

那头鹿跑进了洞的极深处，南海王没能抓住，最后的力气也耗尽了，他无法离开这个洞，就瘫倒在洞里，准备等死。他看着四周的壁画，上面画着古人把人当作祭品，赶入神洞之内，然后部落的首领在外面许愿。

此时外面开始打雷，整个山体都在震撼，他觉得天旋地转，死期已经到了，既然如此，那就当一次祭品吧。于是他开始许愿，许愿自己来生有子女，生活富足，成为一国之君。

之后，他就晕了过去。等他醒过来的时候，发现洞里开始淹水。原来是外面下雨，雨水从岩石缝隙中汇聚到洞里，之前的那头鹿被淹死冲了出来，堵在了他的面前。

于是他割开鹿的喉咙喝了鹿血，然后拖着死鹿走出了这个洞。之后他便一边吃这头鹿尸，一边休养，没想到他吃了鹿肉之后，不但身体恢复了，还变得非常强壮。最终，他爬出了山洞回到人间。

整个故事到了这里还十分正常，但再往后，就出现了让人难以理解的一幕。

在南海王回到地面之后的某一天，他发现自己的肚子里有东西，剖开之后，从里面出来了一个女性怪物。

"我去！"我转头看了看那个邪神的浮雕，"这浮雕的意思是，这女妖怪，没有妈妈，是南海王自己生的。"

# 第45章 突变

胖子张大嘴巴："这和这大浮雕就对上了！这啥意思啊？许愿不够精确是吧？"

还真是许愿不够精确，这南海王许愿有子女，肯定是希望自己权倾朝野，三妻四妾，让她们来生，没想到是他自己生了。

这神洞是不是做阅读理解有问题？

我皱眉，不过这浮雕里有两层很清晰的意思：一是南海王的权力来自一个神洞，这个很像部落王权的特征，权力同样来自神，但这个神有特别的原始特征；二是这个神洞不仅仅是一个象征的力量，最后似乎还托身于南海王的身体，真实地降临了。

南海王既为神的拥趸，又为神的父亲，看样子南海国是一个神权和政权一体的古国。

这个故事还没有完，我敏锐地感觉到这个故事背后的一种可能性——雷声，南海王是在打雷的时候许愿的，而这个王墓明显是雷声崇拜。

神洞也许不是关键，洞里的雷声才是关键吧。

胖子已经先我一步去看对面的浮雕。我看了一眼闷油瓶,他似乎对浮雕的兴趣不大,而是在看那幅主浮雕,我觉得他似乎有什么我们不知道的发现,但胖子一直拽我,我只能先把另一边的浮雕看完。

另外一边的浮雕我就非常熟悉了,南海王得到了神洞的庇佑和自己女儿的威慑力之后,开启了星辰大海,很快统治了整个部落。南海国建立之后,和中原开始有频繁的冲突。然后就是建功立业。浮雕上还非常老实地讲明白了,战争进行到后期,南海国被迫往地下河迁徙的过程。南海古国是一个以渔业为主要产业的古国,在中原的强压下,一部分人离开了大陆,一部分人进入了地下河。他们在地下河里,建立了辽阔的疆域,依靠地下部分的支持,和中原继续对抗了很多年。

在这部分的浮雕里,只有一个地方引起了我的注意。

就是在南海王征战的整个过程中,他的耳朵越来越多,似乎每当他占领一个地方,就会用刀多刻一只耳朵出来。到了浮雕的最后,他终于变成了七只耳朵。原来在南海古国,耳朵的数量代表着军功。

"那他如果打输了,怎么不割一只呢?这不是赖皮吗?"胖子说道。

此时天上又开始打雷。雷声在地宫中分外清晰,而雷声过后,那犹如闹市一样的人言碎语又从墓道的各个缝隙中传递出来,那种声音的邪性非常惊人,我觉得刘丧那边已经快疯了。

慢慢地,这些声音犹如过山风一样缓缓低落下来,最终回归平静,就像墙壁里有一群小人如潮水一样爬过。我们都没有发出任何声音,一直等到墓道恢复正常才松了口气。

"会不会是电磁效应?"胖子轻声问,好像有人偷听一样。

电磁效应就是假设这里的山体中含有大量磁性矿石,当年那些修建这个王墓的工匠的声音被这些矿石记录下来,打雷时,空气中产生放电,这些声音就被播放出来了。

但这声音太清楚了,有点儿说不过去,而且用手摸着浮雕,能清晰地感觉到轻微震动,我觉得更大的可能性是墙壁里有东西,受到雷声的驱动后,会发出声音。

说实话，那声音的规模之大，让人感觉墙壁里全是人，一打雷就开始说话。

雷声平息下来，我满头冷汗，接着刚才的话道："这浮雕前面挺写实的，后面挺扯淡的，这不太正常，我估计要么就是从头到尾说的都是真的，要么就是从头到尾说的都是假的。"

"还是要尊重科学啊，这肯定整体扯淡。"胖子道，"不过浮雕上父女同出，说明这里葬了两个人啊！南海王可能已经被你三叔搞出去了，他女儿应该还在这个墓里，这里可能还有一具主棺没有被打开过。有的搞，天真。"

在这块浮雕上，其实他女儿才是主体。南海王的构图虽然大，但是隐在后面，所以他女儿的墓葬规格可能还要高于他。但从浮雕上看，他女儿完全不是一个人而是个妖怪，妖怪也要合葬进来吗？

这也是说，在这个墓里，他女儿才是这块区域的主角？

我照了照浮雕的边缘，这里没有再往前的路了，路应该是在这块浮雕后面，这浮雕石板是封门石。这里没有三叔经过的痕迹，感觉相对独立，难道真被胖子说中了，这儿不是通往南海王主墓室的，而是通往这个邪神女儿的墓室？否则为什么要在这里立这样一块刻着女性邪神像的浮雕石板封路？

胖子看了看我，他和我想的一样。这东西起码有几十吨，我和胖子上去推了一下，纹丝不动。我们上了撬棍等各种工具，一丝起色都没有。

此时又开始打雷，贴着墙缝听里面的古语说话声真的让人起鸡皮疙瘩，就像在我们耳朵边说一样。

"是不是南海王女儿的冤魂在说话？"胖子说道。

"说的什么？"

"外卖放门口就行了！"胖子道，"她以为我们是送外卖的。"

"这声音可不止一个女儿。"我看着四周的浮雕，那些窃窃私语到处都是。

等雷声过去，我们两个继续推石头，仍旧没有移动分毫。我的肩膀都瘀青了，整个人滑倒在浮雕面前，胖子也坐到地上，万分沮丧。我想想也好笑，这几十吨的东西，我们干什么呢？再有几十个我们又能如何呢？

第45章·突变

"里面有人的话，帮忙推一下。"胖子对着墙缝说了一句，我瞪了他一眼，心说哪壶不开提哪壶。就在这时，忽然，"咔"的一声，令人完全无法预料的事情发生了，浮雕真的往外推了一点儿，缝隙变大了。我吓得赶忙往后退，胖子则一下爬起来做出防御动作。

接着，一阵阴森的窃窃私语的声音，从缝隙中传出来，但这一次没有打雷，而那窃窃私语的声音也没有那么杂乱，能听得出那是一个女声，好像在墙后贴着缝隙不停地念什么东西。

我看着这浮雕封门石，看着上面的邪神浮雕，忽然觉得我们是不是打开了什么潘多拉的盒子。

原本在一边看我们演戏的闷油瓶转过头来，死死地盯着那条缝隙。

胖子拍了拍我，说道："别怕，才开了一条缝，只要不是一缕烟出来，咱们还有机会。"

那浮雕封门石本来紧紧封死了往后的道路，那缝隙连刀都插不进去，如今竟然被里面的力量推出来几分，缝隙有一指宽了。我算是工科生，知道那几分需要多大力量，这里面的女人如果出来，一巴掌能把我的头打飞。

这力量绝对不是人类能有的。

胖子用手电去照那条缝隙，我真的在那条很窄的缝隙中看到一个人影，非常瘦长，大概比我还要高了好几个头，就在缝隙后面看着我们。胖子的手电光划过去的瞬间，我看到她的皮肤是惨白色的。接着那浮雕又往外挪了一分，因为石头十分沉重，所以地面也随之发出了碎裂的声音，十分吓人。我浑身冷汗，因为此时那条缝隙已经变得两指多宽了，再有四下，人绝对可以出入了。

胖子一边做着防御的动作，一边用手电继续照那个缝隙，对我道："天真，勾引她，把路给我们开出来！"

只见有一个东西从缝隙中窥探出来，看不清楚是什么，但似乎真的要从缝隙里挤出来。这个场景实在太惊人了，我捂着胸口几乎要窒息，闷油瓶直接跃起，飞过去一脚踹在浮雕上。

那一脚力量极大，浮雕硬生生被踹了回去，缝隙瞬间变小。接着闷油瓶直接用肩膀顶住浮雕，我反应过来，立即和胖子上去帮忙，把浮雕死死顶住。

这时候我感觉到了从浮雕另一边传来一股力量，极其霸道。

"这是什么东西？"

"公主吧！"

"白雪公主吗？童话里都是骗人的！"

## 第46章 她出来了

那浮雕继续往外推,我们用尽全身的力气,让缝隙不再变大。因为我没有正对缝隙,所以不知道里面什么情况,但我知道她死死地贴着缝隙。闷油瓶忽然放开,浮雕一下就往外推出了一分,接着闷油瓶拽过放在墓室中间的青铜灯,他浑身的文身参起,把浮雕推回了原位,然后把青铜灯卡在浮雕前面,直接顶住浮雕。

三个人放开,我看到闷油瓶身上的文身出来了大半,胖子就笑:"天真,破纪录了,咱们下来最快速度遇到'粽子'。"

这肯定不是"粽子",那影子的姿态非常奇怪,但和浮雕上的邪神确实有几分相似。我惊魂未定,胖子还想再说话,被闷油瓶制止了,他让我们安静。

那浮雕封门石还在轻微地抖动。青铜灯也开始扭曲,被压合的缝隙又被硬生生推开了半指宽的缝隙。里面的力量太大了!

但青铜灯好歹是金属,扭曲到一定程度之后就硬直了,门这才完全卡死。我对他们打手势,让他们往墓道里退,咱们就别惹这姐们儿了,没想到胖子竟然小心翼翼地往前摸去。

"你干吗?"我轻声怒道。

胖子就看着那道缝隙,对我做了一个他自有主张的手势:"没事,她够呛能出来,咱们多少得看一眼那是什么东西。"他走到缝隙前,用手电往里照。我看了一眼闷油瓶,心说:你也不管管他。

胖子的胆子真是大,今天出门没看皇历,也不知道冲的什么运。他看了几眼,似乎看不清楚,就开始往缝隙上贴。墓室中本来就很黑,他的手电照出一块光斑,我们的手电照着他,看着就和伪纪录片恐怖电影一样。但胖子终究没有把眼睛贴到缝隙上去,他似乎是看到了什么,就不敢再靠近了。我被他的表情搞到心痒,也想过去,闷油瓶一把按住我。

我远远地看着胖子竟然鞠了个躬,慢慢地退了回来,也对我做了一个不要说话的动作。

我们三个人以极轻的动作退出了这个墓室,就好像从班级最后一排逃课一样,退回到墓道里十几米后,我们才坐下来。我这才发现自己的肩膀全乌青了,忙问胖子:"什么收获?为何鞠躬?你是不是投了皇军?"

胖子脸色苍白,说道:"胖爷我不是鞠躬,我是观察一下性别。"

我无比纳闷地看着他,心说:重要吗?胖子又说道:"不是要确定一下是不是公主吗?"

"那结果呢?"我问道。闷油瓶也转头看着他。

"不是公主。"胖子看了看我,做了一个手势,表示非常雄伟,"我觉得都可以当主公了,但这东西好像没有蛋。"我看他脸色苍白,知道他是在胡说,但这笑话也没那么好笑了,就问他到底看到什么了。

胖子说道:"我也没看清楚。这东西到底是不是人呢?就算是'粽子',也不是人变的'粽子'。但绝对不是公主,我觉得可能是公主的侍从什么的,不知道中了什么邪术,变成妖怪了。因为我看它脸上的五官,好像都是画上去的。"

画的?

我用手电照了照浮雕的方向,愣了一下,站了起来。

从那缝隙中竟然挤出几个细长的指甲，这东西很高，缝隙又太细了，它无法完全出来，就从缝隙的下沿硬生生挤出来一半，正在刮外面的青铜灯。

我和闷油瓶立即想冲过去，这时候忽然打了一个雷。

这是那种巨大的雷声，整个古墓都开始震动，潮水一样的窃窃私语声瞬间炸开，在我们四周不停地冲来冲去。

我们捂住耳朵，忍到声音退去，已经是三四分钟之后的事了。刚抬起头来，胖子就开始呕吐，我也觉得天旋地转，但还是逼迫自己用手电去照那浮雕。

青铜灯倒了，那条缝隙大概变成了半掌宽，接着，我又听到了之前在浮雕封门石后面听到的女声，但那声音已经不在浮雕后面了，而是出现在我们面前的那个石室里。

她已经出来了。

接着，我就看到一个白色的瘦长的人形东西，从我们面前的门洞一侧探出头来。因为石室比墓道要宽，所以从墓道进入石室的门洞往石室里看，是看不到石室内的两侧的。正好那东西就躲在门洞的左侧，探出半张脸来看我们，她头发非常多，脸几乎都被头发遮住了。

## 第47章 阴尸

那确实是一张人脸，但那绝对不是一个人，因为这东西的身体无比瘦长。

我们三个人都正手拿着手电，就像拿榔头一样，这是防御的本能反应。

胖子问我："硬拼还是走？"我看着张那脸，心说：这东西是新种类的禁婆吗？刚才在门后这东西的力气非常大，硬拼肯定不合适。

我看了一眼闷油瓶，他直接让我和胖子后退，整个人高度警惕。闷油瓶不上，我们就立即决定跑，但身后的通道很长，也没有什么岔路，我们往后其实约等于无路可逃，如果这东西追过来就完了。但身体是非常诚实的，这么想的时候，我已经开始缓缓地倒走后退。闷油瓶说道："看着她的眼睛，绝对不要转头。"

我盯着那东西的眼睛，浑身鸡皮疙瘩。说实话，这玩意儿太吓人了，让我想起来小时候特别恐怖的一件事情。

当时我去算命，那个算命的开天眼，说我卧室的椅子后面一直有一个耷拉着脑袋的东西，不知道是什么，让我一定要移走它。我房间里根本没有那种东西，我和我妈回去找了半天没有找到。那天晚上我躺在床上，看着我的椅子，

总觉得毛骨悚然，感觉椅子边上有一个我看不见的东西。后来才发现，那东西是我的天文望远镜，用布盖着放在阁楼上。我小时候喜欢去阁楼，那天眼以为那才是我的卧室。

算命有时候牵强附会，也不知道是不是我自己找的理由。

但现在这东西真的就像一个耷拉着脑袋的人，从拐角后面露出半张脸，在手电光下极度阴森。我们一直盯着它往后退，退出去二十多米后，那东西终于有点儿看不清楚了。闷油瓶说道："这是一具阴尸。回到我们炸开的地方，你们往上走，那里还有一条废弃的墓道。"

"阴尸是什么？"我问道，"那你呢？"

说话的时候，我的眼神稍微偏移了一下，看向闷油瓶这边。几乎是瞬间，我余光就看到那瘦长的东西忽然动了，以极快的速度从远处朝我们爬过来。

它爬得太快了，我立即回头看它的眼睛，发现它已经爬到我们十米外了，而且是笔直朝我冲过来的。在我把目光投向它的时候，闷油瓶直接抹了一下他伤口上的血，抬手挡在我面前。

它一下停住不动了。

这一下把我吓得一个激灵。十米外的黑暗中，它似乎还在歪头看着我们，但我的视线被闷油瓶挡住了，只有手电照在它身上，从闷油瓶的手指缝隙中，我看到一个模糊的极度诡异的爬行姿势，就像反关节一样。

胖子咽了口唾沫："123木头人吗？"

闷油瓶道："转身跑，不要回头，到破口的地方，你们两个立即爬上去。"

那势必我们两个就得转头，我道："那你呢？"

闷油瓶挥手让我们退，胖子就说："小哥，我们两个多少算战斗力吧？"

闷油瓶说道："你们撑不过三秒。走！"

他刚说完"走"，我们立即回头狂奔，那个瞬间，我余光看到阴尸几乎是瞬间冲到了我身后，被闷油瓶用手直接逼了回去。

我也顾不上那么多了，连滚带爬就往破口冲去。

## 第48章 洞葬

接下来发生的事情，速度非常快。

我和胖子刚爬上那个破口，还没看清楚四周的情况，一只细长的爪子就从破口伸了上来，想要抓住我的腿。我条件反射，一下缩了回去，那爪子抓了个空。接着那爪子就被一股巨大的力量一下拖了下去。

闷油瓶对我们道："别看！"

我们立即离开那个破口，保持足够的距离。我心说：这东西看样子是直接绕过闷油瓶冲我们来了。胖子举起手电筒，准备等有什么东西从下面上来的敲过去。只见下面手电光快速旋转，传来一连串破风的声音，接着咔吧一声，一切回归了安静。

我们面面相觑，等了十几秒，一颗头被丢了上来。胖子吓得直接一个挥手，把头打向我。我单手接住，同时看到闷油瓶的手从下面一下挂住洞口壁，然后单手撑上来。

我将人头丢到地上，翻过来看正面，那阴尸的头是直接被拧断的。这东西确实是一个人，男女已经分不清楚了，脸特别细长，上面竟然没有五官，我仔

细看了一下，它的脸上紧紧贴着一张东西，似乎是纸。

我刚要撕下这张纸，就被闷油瓶按住了。他看着我："绝对不要。"

我把手缩了回来，就问道："什么是阴尸？"

胖子一脚把人头踢下破口，就对我道："这你都不知道？尸变一共二十八种，阴尸是其中的一种。你把尸体放在活水里，水里面放满鱼，鱼如果都被尸毒毒死，沉到水下把尸体盖住，那这尸体就可能会变成阴尸。阴尸就是在水里不腐的尸体，因为吸收了鱼的精气，会不停地长长，手脚都特别长，以后就从水底拽游泳的人下去。"

我看着闷油瓶，他没有否定，也不知道胖子是不是胡扯，胖子继续道："这里有阴尸，看样子这个王墓确实陪葬了很多的鱼。"

"这东西很厉害吗？"我看着闷油瓶，他似乎没有花太久就搞定了。闷油瓶看着我的眼睛："它速度太快了。"

我和胖子对视了一眼，闷油瓶已经开始观察四周的环境。我一身冷汗，直到现在才感觉到阴冷。胖子说道："这应该是陪葬的侍卫之类的尸体尸变，咱们如果不是赶时间，应该把那墓室里的这种妖怪一个一个引出来，利用它们帮我们把浮雕门给撞开，然后就可以一亲芳泽。"

我心说：那公主本来就十分诡异，不知道是不是人，那地方又出阴尸，公主如果尸变了，不知道会变成什么，不如就免了。但没想到，闷油瓶却点了点头。

胖子惊讶得脸都拉长了："天真，小哥是不是疯了？竟然同意了我的建议！"

我也非常惊讶，看着闷油瓶，他道："我们只有三条路：继续前进，去殉葬坑走淤泥，或者进入下水道。"

我明白了他的意思，走淤泥是不可能的，如果发生任何危险我们几乎无法存活；下水道肯定全是水，我们没有船，而且在水中的风险也很大，这里的水下到处是藤壶，非常锋利，如果遇到激流，连肉都刮没了。

所以我们现在相对能选择的，就是二楼墓道。虽然出了一具阴尸，但还算是在可控范围内。

而且这也是我们之前预计的，最有可能到达主墓室的路线，我们下来还有事要查呢。

我知道没有选择，犹豫了一下，我们原路返回，来到了浮雕所在地。那石头非常重，但有闷油瓶在，我们还是能一毫米一毫米地往外拉，大概拉了三个小时，终于拉出了大概能供一个人进入的大小。

闷油瓶用手电照了照，就先非常勉强地挤了进去，我们在外面等了两三分钟，听到里面发出了一声暗示的信号，我随即也挤了进去。我稍微有点儿胖，皮肤被粗糙的石头划了好几道口子。里面的温度又低了好几摄氏度，闷油瓶的手机虽然没法照出全貌，但大概还是能看得清楚。出乎我的意料，里面不是一个墓室，仍旧是一条墓道。

但这条墓道和外面那条就有很大的不同了，但手机的光真的太弱了，看着像蒙了雾一样。没等我观察，胖子就大喊帮忙，我一回头看，发现他死死地卡在了里面。我过去几乎是用按摩推脂肪的方法，一点一点地把他顺了进来。他身上所有被石头刮到的地方，全都破了，整张脸都像被犁耙过一样，进来之后就一直揉自己胸口。

我立即跟着闷油瓶去看这条墓道。胖子一边蹲着喘气，一边也发现这里面不是墓室，不由得十分失望。后面似乎是甬道的延伸部分，是空的，没什么东西。

于是闷油瓶打头，我们三个人继续深入。里面确实就是和外面一样的通道，这块浮雕看上去像封门石一样，我本来以为这后面肯定是个墓室，结果还是通道。

"我觉得不太对劲。"

"你有屁快放。"我说道，"你这讲话速度，后半截我们都在骨灰盒里聊了。"

"死这儿根本不可能有骨灰。"胖子道。我瞪了他一眼，他立即道："你不觉得这第二层也是一个完整的古墓吗？"

"啥意思？"

第48章·洞葬

233

"你看那浮雕，浮雕之后是通道，再往前，如果出现一个墓门，那就是公主的主墓室。"胖子道，"这是一个完整的墓啊，和下面的南海王墓是上下楼，这不是一个墓，这是两层两个墓。"

"你的意思是说，这父女两个住一套复式？"

"这中间你看到有楼梯连接着吗？我们上下都是炸开破口的。照我说，这就是两套公寓，下面她爸爸那套是豪华装修的，她这套是简装的。"胖子说道。我从来没有见过这样的情况，也觉得奇怪，而且她爸爸在她下面，这在古代是很忌讳的。

正说着，我们的手电光终于照到了墓道这个方向的尽头。

## 第49章 神洞

"什么玩意儿？"胖子看到之后，愣了一下。墓道的尽头是一块粗糙的岩壁，上面有一个脸盆大的洞，只能容纳一人匍匐进入。更诡异的是，在这个洞的四周，还画着很多线条，这些线条和中间这个洞组合起来，正好形成一个巨大的眼睛，而且是用红色的颜料做底，洞正好就是这个眼睛的瞳孔，非常生动。

这个眼睛也是半成品，还没有画完，但比之前的任何壁画都要接近完成。在眼睛的眼白上面，还画着很多小眼睛，非常邪门。

"天真，你看这像不像之前我们在藏地庙中招时候的眼睛？"

我点头，这不是像，这就是。而那个瞳孔位置的小洞，就如同一个深邃的瞳孔。这时候闷油瓶让我们低头去看脚下。

我低下头，看到我们脚下的岩地表面也画着东西，是好多人和动物，密密麻麻。再看头顶和四周的墙壁，也是一样。我退后一步，意识到这整个空间都是这样的壁画，这些壁画上的动物，无一例外，头都向着洞的方向。

"这会不会也是劳动人民在休息时候的涂鸦？"胖子问道，"这就是个生

殖崇拜。"

我看着他，一时间没明白，他就做了一个很猥琐的手势。

我摇头，这不是生殖崇拜。我其实很反对一遇到像生殖器一样的东西就要讲生殖崇拜，好像古人除了生孩子就没有其他追求了一样。我转头对胖子道："这洞，你不觉得很熟悉吗？"

胖子露出了一个听黄段子的表情，挑眉点了点头。我怒道："不是这个意思，这洞，有点儿像之前浮雕里说的那个让南海王死而复生、获得神力和女儿的神洞。"

胖子摸着下巴，想了想，忽然拍了一下我的屁股。我给他弄得很尴尬，把屁股移到另一边，看他想说什么。

胖子道："这应该就是那个神洞。你想，我们掉下来的时候，这里的地形，是不是就是一个山涧？"

我一下支棱起来，是啊，有可能！南海王当年就是掉到了这里，看到了这个洞，于是他把自己的墓都修到这个山涧里来了。后来不知道为什么，海平面上升，这里就被滩涂掩埋了。

我蹲下来，看着那个洞，心中有点儿骇然，万万没想到，这个神洞竟然那么小。不过爷爷在盗墓笔记里说过，小洞多妖。他在盗墓的时候，遇到的小的洞穴里，离奇的事情最多。

正想着，胖子忽然说道："不对啊！"

我看了看他，他也蹲下来，用手电照了照洞的里面，就问我："不是说这是南海公主的墓室吗？怎么只有一个神洞？"我也犯嘀咕，因为前面那个满是浮雕的房间，确实是墓室前厅，我们下了那么多斗，对此已经很熟悉了，这墓门上如果有人物图案，一定是墓主。

结果进来却是一个洞。

这个墓室，葬的是这个"洞"，那为什么要在墓门上雕刻一个南海公主呢？

胖子就看着我："该不会这个洞就是南海公主？"

"你是说洞成精了吗？"我问道。

胖子点头，煞有介事地说道："没有别的解释了，南海公主，就在我们面前。"

"那你告诉我，南海王是怎么把这个洞生出来的。"

胖子这时卡住了，"嘶"了一声，就怒了："胖爷我又不是学这个的，我只是推论，你咄咄逼人干什么？"

我心说：谁逼你了？忽然一道灵光在心中闪过，我对胖子道："不对，还有一种可能性，你觉得会不会公主是葬在这神洞里面的？"

胖子眼珠一转，一拍大腿："有道理。天真，这事讲得通。"他想了想，应该是和我一样，觉得非常正确，却说不出什么理由来，最后只好又重复了一遍："能讲得通。这个洞是一个神洞，一定是南海国的圣地。很多少数民族都有这样的葬法，葬在圣地之中，是最高的荣耀。"

我继续看这个洞，忽然就觉得阴森起来，葬在这么一个小洞里，这女的又传说是一个妖怪，那真是诡之又诡。

"邪神公主如果真在里面，估计陪葬不了多少明器，这洞忒小了。"胖子继续说道，"希望南海王稍微大气一点儿，数量可以少，但东西得精。"

说着他就活动手脚，准备进去了，我赶紧拦住他："你不要命了？你忘了刚才那阴尸吗？"

"知道。这不干死了吗？"

"你看这里有阴尸吗？"我说道。这里就是一条干净的墓道，根本没有陪葬的地方，那阴尸从哪儿来的？陪葬总不至于只有一具。

胖子看了看洞口，一下泄气了："也是，这里面活动不开，打不过啊，怎么办啊？"

这个洞即使是一个普通的洞，我也会觉得非常危险，何况这是一个神洞，且不说它通到哪里，我们现在面临的复杂情况，已经不容我们再给自己继续增加风险了。

三个人互相看看，我又看了看那洞，太小了，如果在里面遇到阴尸，那是十死无生，闷油瓶都不一定活得下来，只能放弃。虽然这是我第一次遇到神洞

第49章·神洞

葬，也想看看，但估计缘分没到，只能往回走了。南海王墓非常大，但一路过来也没看到三叔他们之前留下的痕迹，还不知道要在这里困多久，我不由得有些沮丧。不过在淤泥里的时候，曾摸到一些蚌类，我思绪开始发散，心说：倒不至于饿死，不过那淤泥有点儿臭。

胖子还是有点儿舍不得，我拉着他就走，在这里待着，其实是十分危险的，等出去我们就把石头门合上，下次再来。

正要离开，洞里忽然传来了一声女人的笑声：

"嘻嘻。"

那笑声十分清楚，就在离洞口不远的地方，我们都惊了一下，胖子立即用手电去照，一照他就骂了一声。

我们立刻低头去看，发现胖子竟然在洞的尽头照出了什么东西。

那是一团黑色的东西，我只看了一眼，就认出那是一团头发。

说实话，刚才我照的时候，那个位置什么都没有，此刻我的后背就有些发凉。我看了看胖子，胖子就说道："原来这女儿是个禁婆，那南海王用的都是禁婆大军，难怪战无不胜。"

这当然不是禁婆，因为那头发是干的，很明显是尸体长期腐烂后剩下的那种头发。

"这是女尸，怎么刚才我看的时候没有？"

"是不是咱们讲话太大声了，把人家吵着了，人家来家门口看看？"胖子说道。

我死死地盯着那东西，那团头发没有再动，那洞也确实是小，这个距离就什么都看不到了。说实话，如果只是头发，我可以认为是自己刚才没看仔细，但那笑声是怎么回事？

胖子看了看洞里，忽然又看了看四周的壁画："哎，你看，这上面的动物都往这个洞里走，是不是这个洞本来就是一个养尸洞，有尸体被大水冲进去，就在里面成了那个什么了，就是积尸地里会有的那种东西，然后古人不懂，没有文化，就把动物赶进去祭祀喂她？"

"这东西能笑吗？"我说道。

我看向闷油瓶，对这个东西有所了解的只有他，但是他没有参与讨论，目光始终停留在那个洞口上。

"咱们别研究了，赶紧走吧。"我忽然想到爷爷的笔记里说过，对于出现在这种邪地的笑声，要特别注意，这是有邪门的事情要发作的信号。

刚说完，我又听到了一声笑声，这一次却不是从洞里发出来的，而是来自我们身后的黑暗里。

"嘻嘻。"

胖子立即转头，用手电照我们身后，就看到我们身后不知道什么时候也立着一个东西。那东西似一个雕塑，刚才进来的时候，它根本不在那里。

# 第50章 进洞

它在手电光圈模糊的光影里,似乎有很多手脚,类似于一个千手观音一样。而且它是在动的,那动作,就好像在啃什么东西一样。

"刘丧?"胖子就问,"找到我们了?吃什么呢?"

我还没看仔细,闷油瓶忽然对我们两个道:"进洞。"

本来闷油瓶让我们做什么,我们肯定不会有任何迟疑,但洞里现在有一团头发,这一声"进洞"我就愣住了。另外,因为我的性格也发生了变化,对危机也有自己的处事原则,所以我就没有第一时间进去,而是说道:"里面有具死尸。"

但闷油瓶忽然转过头,声色俱厉:"进洞!"然后迅速拔出刀,划开他的手掌,把血直接拍到我的脑门上。他声音很小,但带着不可否决的严厉,我一看他那么狠,知道要坏事。

这身后的东西,和洞里的东西,他选择让我们面对洞里的。

好嘞!我心说,立即用最快的速度整理装备,开始进洞。

自然是我先进去,因为如果胖子第一个进去,一旦他卡住了,那么大家都

不用进了。

进洞之前我还是咬了一下牙,因为即使你知道前面的洞里有一具普通的干尸,你也不会愿意进洞和它如此亲密接触的,但我脑门上有闷油瓶的血,嘿嘿嘿,那就要看看对方是不是足够厉害了。

我直接丢进去几根荧光棒,爬进洞里,然后往里爬去。前面那团头发一样的东西,仍旧还在,我努力往洞里挤去,此时完全体会到了南海王当时的心情。爬进去七八米后,我离那团头发只有十米左右了,我气喘吁吁,大声问后面:"怎么样了?"

胖子大喊:"我殿后,我进来了!"

"小哥呢?"

"我说了我殿后!"胖子大喊,"小哥在你后面。"

那就是三个人都进来了,我大喊:"怎么是你殿后?你何德何能殿后!"

"你何德何能开路啊!"胖子也大喊,我心说也是,回头去看,就看到闷油瓶就在我身后,他腰上拽着绳子,在死命往里拉胖子,而胖子竟然是脚先进来的,胖子在后面大喊:"小哥慢点,它进不来了!我卡住了!"

我明白了,这是最快的进洞方法,闷油瓶先进来,然后胖子只要脚进来,闷油瓶一拉就可以把他拉进来,但如果胖子先进,以他那个速度,闷油瓶估计就进不来了。胖子手里还拽着那个背包,那包很大,直接就把洞口给堵住了。

"那是什么东西?"我问胖子。

胖子喘着气道:"我不知道,你问小哥去。"

我看向闷油瓶,闷油瓶却看着我身后,目光并没有在我脸上聚焦,我知道他在看我背后的东西。

我立即把头转过去,就看到那团头发竟然又靠近了我几分,离我大概三米不到了。

我用手摸了一下脸上的血,然后学着闷油瓶的样子,把手对着那头发。此时我已经能看到那是什么东西了。

胖子在后面喊:"天真,你往里再走走,我卡在这个洞口,胖爷我害怕啊！"

我心说：我不害怕吗！但还是咬紧牙关向内爬了几米，很快我就到了头发的边上。古尸分很多种，大部分我之前都经历过了，我一看头发，就知道是具干尸。

这种尸体邪性最低，除了在西沙那次，我没遇到过有问题的干尸，于是放下心来，鼓起勇气继续往里爬。爬到那尸体边上，我就确定那的确是一具干尸无疑了，而且还不止一具。我用手电掠过这具尸体，就看到后面一具一具排成队的，都在洞里接连放着呢。

我对胖子道："你听过一句俗语吗，胖子？叫作：如果你真要这么做，就从我尸体上踏过去。"

"这玩意儿是俗语吗？"

"你就说听过没？"

"我当然听过。"

我转头看着闷油瓶，让他可以从我让出的缝隙里看到前面的情况。他看了一眼就点头，显然是认可要继续往里，我问他："外面到底是什么东西？"

闷油瓶说道："等下说。"

我叹气，他都这么说了我还有什么办法？干脆直接咬紧牙关，爬到那具干尸的身上，开始继续往里爬。很快就到了胖子，胖子是倒着爬的，所以先是腿感觉压到了什么东西，然后是胸口，最后才看到干尸的脸，他当即大骂："什么情况？我说怎么硌得慌呢！"

我一路爬，看着几乎完全一样的干尸，就意识到这是什么了，对他们喊道："这些都是陪葬的。"

"你说得没错，我看过了，都没那玩意儿，都是太监！"

看来我们推测得没有错，这个洞确实是一个洞葬。

我就开始数："1，3，5，8，12……"

数到14的时候，我发现前面的尸体开始被淤泥覆盖了。

这洞里不知道哪里来的淤泥，我一抬头就发现洞到了这里，上头开始漏

水，这些水里混有泥沙，经年累月，就把这一段的尸体给埋住了。我用手按了一下淤泥，就发现里面的尸体已经完全腐烂，连白骨都没有了。

我刚想继续往前爬，闷油瓶忽然拉一下我的脚，我转头看他，他说道："刚才的阴尸，是从这里来的，换位置。"

这是他要在前面开路的意思。

我往下躲，他往上爬，但很快我们就卡住了，这里非常狭窄，几乎不可能换位置。我搞了几下就满头大汗，用手电照了照前面，发现前面的淤泥部分不长，大概六七米的长度，往后就是洞了，连尸体都没有了。

陪葬的尸体到这里就结束了。

我就对闷油瓶道："一口气爬过去吧。"

闷油瓶看了看前面，就对我道："可以，但就是现在。"

说完他就推我。我心说：不用那么着急吧，尸变有那么快吗？但他一推我，我还是快速地爬进淤泥里。这淤泥恶臭无比，不拨弄开是闻不到的，我一路爬过和拨弄，极度的恶臭就散发出来。六七米，我本以为很快就能爬过去了，结果爬了几米，我就觉得不对，泥下面还有尸体，我爬过去的时候，能明显感觉到淤泥下面有指甲。

尸体在养尸地没有腐烂完全的时候，指甲会一直长，并且会卷起来，这种手感是非常特殊的。我们见过指甲卷到地上的尸体，打开棺材后，半个棺材里全都是指甲。这一次我在淤泥里也摸到了，说明尸体还在，而且这个洞胖子也说对了——养尸。

我犹豫了一下，闷油瓶立刻在后面推我，他的力气很大，我几乎是被推着摔出了淤泥的区域，一回头我就看到闷油瓶直接把手插入淤泥之中。此时无数像蚱子一样的指甲，正从淤泥里浮上来，闷油瓶插在淤泥里的手一拧，同时传来一声清脆的骨头断裂的声音。

接着，他从淤泥里扯出一个人头一样的东西，丢到一边对我道："走！"

我不敢再犹豫了，赶紧继续往前，心说：这是什么事啊？我第一次连害怕都没时间。很快我们三个就爬过了淤泥的区域，浑身恶臭。胖子爬过的时候，一直在叫："哎，里面有东西。哎，有个头！哎，这是什么？"

但闷油瓶拽着他，直接把他一路拽出了淤泥。

他力气很大，我和胖子都吃了不少泥。那泥真恶心，我们几乎都在那里干呕，我就对他道："小哥，小哥，咱们冷静一点儿，你告诉我们……"

结果还没说完，胖子就一边吐口水，一边道："天真，不太对。"

"怎么了？"

"那东西进来了。"

我转头看，但没有办法越过闷油瓶去看胖子，就听到胖子说："哎哟，我去！继续！继续爬，天真！"

我只能转头继续爬，大叫："要是死路怎么办？"

胖子大叫："先爬啊！死路了再想办法！"

这情况太难受了。首先，我不知道后面的情况，只能按胖子的说法爬；其次，我的体力已经透支得差不多了。如今咬牙继续，发了狠地往洞里爬，这洞够深的，我一直爬到完全爬不动了，也不知道爬出去多少米，才对胖子说："我能休息一下吗？"

"啊，我不知道啊！我现在看不到了，不过它肯定在后面，可能在吃刚才小哥弄掉的那个脑袋，它吃完了还得进来。咱们要不要再往前走走？"

我道："我爬不动了。这样吧，胖子，你还有雷管吧，你和它同归于尽吧。"

"哇，天真，这话你都说得出来，我要是同归于尽，这儿肯定炸塌了，你们也好不了。"胖子大怒。

我趴在地上，只觉得空气稀薄，头昏脑涨，对他道："是不是没氧气了？这洞太小，二氧化碳堆积了吧，我们要死了。"

还没来得及缓缓，我就被闷油瓶直接拍了起来，他用手电直接越过我照前面，对我道："那是什么？"

他被我挡得太厉害，看不清楚，我也用手电照洞的深处，就看到离我们休息的地方大概二十米开外的黑暗尽头，立着一块石头。这一路过来除了陪葬的尸体，没有看到任何东西，怎么会有一块石头？

"过去看看。"闷油瓶对我道。

我心中暗骂：好严格啊！又咬牙开始往里爬。你如果健身过，就知道这种体力完全消耗光之后，连一步都走不动的感觉。我现在就是这种感觉，一点一点地往里挪。闷油瓶就像一个健身教练一样，托着我的脚，让我有可以着力的地方。这20米简直就是深蹲20组之后的第21组，身上所有的肌肉完全不听我的使唤，我都不知道自己是怎么靠近那块石头的。不过就像健身一样，所有的动作总有做完的时候，我最后完全没有时间感地发现自己来到了石头前。

那是一块四方形的像石碑一样的石头，上面写着大篆。说是石碑，其实就是一块岩壁，很多字被砸掉了，我能大概地解读：

"以此往前一百多米，入者无返，永不见天日。"

"这是什么意思？"胖子问。

我说道："这是个警告。"

"警告啥？"

"再往里爬就出不去了。"

"你和它说，我们现在已经出不去了，让它通融一下。"

我看着这块石头，意识到这东西代表着我们靠近了什么东西，因为一旦古墓中出现这种警告，往往意味着已经靠近墓主人的所在地了。比如说9岁小女孩李静训墓里的棺材上就刻着：开棺者死。

这往往是吓唬人的最后一道警告，对我们这种人来说是无效的。虽然对下墓的人无效，但这是一个很好的信号。

我用手电照了照石碑的后面，就看到不远处果然出现了一团新的东西，那是一具尸体，但和之前我们看到的很不相同。首先，尸体的头上，有大量的金属光泽，我一看就知道那是黄金，这尸体是戴着黄金饰品的；其次，尸体身上包裹的东西，也明显比外面陪葬的尸体厚了很多；最后，在这个距离，能看到尸体的身上和边上，都放置着东西，那些东西一看形状，就知道是明器。

我对胖子道："邪神公主就葬在这块石头后面。"

这葬得够深的，一路过来我们爬了这么久，得有几百米了，我忽然觉得，是不是应该到底了，这个洞也就是这个深度了，因为这种神洞葬，怎么样也应该把人葬在洞底才对。

当然从这个距离什么都看不出来，我回头看闷油瓶，道："要不要过去？"

"当然要过去。有一具尸体，就有一颗脑袋，等下那东西过来，我们又能多活一会儿。"胖子说道。

闷油瓶点头："我们只能往前。"

我看了看前面，如果是我带队，我肯定不会这么指挥，但现在和闷油瓶夺指挥权也没有道理，他会觉得我翅膀硬了吧。

但我真爬不动了，就对他们道："我必须休息了。胖子，如果不到迫不得已，咱们先恢复一下体力。"

胖子没有回复我，我刚想再问，就听到胖子那边传来一连串的鼾声，他竟然睡着了。显然他也累得脱力了，而且他是倒着爬的，用的都是平时不用的肌肉，肯定比我更累。我闭上眼睛，心说：我赶紧也恢复一下体力。此时我才感觉到又冷又饿，洞里到了这一段温度降得很厉害，而且我们很久没有吃东西了。

结果不到三秒钟，我就睡着了，极度的疲倦就是这样的。等我醒过来的时候，立即就去看闷油瓶。他在闭目养神，几乎瞬间就感觉到我在看他，抬头看着我。我问道："我睡了多久？"

"半个小时。"

在我的意识里，我觉得已经睡到第二天下午了，我使劲抹了把脸，让自己清醒，此时就觉得喉咙发痒。

太冷了，在这种地方熟睡，很容易感冒。不能在这里耽搁太久，身体可能会生病。我意识到这一点，就开始叫胖子，轻声叫了几声，胖子都没有回音，我瞬间觉得坏了，胖子睡死的时候，那怪物过来把胖子的脑袋吃了。结果叫最后一声的时候，胖子醒了过来，打了一个大鼾。我让胖子看看后面，胖子清醒了一会儿，看了半天，对我道："暂时没动静。"

"会不会出去了？"

"你打个电话问问它?"胖子说道。

我看着闷油瓶,他仍旧不想解释那是什么,我也知道为什么,因为那没意义。即使闷油瓶说那是奥特曼,对于改变现状又有什么意义呢?我看了看前面,上去把那块石头拨到一边,然后努力一点一点挤压过去。

那块石头其实非常阻碍我,我小心翼翼地把石头一点一点从我胸口的空隙挤压过去,又往前爬了几步,就来到了那金碧辉煌尸的前方。

用手电一照,果然不同凡响,尸体脸上盖着一个巨大的贝壳,贝壳上有各种镶金的装饰。身上一层一层裹着的应该都是绫罗绸缎之类的,但如今已经全都发黑了。尸体的头发保存得非常好,上面有很多黄金饰品,很多饰品中的细碎零件已经脱落了,落在地上,成了发黑的金屑。在这个距离还能看到发黑的丝绸上面有很多花纹,勉强能看出是一些涡纹、卷云纹、钩连雷纹等。

尸体被层层的衣服裹得很严实,上面还缠着带子,一时看不出有什么异状。旁边的陪葬品倒是琳琅满目,金、银、玉、陶器、镏金铜器和青铜器尤为多,和中原风格有明显的不同,但一时也看不出有什么奇特的地方。

胖子终于忍不住了,问我:"天真,看完没有?你别光自己看,你往里爬爬,让胖爷我也看看。"

我往里看看,确实还可以往里爬,而且貌似还很深。

说实话,这洞十分离奇了,一路过来我很确定这是天然形成的,但这洞完全就是一条直线,一定有十分特殊的形成条件。

所有的洞都有尽头,我此时开始产生好奇心,想知道这最里面到底是什么。

再看那女尸,我又发现一个神奇的地方:这女尸的枕头很高。如果普通人用这么高的枕头,颈椎应该早就断掉了。这枕头那么高,看上去就像是让女尸看着洞的最深处一样。

"你说,当年南海王成为这里的主人之后,有没有想过要弄明白这个洞的尽头是什么?为什么具有神力?"我嘴上问胖子,但眼睛其实在看闷油瓶。

闷油瓶没有回答,胖子回答了:"废话!你要是当南海王你不想知道?"

"但刚才的浮雕上没有。"是不敢雕刻出来,怕后人知道什么秘密,还是说他压根儿没有找到洞的最底部?

"也有可能就是,这个洞根本没有神力,就是他自己瞎编的。"胖子说道。

我觉得不是,至少这个洞里可以养尸,最差就是胖子说的,这个洞里尸气郁结,是一个非常特殊的积尸地,所以里面出来的"粽子",都是长条形的,而古人看到"粽子"基本就会认为它们都是有神力的。

说起"粽子"我就觉得饿了,胖子就问道:"这样,天真,给你两个选择,要么你现在就摘掉那贝壳,看看那女妖怪到底是不是妖怪;要么你就往前,让胖爷我来。"

"我的建议是别动,所有国外的片子里,摘掉面具肯定出事。"

胖子说道:"哎,你放心,你摘掉面具,下面肯定什么都没有,都烂光了,最多就是一具干尸。"

但不可否认,摘面具这种事情本质上真的非常吸引人,我犹豫了一下,选了一个很鸡贼的办法,我对闷油瓶说:"我爬过去,爬到一半,我就把它的面具给摘了,然后我看一眼后立即往前爬,万一有事你就补上,直接把它头给掰了。"

闷油瓶看了看我,很无奈地点头。

我立即行动,爬到女尸的身上,上半身爬过去之后,我低下头,然后用自己的胯,慢慢地把那面具给碰了一下。

面具本身就是放在脸上的,一碰就掉了,我低头用手电照那女尸的脸,瞠目结舌。

这是个什么东西?这不是女尸啊!

第50章·进洞

# 第51章 邪神公主

说这东西我没有见过,或者我见过,都成立,但我愣住了,胖子一直在问我是什么样子,我硬是很久答不上来。我愣住了,完全忘记了刚才的计划,整个人被这具尸体的脸震惊了。

胖子就在后面说:"怎么了?绝世美女,栩栩如生?"

"我不知道。"我喃喃道,心里寻思这到底是什么东西,难道是一条畸形的鱼,或是长手的蛇类?

这绝对不是南海王生出来的,不管是他老婆生的、他找人生的、还是其他男人生的,这和人都不是一个物种。

我看着这条奇怪的鱼,忽然意识到,这具尸体和我在藏地庙看到的大鱼背上那个观音一样的东西,非常相似。

但也只是相似,它们并不一样。

我看着看着,冒出了一个灵感,对他们道:"南海王当时在这个山洞里,可能不是生了个孩子,而是被某种东西寄生了,那东西寄生在他身上之后,又从他体内出来,结果他鬼使神差地没死。"

"你有何根据？"胖子问道。

"你还记得我们之前看齐教授被寄生的时候，从他身体里面掉出来的内脏吗？"

"记得。"

我仔细地看那邪神公主的尸体："我觉得这可能是相似的情况，你看那个邪神公主，我觉得这肯定不是人，甚至不是哺乳动物，这可能是一种——我实在说不上来，南海王在洞里困了几天，要知道有些寄生虫发育是非常快的。"

"老子看不到。"胖子就说道。

我只好往前爬，让胖子去看那尸体，胖子一看就叽歪："我去！这是什么东西？这这这这，这是不是拼出来的假尸体？"

"你可千万别碰。"我对胖子道，"这东西我看着不像是假的。你说说你能形容吗？"

胖子那边就没声音了，我又说道："胖子，你是不是在拿东西？人的东西你拿，妖怪的东西你也拿，你是不是没良心？"

胖子还是没有回答，我忽然发现闷油瓶也在回头看着胖子，我中间隔着他们两个人，什么都看不清楚。我还想再问，闷油瓶抬手让我安静，就听到胖子对我说道："天真，有两个事情。"

"你说。"

"第一个事，公主坐起来了。"胖子说道，"她现在就在离我一臂远的距离看着我呢。"

"好，很好，还有一个事呢？"

"我们身后多了好多东西，好像那些尸体们都跟上来了，然后外面那个逼我们进来的东西，好像也来了。"

胖子的手电光转动，我通过两个人之间的空隙，看到在胖子身后十几米外的黑暗里，那公主确实坐了起来，但公主后面的东西就看不见了。

"天真，你们走，胖爷我在这里，它们过不来，它们吃我得吃一段时间。"胖子非常平静地说道。

"小哥的血还在不在？"我问道。

"在。"

"所以你觉得它们为什么没有马上过来？"我对胖子说道，"是小哥的血在保护你，你死不了。"

"但我觉得那公主怎么就不是这么想的呢？"胖子说道，"这东西到底是什么啊？"

（未完待续）

图书在版编目（CIP）数据

盗墓笔记重启.1,极海听雷/南派三叔著.--北京：北京联合出版公司,2023.1（2025.7重印）
ISBN 978-7-5596-6545-4

Ⅰ.①盗… Ⅱ.①南… Ⅲ.①长篇小说—中国—当代 Ⅳ.①I247.5

中国版本图书馆CIP数据核字(2022)第251588号

盗墓笔记重启.1,极海听雷

作　　者：南派三叔
出 品 人：赵红仕
选题策划：北京磨铁图书有限公司
责任编辑：高霁月
封面设计：Topic Studio

北京联合出版公司出版
（北京市西城区德外大街83号楼9层　100088）
河北鹏润印刷有限公司印刷　新华书店经销
字数249千字　700毫米×980毫米　1/16　印张16.5
2023年1月第1版　2025年7月第10次印刷
ISBN 978-7-5596-6545-4
定价：49.80元

版权所有，侵权必究
未经许可，不得以任何方式复制或抄袭本书部分或全部内容
如发现图书质量问题，可联系调换。质量投诉电话：010-82069336

盗墓笔记

南派三叔 著

雨村隐居集

雨村隐居集

《花夜前行》　《雨村笔记》

画册图片均出自《雨村笔记》实体书，
更有解雨臣和黑瞎子的独立故事《花夜前行》，扫码开启全新阅读旅程。

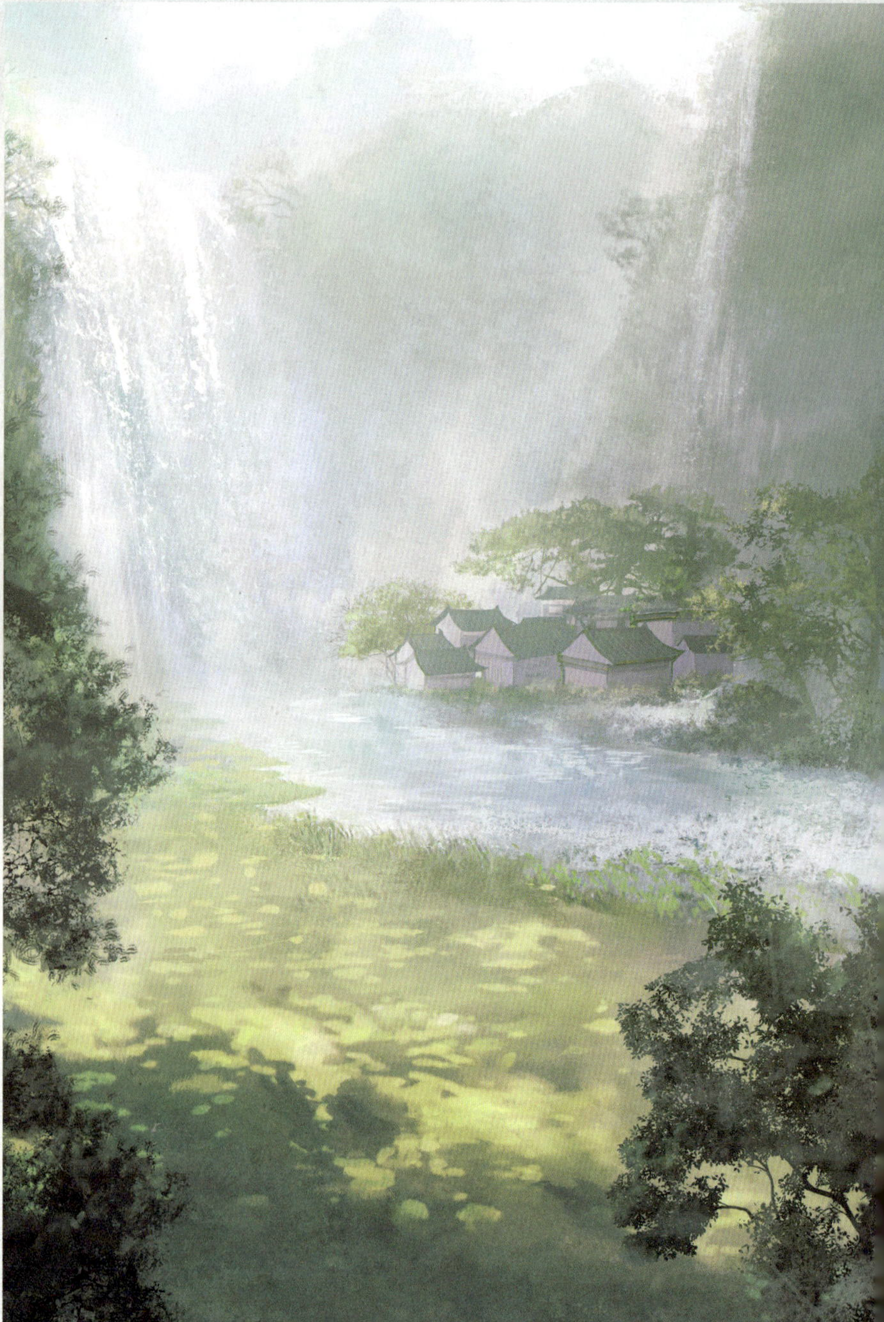

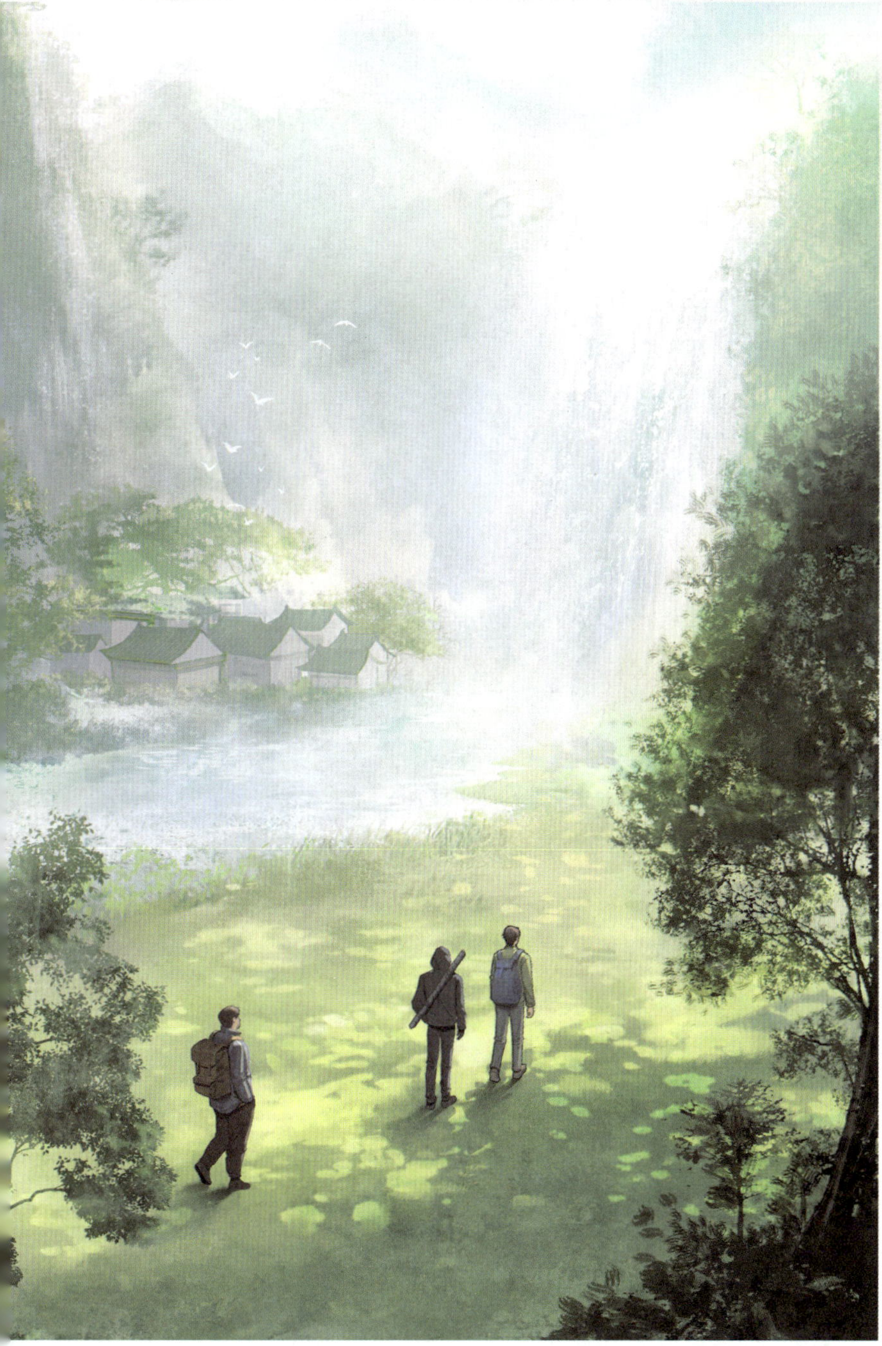

■■ 　　这块地边上有河有水塘，可以养鸭和鹅。现在看场子的当地老人就养了，鹅非常黑，而且长得很大。
　　那只鹅靠近我的时候，我才意识到，这只鹅真的太大了。简直要到我胸口了，这鹅是成精了。

大黑鹅真的非常有压迫感,我退了一步,看了看边上的闷油瓶。

闷油瓶一直在放空,鹅来到他身边的时候,他转头看了一眼。

鹅看着他,他看着鹅。

鹅忽然展开翅膀,转头跑起来,很快就飞了起来。飞走了。

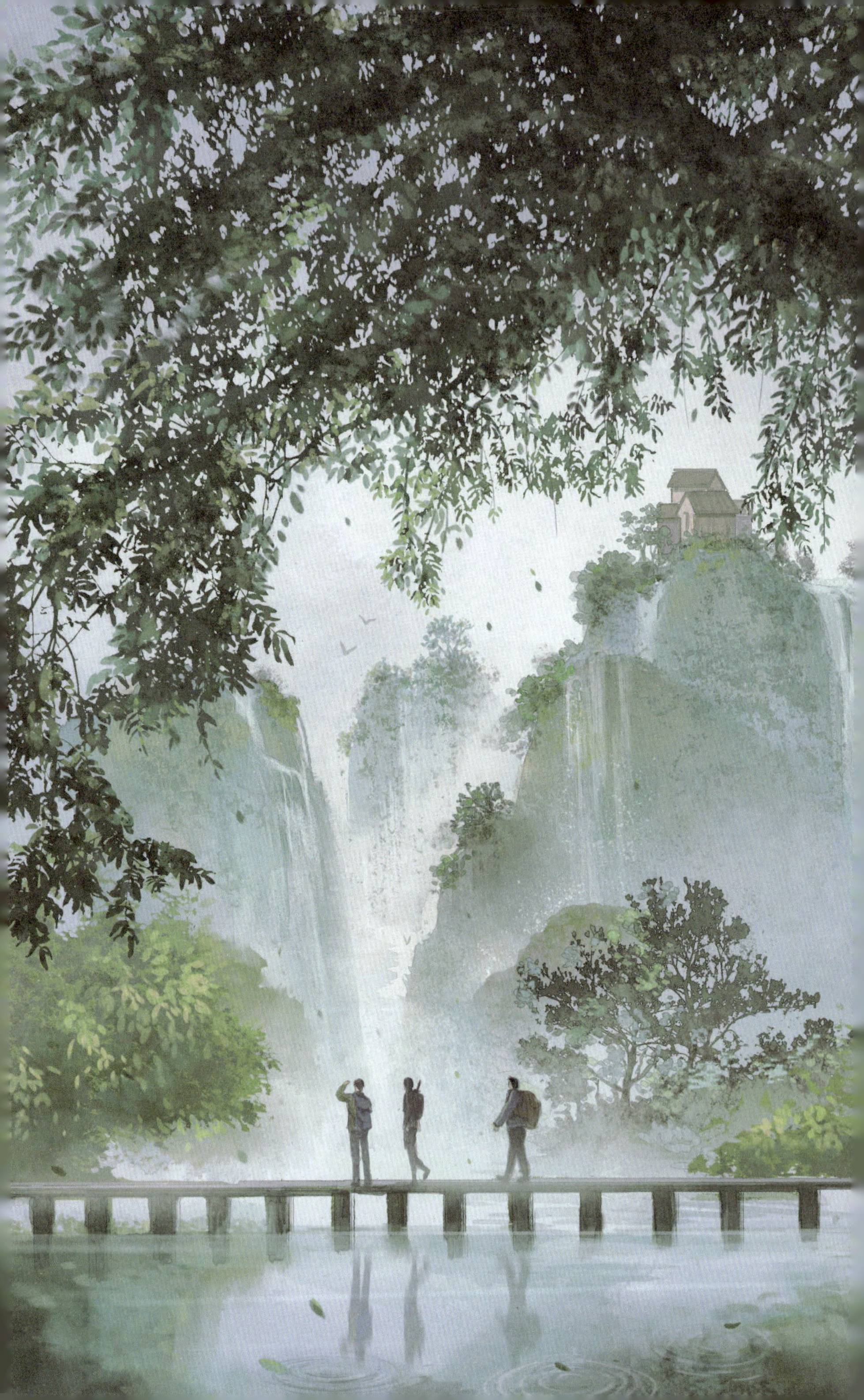

很多年前,一份战国帛书,引发了一次巨大的"爆炸",炸出了好多好多的人和事。如今雨村似乎就是一个奇点黑洞,开始把这些炸出去的东西,一点一点地吸收回来,落回到这间小屋子里。

# 盗墓笔记

    闷油瓶扛完煤气罐，脱掉劳工手套走过来。他头发很长了，应该理了，胖子就给他理发，我喂院子里的鸡。

    啊，我真的太喜欢喂鸡了，为什么那么治愈！

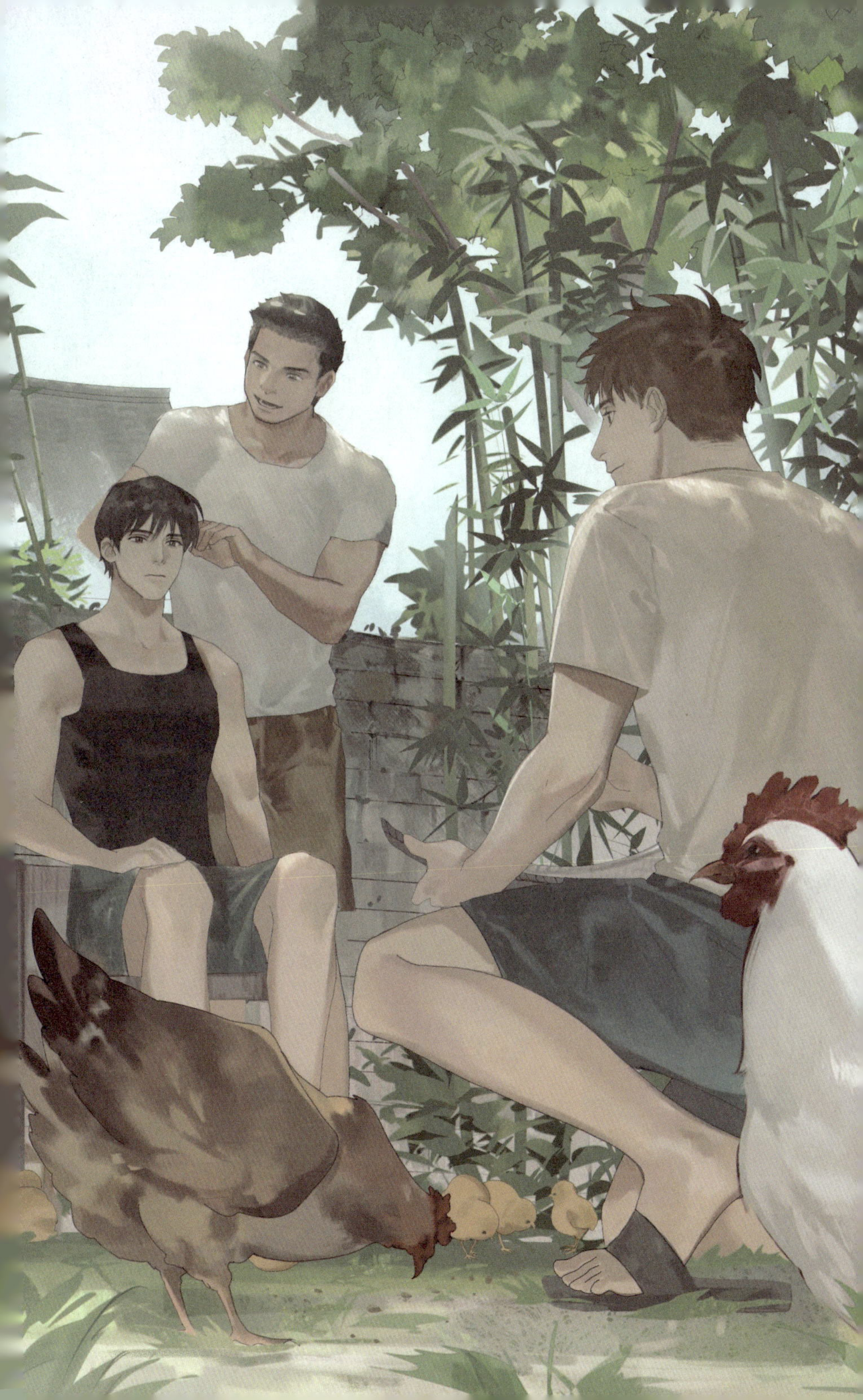

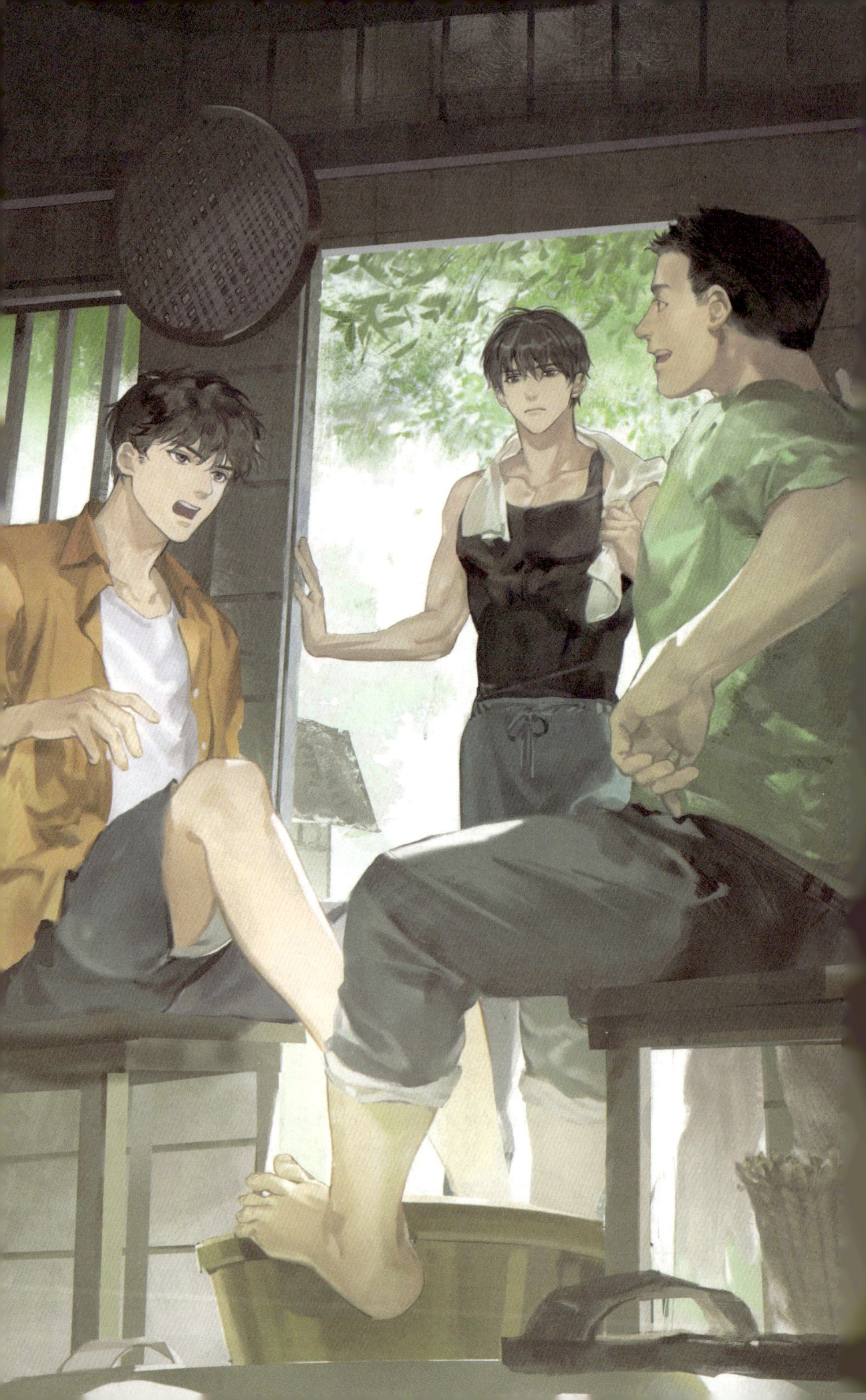

闷油瓶在外面锻炼完,身上冒着热气进来,不知道为什么,我和胖子都忽然不说话了,感觉我们在做什么见不得闷油瓶的事情。他看了看胖子和我泡一盆水,就去拿自己的盆。

# 盗墓笔记

我本来不想泡,但胖子把闷油瓶先拽下去了。我想想,唐僧肉不能吃,唐僧肉汤泡着也养身吧,于是也下去泡了。

听说寒流要来了,整整火气吧。我心说。

泡的时候,竟然下起了小雪。

我们把窗户全部打开,窗台上放满了各种各样的老酒,胖子就开始和我们讲酒的生意该怎么做。

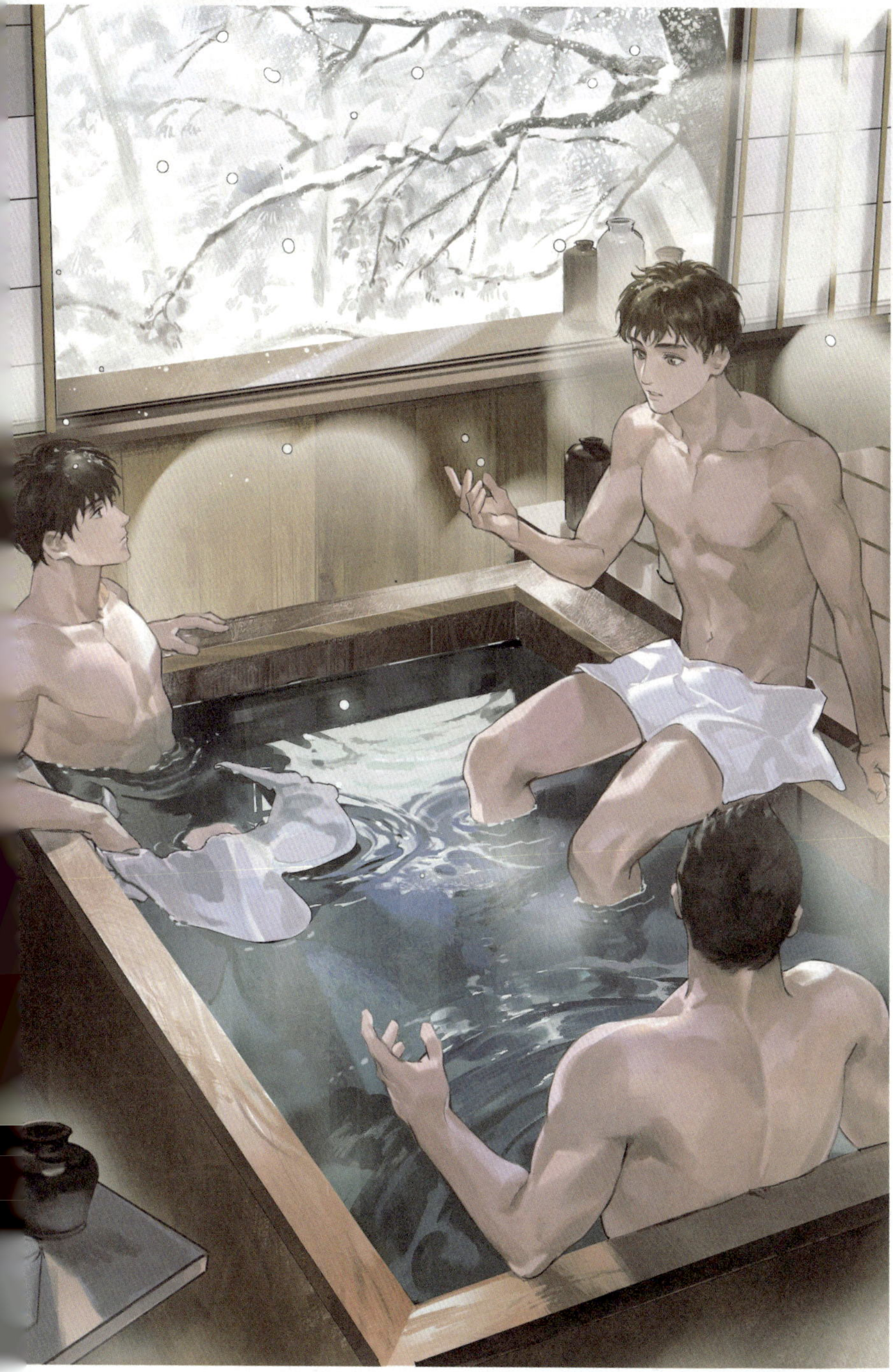

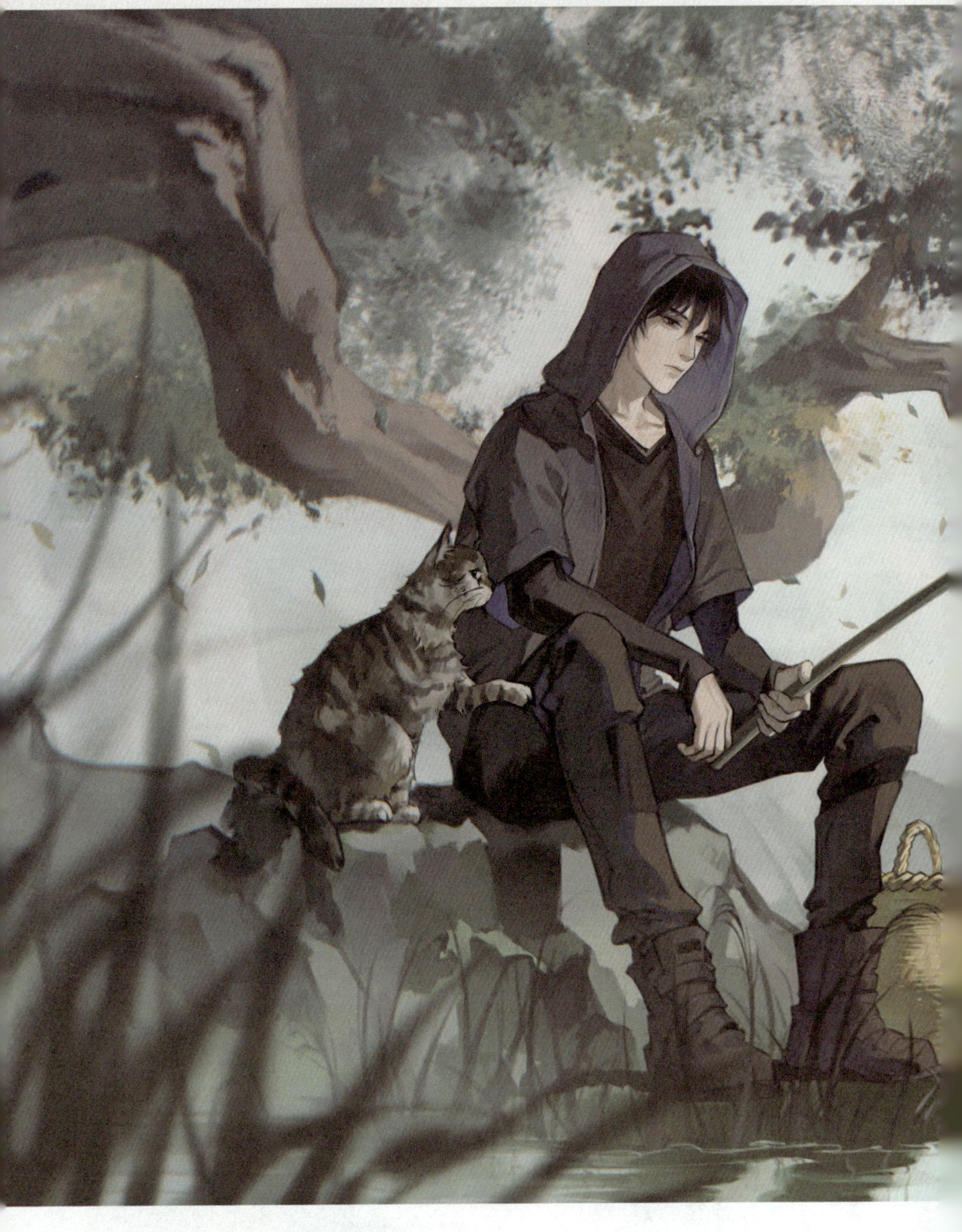

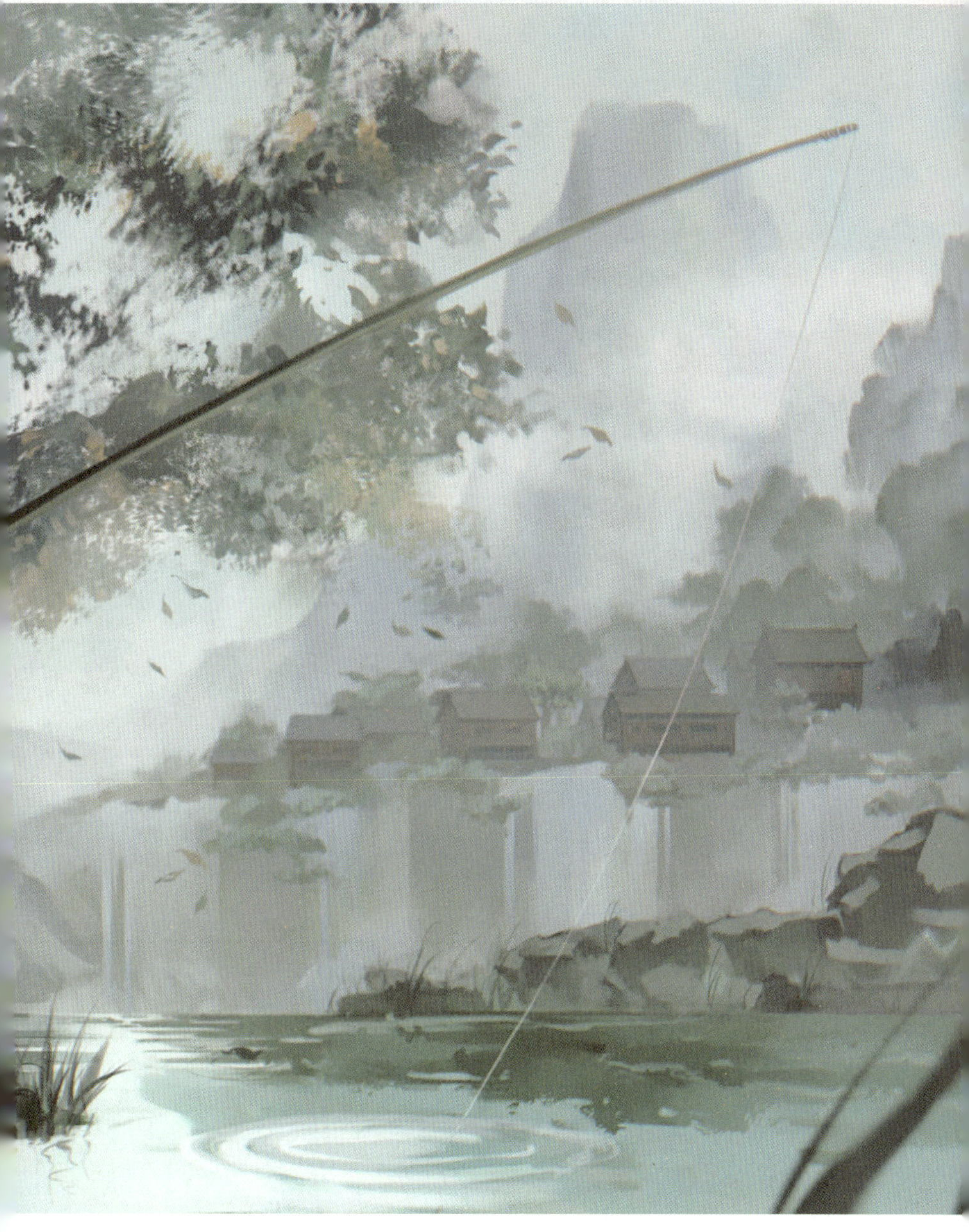

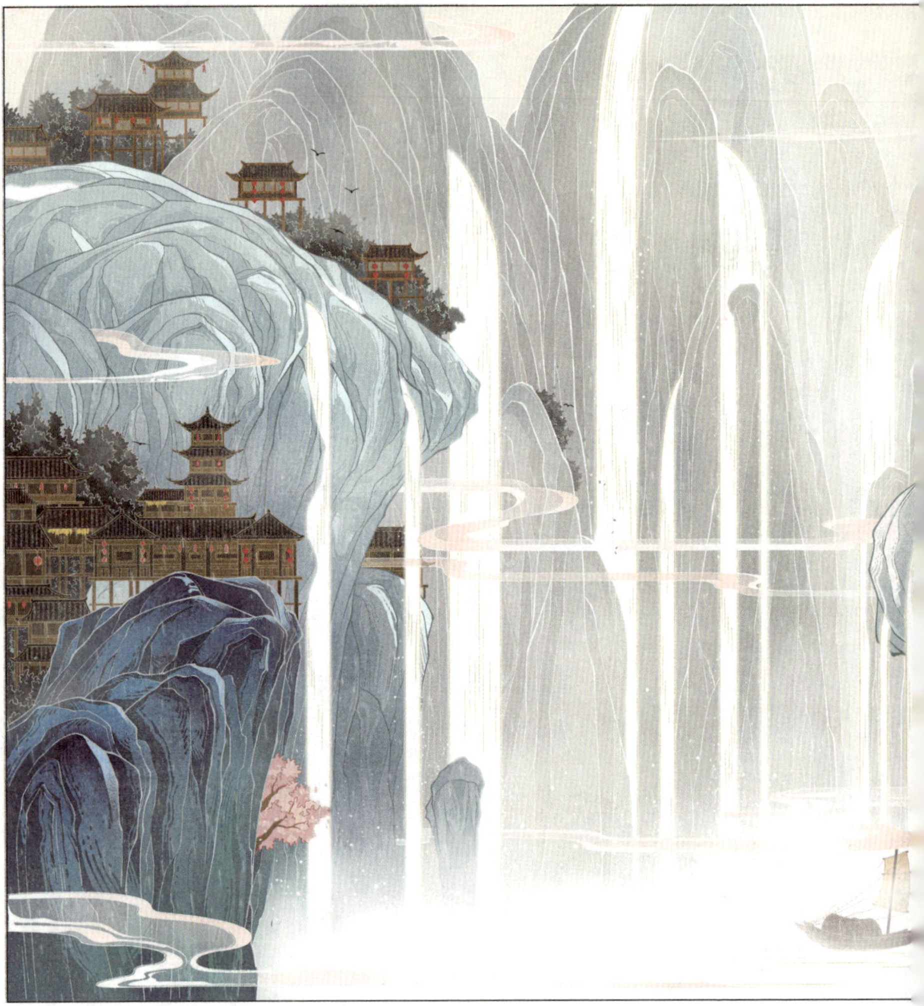

盗墓笔记

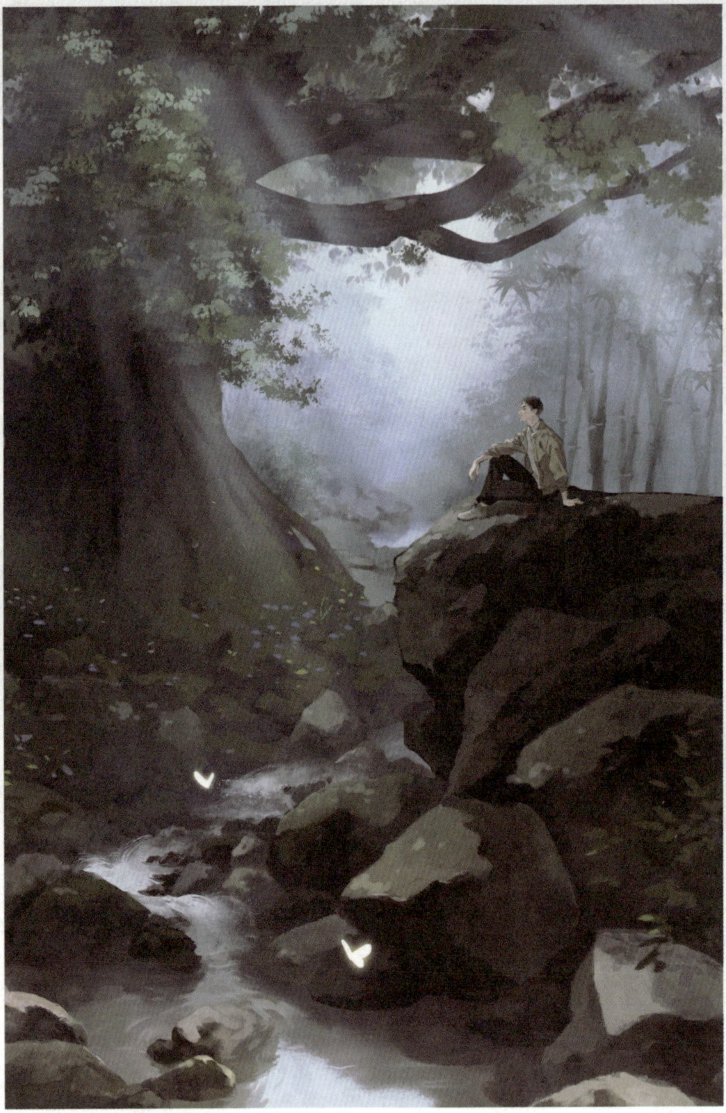

■■■

  雨村的村屋外有一条小溪，小溪上有很多巨石，溪水从石头的缝隙中流过。阳光从大树树冠间撒下来，在溪水的石头上空产生丁达尔效应，如同圣光一样。

  城里人肯定会拿手机拍照的，但我已经看习惯了。我来到石头的上方，坐了下来，沐浴在"圣光"下，开始看着溪水冥想。

# 盗墓笔记

《花夜前行》　　《雨村笔记》